懐かしき人々

《私の戦後》

巖《Iwao》 浩《Hiro》

弦書房

装丁＝毛利一枝

〈カバー表・写真〉在りし日の巖浩
（高桑宏撮影、一九九九年十二月二十二日、ナベサンで）

〈カバー裏・写真〉
豊後水道の西岸・津久見湾頭の保土島（大分県）
（嶋瑠璃子撮影、一九六二年五月）

目次

一
七高・四元義隆・魯迅 10
北多摩郡小平村の小屋、菊池寛 18
八・一五　必死の人びと 24
二
復員・復学 27
八幡さんのノブツナさん 29
鎌倉アカデミアの縁 30
クタラキ先生 33
保阪正康氏に連れられて牛嶋師範を訪う 37
暗殺計画は未遂に 39
三
アララギの歌から 43
労働バイトと教師バイト 45
林達夫『歴史の暮方』と
中野重治「五勺の酒」 47
竹内好という名を知る 50
もう一人の柔道仲間 54
戸坂潤の獄死 55
四
新聞屋のはしくれに連なる 59
安吾の日記に嶋君の名が…… 62
安吾への親近感 64
特攻隊が闇屋になるところから 67
心残りになお数行 68
恩師に御挨拶に参上 70
おそろしい人の住処へ 71
五
茫洋と苛烈――竹内好 75

指導者意識について 76
安吾ふたたび 78
「山の家」の集りと陶晶孫 79
林達夫と「支那留学生」 82
林家訪問——反語家と刺客と 85
鶏を飼い草木を育て 86
陶淵明・荊軻・史記 89

六

柳田國男に会う 91
海人部の系譜 92
嶋君のご亭主？ 94
「今日のよろこび」 96
『後狩詞記』を頂戴する 98
竹内好の「秋田おばこ」!? 99
中国語を習う 101
浦和の住処でのあれこれ 103
竹内の軍隊論 104
神島二郎から橋川文三を知る 106

七

護国寺裏の橋川文三 109
戦中人間の固執するもの 111
いかがわしい覚えのある日本浪漫派 114
塚本康彦の「感想」 115
古代歌謡「命の全けむ人は」 117
竹内好との断絶と和解 120

八

梅棹忠夫逝く 124
「文明の生態史観」餘話 127
闊達な空気あれこれ 129
竹内好・梅棹忠夫対談 132
竹内の「国家解体」論 137

〝民主主義に反対はしない〟 139

九

終戦翌年の上京の車中で 142
魯迅をめぐる手紙二つ 143
水俣で——石牟礼道子短歌 145
前衛不在論——谷川雁 149
雁、死にそこなう 153
『海上の道』——柳田國男最後の書 154
無知の相続——翁の死 155

十

野上弥生子のミカン 159
中野重治と窪川鶴次郎 160
世界にオレは七人いる 164
筑豊炭鉱地帯を歩く 166
ボタ山の夜の息吹 167
五島列島のはずれで 169
「御降生後〇〇〇年」 170
「セバスチアノ　陸軍々曹永尾……」 172

十一

相撲好きの安田武 174
璽光尊事件と双葉山 175
新宗教の出現・復活 176
千秋楽と君が代斉唱 178
大阪の君が代条例案 180
またぞろ「それでも日本人か」 181
学園から兵営へ——「至幸の者」 183
くにの幼な友だちの悲しみ 185
きだみのると武田泰淳 187
神島二郎・イギリスこぼれ話 189
〈追記〉君が代斉唱起立問題 191

十二

政治が教育に大きく介入 193
マス・デモクラシー状況 194
戦争の記念日に思う 195
天皇と戦争責任 196
元首であり大元帥であった 197
山口昌男――王権研究へ 200

十三

『昭和史講座』復刊 203
軍人・兵士の手記・回想録 204
昭和天皇死去の影響 205
『マンガ水木しげる伝』 206
天皇崩御でボクも平静に 207
戦中の怒りからの解放? 208
天皇責任論をめぐって 209
〝無責任の体系〟と〝無限責任〟 210
天皇・元号・時代 212
網野善彦・谷川健一の縁 213

十四

縄船アフリカ行の挨拶 216
〝臨時漁夫〟を決めこむ 217
二段ベッドのハウス 219
航海当直当番 222
新婚すぐ遠洋船に乗るとは 224
延縄漁の仕組み 226
一航とルーブル美術館 227
アパッチ少年・熊公 229
熊ちゃんがうちに来た 230
旅渡り船渡り 232
西アフリカ上陸へ 233

十五
アフリカの黒い星 235
コブリソ村にて 236
ナイジェリアへ飛ぶ 238
イバダン大学 240
アフリカの王権研究 241
石母田正、西郷信綱と 242
〝サバナのほとり〟の雑踏 244
果てしなき議論…… 245
ヨルバ族の古都で 246
山口昌男先生の舌鋒 248

十六
「椰子酒飲み」爺さんと人形 250
ケニアのソロモン君 252
生活綴方の国分一太郎 254
東北独立の〝野望〟 255
国分さんに教わっていたかも 257

十七
橋川の引越し手伝いで後藤総一郎と 258
歴史意識の問題――民俗思想史へ 259
汨羅の渕に波騒ぎ…… 261
シトシトピッチャン 262
チャンの仕事はテロリスト 263
青崩峠から遠山郷を望む 265

十八
＊三国連太郎インタビュー
「ひじり」に帰る 268
・政治のテクニクとしてある差別 268
・頼朝・後白河の二重政権下の
大衆と浄土教 272

・墓守り・ひじり・勧進ひじり
——被差別者親鸞 275
・〝下民〟が文化を生み出すという皮肉 277
・蓮如・本願寺教団の形成・変節 279
・現代の宗教自身が
差別意識を作り出している 281
・編集後記 283

十九

吉本隆明と天草の血？ 287
吉本、橋川、島尾、井上光晴 289
久々の谷川健一、私の本のことなど 290
・なつかしきものへの戦慄 294
・恩恵二度 298
燃えよ花礁も 301
奄美・沖縄の新たなあり方 302

二十

海上に現われる八重干瀬 305
靖国思想の成立と変容 309
初の海外旅行の前後の恩人 311

二十一

山口昌男にリュックを貸して別れる 313
別天地カナリア諸島に着く 315
リスボンの数日 319
突厥・匈奴・中央アジア 322
黒海へ、亜欧境いの海峡を 324
床屋の主人と朝鮮戦争 328
夜の海峡を小船で下る 330

二十二

スルタン・アフメット・モスク 331

再びアジア側へ 335
イズミットの宿、ドイツ語男など 337
トイレットの記憶 339

二十三

おれはブディストだが―― 342
凄まじい贅美――トプカプ宮殿 343
ロシア革命と一人の羅紗商人 344
イスタンブールからの空路 347
人跡稀れ――アジアの風景 349
日本・東京での騒動 352
「右翼が来る」との連絡 353

二十四

右翼抗議文と私の腹づもり 356
独断専行のこと――竹内好の話 358
※日本読書新聞の記事から 360
・愛国団体連合の抗議
　及び本紙巖局長の見解 360
・十三氏からの抗議・勧告
　及び本紙巖局長の見解 362
・防共新聞社を訪問する 364
・掲載一号延期、
　いろいろの反対意見など 366
・十三氏からの抗議 368
・編集主体の問題 370
余談一つ二つ 370

懐かしき人々——私の戦後

一

（道標23号　二〇〇八年一二月二〇日刊）

私が新聞、雑誌、書籍の編集者、それから発行者であった東京での三十五年間――昭和二十四～五十九年――に、当然のことながら、少なからぬ著者、執筆者に出会った。これから何か書いておこうとするのは、その人たちの中身について何か論評を加えようというのではない。もとよりそんな力などありはしない。そうではなくて、あれこれのこぼればなし、である。ひとには他愛もないことかも知れぬが、私にとってはいまだに心身のどこかの襞に沁みこんでいる、その人々のちょっとした言動、表情などを文字にしておきたいと思ったのだ。

二十歳の頃まで、モノを書く人などにはとんと会ったことも、ちらと見たこともない。何しろ、山筋が幾つも海になだれ込む東九州の風荒い小さな町の未熟者である。それがそういうモノ書きの周辺の周辺を、たまたまうろつくようになって行った、いわば前段の風景から始めたい。

七高・四元義隆・魯迅

昭和十七年（一九四二）に臼杵中学の五年を早生れ十七歳で卒業して、七高（鹿児島）に入った。

前年四年終了で受験して落ちて、今回やっと合格したのに、すぐ柔道部に入部し、以後ずっと柔道づけの口々となった。それまで相撲は、部員ではなく遊び半分ながら、かなり熱心にやってきたが、柔道は全くしたことがなかったのに、である。部長をつとめていたドイツ語の上村教授が、道場に見廻りに来て曰く「アレー？　いわお君、今日のぼくの教室では見かけなかったねぇ」だと。

しかし何せ無経験なんだから、一年近くは、一中や鹿商の初段あたりにもポンポン投げられていた。それが感心なもので、一年の終り頃には、めったにやられない、どころか、昔の高専柔道の柔術的特徴である締め・関節・押さえの技で、軽く?制圧できるようになった。ただ立技から寝技に移る連絡技の工夫・習得には苦労した。

さて、その一年生の時だったか、或る日、道場に四元義隆氏があらわれた。この人については、昭和三年卒の部の大先輩であり、東大時代に「一人一殺」で特権階級を打倒せんとする井上日召の血盟団に参加、その後の暗殺事件で入獄したらしい、といった程度の知識しかなかった。

ずっと後年に知ったことだが、血盟団の同志の一人、池袋正釟郎は四元氏と同じ時期の七高剣道部員（主将?）であった（われわれの道場は広い畳敷きの部分＝柔道と広い板敷きの部分＝剣道が境なしにひとつづきになっていた）。事件は昭和七年（一九三二）、団員が二月に井上前蔵相を、三月に団琢磨三井合名理事長を射殺、四元は内大臣牧野伸顕を担当、警戒厳重で果せなかったが、ピストルがらみの共同正犯罪で懲役十五年に処され、昭和九年に小菅刑務所入所、恩赦で昭和十五年に出所している（血盟団事件のあと間もなくの同五月に海軍青年将校や愛郷塾生らによる五・一五が起った）。

してみると、四元氏が道場に姿を見せたのは、出獄後二年くらいの時だったのだ。練習を指導してくれたあと、四元氏は部員一同を連れて磯《いそ》の両棒屋《ジャンボ》に行った。磯は錦江湾上の東正面に近々と桜島を望み、旧島津家別邸もある景勝地。両棒というのは、平べったい小団子に串二本をさしたものを大皿に、フグ刺しよろしく並べて蜜をとろりとかけたもの。諸事逼迫して甘いものなど姿を消しつつあった頃に、この両棒屋は辛うじて残っていた。

四元氏はあまり喋らない人であり、われわれは久しぶりの美味に熱中していたのだが、何かのきっかけから東條首相の話になり、四元氏は低い声ながら語気を強めて、「何が東條だ、東條を倒し戦争を終わらせないと、日本は駄目になる」という旨のことを断言した。

まことに健康且つ物知らずのわれわれが、ついぞ考えたこともない高度な政治問題、日本の命運についての一言だったのだが、その時、その場、いつしかまた忘れ去った。思えば私たちは十八、九、二十、四元氏は多分三十四、五歳であっただろう。

両棒屋のあと何ヵ月かして、所賀キャプテンが合宿で「四元さんは近衛公（元首相）のもとで東條打倒と終戦工作の運動をしているとのことだ」と、どこかで聞き込んだ話をそれだけ伝えたことがある。詳しいことは分らなかった。このことは、私自身は記憶しておらず、同学年の柔道仲間で東京工大に行った藤居正規の、私的な文章のなかに出てくるのだが、ほぼ事実であると後年分った。

四元氏の話を聞いた後か、これも定かではないが、夏休みだか春休みだかに私はくにの大分県津久見の家の倉の中にいた。そして、少々変り者とされていた伯父が乱雑に残していた雑本、ノートの類をかき分けていて拾い上げたのが、北一輝『日本改造法案大綱』なる本であった。どこかで聞いたことのあるような書名、とも一瞬思ったが、これが戦時中の「危険書」とも、特に意識はしなかった。そういう問題にはほとんど無知で、ただこの本の書名に惹かれたのであった。固表紙の上製本と記憶する。鹿児島に持って行って少し読んだが、大変な伏字だらけで、こりゃ何じゃといぶかしみながらも、はじめて漠然たる「危険」の空気を感じ、また「危険」とは国家に於て何なのかなどと、少しは考えたようだ。この書が昭和十一年（一九三六）の二・二六クーデターの陸軍青年将校たちに、大きな影響を与えたものであることは、周知の通りだろうが、あの頃の私は「革命」やら「社会科学」やらの用語一つ知らなかった。

本に関してついでに言えば、岩波文庫の『魯迅選集』がある。くにの町に本屋なんかなかったから、鹿児島で買ったに違いない。佐藤春夫と増田渉の訳、昭和十三年の第六刷本（四十銭）である。二九〇頁ほどで文庫本としては厚手。これは今でも持っている。バラバラになりかかった本文頁や表紙を自己流に修繕してある。「阿Ｑ正伝」「故郷」「孤独者」「藤野先生」など小説九篇に「魏晋の時代相と文学」「上海文芸の一瞥」という二つの講演。佐藤訳の小説二篇のほかは、すべて増田訳である。

小説もそれぞれ変った味の感銘深いものだったが、私は「上海文芸……」の講演と、巻末の増田氏の「魯迅伝」とに、それまでになかった気持の波立ちを覚えた。「手で書くより足で逃げる方が忙しい」のだよ、と或る人に答えた魯迅の言葉に端的にうかがえる政治社会情勢、その過激な混乱の中の文人たち——才子プラスごろつきのデカダン、愚鈍な権力の野蛮、その走狗となるものあり、革命文学論あり、決死的学生青年群あり、英雄主義の公式主義あり。

魯迅の表現を借りれば「まあ、大学の教室の装飾にでもなるより仕方がない」〝芸術派〟——その実は「主人のために尽瘁している」人々、「命《めい》はもとより革《あらた》めねばならぬが、あまり革めるのはよくない」といった「屁のやうな」論文とか。……増田氏は魯迅と親しく接した人であるだけに、記述は精細であり、魯迅の語り口は、時にとぼけたユーモアを含んで苛烈である。

国民党と共産党の協力（国・共合作）の僅かな萌芽はあったが、孫文が一九二五年（大正十四年）三月に死に、二六年四月将介石のクーデターと白色テロ、革命広東での左翼勢力大量殺戮。……二七年秋の「魏晉の時代相と文学」の講話の直後、中山大学教授魯迅は、彼を支持し慕う学生を多く捕殺された悲憤を噛みつつ、自らの生命に危険の迫るなかを、広東を脱出し上海へ向った。

孫文の歿年月が私の生年月（大正十四年三月）である。私は右の「上海文芸の……」と「魯迅伝」（一九三一年上海にて起稿）に記述される〝同時代〟——赤ン坊から五つくらいまでの（！）

――の社会と文学とのからみ合いに、アタマとカラダが吸い込まれる思いであった。「中国共産党の李立三コースの誤謬」とか「極左機会主義」とか、その他、戦中の十八歳そこらの私には全く分らない言葉が多々あっても。

両棒《ジャンボ》を振舞ってくれた四元義隆氏は「モノを書く人」とは言えないし、北一輝はその著書が私の家の倉に埋もれていて、偶然その伏字だらけの「危険書」を手にとってみただけの話である。むろん、どちらも、無知無邪気な私に、多少ともモノを考える気を刺戟してくれたのではあるが。そして魯迅には未知の苛烈な世界の存在を教えられ、殊には現に戦争をしている相手の中国（支那）は、単なる戦争相手というだけのものではなくて、その大陸大地の奥底では、まさに「孫文・魯迅」以来の革命的状況がひそかに動いているのではないのかと、その重層性をほんの少しは気にすることになったようだ。

いずれにしても、まだ話の本筋には遠い。遠いついでに七高の生徒の頃の話を、もう少しさせてもらいたい。

柔道部で私どもの同期主将の東郷二郎は、入学時すでに二段で、体も私などよりずっと大きく、且つ容貌もいかつく、齢も二つは上だった。その文才は相当なもので、彼の入っていた南寮の寮誌に出した短篇小説など、目配りの利いたセンスのいいものだった。彼は講堂で催された或る集会で館長（七高は正式には「第七高等学校造士館」だから）を、面と向って弾劾するスピーチをしたこともある。

東寮の私は、同じく寮誌に短歌を五、六首出した。初めて親もとを離れて小一年過ごした感懐めいたもので、土手で野苺を一緒に摘むのがならいだった父は今年はどうしているか、とか、夏休みに久々に風呂で私の背中を流す母が「おりょう！　厚壁んごとあるのう！」と言ったとか、ま、コドモっぽい「歌」であった。それを東郷が読んでこう批評した。「おいおい、もすこし色気のあるのを作れや。」私は奮起して、数日後「新作」を示した。

かなしきは秋風渡る空の下に人恋しくて
ひとりかこてる

東郷が言った。「一應イケるねえ」と。ホントかね。

彼は「学徒出陣」で早く入営し、戦後東北大に入り、のちに東大（経済）に転じ、私と共に土方やトラックの上乗りなど、アルバイトをずいぶんやった。賃金は週払いだったので週末には池袋その他の闇市で、怪しげな焼酎をよく飲んだ。二人の風態から地廻りと間違えられて、店のオヤジにえらくサービスされたこともあった。旭化成に入って専務になった。十三年前、東京の自宅で死亡、七十二歳。彼はマックス・ウェーバーをしきりに読んでいた。

私は短歌はその頃十か二十作っただけで、以後五十数年、縁を切ったのだが、アララギの重鎮とされる中村憲吉は七高の出身で、寮の短歌グループで話に出たのを一度聞いたことがある。彼は昭和九年に四十五歳で死んだ。長命だったら、私の入学時には五十三歳。久しぶりに母校を訪ねて来た中村氏のエピソードなど拾えただろうに。

　花田清輝も七高である。卒業か中退かよく知らなかったが、高橋英夫氏の『花田清輝』という著書で、二年つづけて落第したので退学となったと分った（昭和三年）。彼は福岡の人で、中学時代は柔道の稽古、七高ではボート部に入って漕いでいたが、やがて応援の方にまわされて応援団長になり、その一方で寮誌『白光』を創刊した等の挿話も、花田流の逆説的生き方、時間逆転の操作を考察する文脈の中で紹介されている。寮の新入生歓迎コンパで花田が「わたしはフィレンツェの出身でして」と自己紹介、皆々唖然たるなか延々三十分にわたってイタリア・ルネサンスを語った、と級友が伝えている（同書）ことも、花田氏の風貌も浮かんできて実に面白い。

　私は奇妙におかしくなる。書いてきた相撲、柔道の件のほか、実は三寮対抗ボートレースの練習で尻の皮がむける程だったエイト、その漕ぎ手の補欠から応援団長に転じて叫びまくり、走りまくったことがあるのだ、私も。寮誌の件もあるし、形だけはヘンに花田氏と符号するのが、何やらおかしい。もっとも私はイタリア・ルネサンス論は打《ぶ》てないが。

　花田氏には、私がやっていた『伝統と現代』誌で、昭和四十年代に対談をしてもらったことがあるが、私個人が彼と長いつき合いをしたわけではなかった。

辺地のモノ知らずの私にも、旧制高等学校時代の、以上に粗描したような〝文化状況〟の幾つかの章があった。こまかいことを拾えば、まだキリがないが、主題とますます遠ざかるからやめておく。

北多摩郡小平村の小屋、菊池寛

本来は三年のところを、戦争の進行で半年繰上げとなって昭和十九年（一九四四）の秋、七高を終え、大学に入るべく東京に行ったとき、作家・菊池寛の甥の家に下宿した。豊島区雑司ヶ谷の有名な墓地から少し離れた場所、これもよく知られた鬼子母神も近くにあった。家の主のその甥という人は、文芸春秋に勤めていた。この人と私の年上の女イトコが、夫婦であったのだ。その菊池さんは程よい酒好きで、西鶴などをよく読んでいた。私の女イトコとの間に、まだ子は生れていなかった。

雑司ヶ谷の家での日々は省略するが、一つだけ、鹿児島以来つづいていた私の、「腰に手拭いぶら下げて」の姿を、菊池寛家の小さい孫たちが真似して騒いでいたそうな。

それから、臼杵中学同級生の椎原浅夫が陸軍士官学校に入って、朝霞《あさか》（埼玉県）校舎にいるというので、慰問（?）に行ったこともあの頃の記憶の一つだ。同じく同級で拓大生だった戸高利秋と二人して休日に出掛けたところ、椎原は外出していて生憎ですと、同期で沖縄出身の金城《かなぐすく》君が陸士営門に出てきた。仕方なく、畑道を駅に向いながら、唐芋《といも》（薩摩芋）を一つ掘り出して、そばの川で洗って食った。どうもよく腹のへる年頃であり、時代であった。この時、椎原は何と私の下宿に来て上り込んでいて、腹がへって、ミヤゲのつもりで持参してきた余分の弁当や饅頭を食ってしまったのだとあとで知って、改めて日常的な空腹状態を意識しつつ、戸高と一緒にボヤキ合った。戦後、三人再会の折また話に出て、大笑いしたことであった。

大学では教育社会学の分野を突つこうかと、考えはじめてはいたが、春に鹿児島で、一年繰り上げの満十九歳での徴兵検査があって「甲種合格」になっているから、今にも入営通知が来るかという落着かない気分もあったか、大学にもあまり行かずに、引きつづき持っている魯迅をまたのぞいたり、島木健作の『生活の探求』に深刻になったり、初めてゴーゴリを読んで面白がったり、唐詩選に熱中したり、そんなことで日を過していた。

一ヶ月もしただろうか、前にも言った一年上のキャプテン所賀さん――当時、千葉医大生だった――がやって来て、その頼みで私は北多摩郡小平村に移った。小平村で、これまた七高柔道部昭和八年卒の強豪先輩・北原勝雄氏が運営する「寮」があり、入営等で人員不足になっているので、行ってくれ、といういきさつだった。北原さんは十二歳ほどの年上だろう。

行ってみると、「寮」とは名ばかり、寒々しい小さな木造平屋の小屋が一つ畑わきに立っていた。粗末な板壁とガラス窓。黒っぽい土を固めたような土間に七輪、かまど。右に五、六人は寝られる板敷。窓外の小道に沿って竹薮がよく繁っている。「住人」は空手をやる明大の学生（片腕が無い）、台湾の青年、鹿児島のごく小柄な青年、泰国《タイ》の富裕層から慶応大に留学中の青年。半月ほどして三十前後のやせぎすの男が加わった。大陸浪人の端くれという。鶏をさばくのが上手なことを、後日知る。

北原氏は京大農学部卒で、大川周明の系流と誰かから聞いたことがあるが、私は人の党派を問いただす趣味に乏しいので（後に思ったのだが、この人は大アジア主義であるだけでなく、一種の〝土着的〟マルクス思想家なのではなかったか）。また南方占領地の司政官の養成所の講師をしているとも聞いた。満蒙関係の諸機関にも多く係わったが、そういう場に於ける軍の主導、関与の現実に深刻な不信感を抱いたらしい。

われわれ「寮生」――「小屋」の住人の生活は、明大空手氏が「導師」役で毎朝唱える般若心経で始った。これはいい加減なもので、くすくす笑ったりして、経を覚える気なんかありはしなかった。終って、当番が村の共同井戸まで行き肥《こえ》たご型の桶二つに水を汲み、天秤棒で前後に担って帰る。天秤を担うにはバランスをとる要領が必要で、ひょいひょいと歩くのである。それから炊事。飯が出来たら粗末な膳に味噌汁と何か一菜を加えて、畑向うの農家の小さな離れに居る北原さんに運ぶ。食事後、学校に行く者は西武線小平駅へ。畑をする者もいる。北原氏は、よくは分らぬが、池袋へ出かけることが多かった。不完全な土俵があり、時どきは相撲をとった。

大川周明のことは、前に触れた『改造法案大綱』の北一輝同様あいまいな知識しかなかった。ただ北は二・二六の思想的指導者とされて刑死したが、五・一五に関係あった大川は健在で、著書も読まれていた。七高のときか中学五年のときかに読んだ『二千六百年史』という日本史の本は、ちょっと変った非教科書的な感触を年少の私にも与えた。ほかに中央アジアの地政学的な本だったか回教（イスラム）史の本だかを読んだ覚えがある。

　大川周明と五・一五の関係でか、北原氏は五・一五の主導的海軍青年将校であった三上卓と親しいようで、彼の指示があったのかどうか、われわれ「小屋」の住人四人ばかりで晩秋の一日、三上家訪問となった。三上家がどこにあったか、どういうコースで行ったかなど、すべて忘れたが、空手氏を先頭にして、畑や疎林のひろがる地帯をゆっくりと何キロも歩いたような気がする。

　三上卓氏は留守であった。清潔な和服姿の奥さんが応待してくれた。「どうぞお上り下さい」と丁重に言われ、あんまり清潔でないわれわれは部屋に案内され、皆々、正座して茶をいただいた。私は部屋の絨毯の、しんとした深緑《ふかみどり》ばかり見ていた。

「小屋」生活について話しだしたら、またキリがない。時は昭和十九年の秋である。七月に東條内閣は遂に総辞職しており、小磯内閣となっていた。「小屋」の住人たちは当節の情況を「コイソ善政」と冷やかし気味に言った。われらの「寮」には二人だったかの〝幽霊人口〟があって、その分、配給米の量が増える。これもまあ〝善政〟のうちだと。

　北原さんに言われて、私が密造ドブロクを仕入れに行ったことがある。行先は東京の南の大森で、当時、小平からは遠かった。大森の駅から北へ、丘を越えた向うに朝鮮部落が固まってある。そこの親方に会い、朝鮮の濁り酒マッカリ（だろう）を一升ビンにつめてもらい、喜び勇んで帰るとき、さっきの丘の下りの狭く急な石段でビンをぶっつけてしまった。真っ白な濁酒がタターッと石段を駆け下り、密造がバレると恐れて私は大急ぎでその場を離れ、朝鮮親方の家に舞い戻った。平謝りの私に、親方はニコやかにまた一升ビンを出してくれた。

十二月に入ってからであったか、とうとう入営通知が来た。都ノ城連隊（宮崎県南部）に一月×日に、という陸軍命令。私は大学での軍事教練を全くサボッていたので、そのことが軍隊でマイナスになるとか聞いてはいたが、いまさらどうにもならぬ。しかし最後のチャンスがあった。まさしく〝富士の裾野の巻き狩り〟――その御殿場での一泊演習に参加して、やっとこさ最低限の点は得たのであった。

あの演習では、軽機関銃を担ぐ任に当てられた体の弱い某君（哲学科）が、喘いでいるのに気づいた私が、肩代りしてやって、えらく感謝されるという、世のタメ人のタメ、の一幕もあった。

「小屋」で私の送別会が開かれ、例の〝大陸浪人〟氏が鶏さばきに腕を振ったり、新宿から参加したナントカ組の組長が荒れて、北原氏が撲って追い出す、といった騒ぎもあった。

私は小平村から雑司ヶ谷に戻った。年内に九州の家に帰らねばならない。さあ、当時は汽車の切符を買うにも、大変な手間と時間がかかった。女イトコが大御所・菊池寛に切符購入方を頼んでくれた。切符が買えたので、オジ様に礼を言いに行かねば、とイトコに連れられて菊池家にまかり出た。私が下宿している甥御さんの家から下って行って徒歩五、六分のところだったか。

　廊下に置いた棚や箱に、色んな本が山積みされたり長々と並んでいるわきを通って、奥の部屋に行くと、どういうわけか薄暗い中で、写真で見たことのある菊池寛が、こっち向きに腰かけていた。初対面であった。この人の作は「恩讐の彼方に」しか知らなかった。それは耶馬溪の岩山に僧禅海が一人ノミを振い、三十年かけて青ノ洞門と呼ばれるトンネルを開削、通行人の難儀を救ったという、わが故郷大分県の話だというだけの理由で読んでいた。

　都ノ城連隊に入営する旨と切符の礼を、簡単に述べたが、寛氏がウンとかアアとか言ったのか、ただうなづいたのか、よく分らなかった。ただ、たしかに私を見てはいた。穴ぐらのタヌキのようだな、というのが私の実感であった。いやな気がしたわけではない。イトコによると、菊池のオジサマのぐるぐる巻きの帯は、暫くすると動作の間に、必ずぐずぐずと解けてしまうのだという。それも、さもありなんと思われた。

　われわれふつうの人間は、言葉や表情を交わすものだが、文士というのは一般に愛想のわるい人種なのかなァ、と思いもした。ただ菊池寛氏は文士であるだけでなく、早く『文芸春秋』を始めていたし、戦時下の映画社統合で成立した大映の社長（？）も兼ねているとか当時聞いていた。戦後の一九四八年に六十歳で亡くなっているから、この時は五十六歳か。

　九州に帰る日の直前、高井戸に住居のあった四元義隆氏を、入営の報告とお別れの挨拶のため訪ねた。芋粥を馳走してくれた。何ともうまかった。鹿児島の両棒屋《ジャンボ》でのことを話すと、うっすらと笑った。東條政権はこの年崩れて小磯内閣になってはいたが、軍部、政界、重臣層の戦局をめぐる軋轢、きしみは、ひそかに深化しているらしかった。四元氏は血盟団で入所した小菅刑務所に触れる話を、初めて、ほんの少しした。朝がた見た夢のこと。――何か「非合理」な内容であった。三島の玄峰という禅僧を獄中に招いて話をしてもらったこと。――この僧は、私がずっと後年の昭和五十九年夏から、一年六ヵ月居た沼津の白隠ゆかりの松蔭寺で、ずいぶん耳にすることになった玄峰老師。

「兵隊に行って、どうするつもりかね」と四元氏。「いや、まあ鉄砲のうち方なんか勉強しますよ」と私。すると四元義隆が言った。「死ぬんだよ、君は。」

どういう次元の言かはともかく、私に死ぬ気はなかった。

八・一五　必死の人びと

年を越えて、昭和二十年（一九四五）、私は末期陸軍の重機関銃中隊の二等兵から一等兵。大隊砲を扱っていた。都ノ城に冬を過し、それから阿蘇地方の丘陵地に移動、夏となっていた。八・一五が近づいていても、何も知らず、空腹をかかえて敗残兵の様相を呈しつつ、陣地構築の労働に従う日々であった。

一方――これはすべて戦後の知識であるが――この文に名を出した四元、北原、所賀といった人々は、国内戦の戦法による戦争継続を飽くまで主張する軍部主戦派に抗し、和平派重臣と軍人、民間有志に列なって、大戦終結工作を進めていた。四元氏は和平派鈴木貫太郎首相の秘書役でもあった。八・一五の前夜、北原氏は所賀さんら四学生を率い、首相を警護すべく官邸に詰める。皆々陸軍に殺されることを覚悟し、北原氏は人知れず子に遺書を書いた。翌十五日午前零時以降、陸軍主戦派部隊の襲撃を危いところで何度もかわしつつ、必死に首相を守り、正午の天皇による戦争終結宣言のラジオ放送にこぎつけたのであった。

　北原先輩が率いた学生四人のうち所賀さんは分っている。あとの三人は……私が三ヵ月足らず一緒だった小平村の「寮」……あの「小屋」のノンキな顔の住人たちではなかったのか。四元氏、北原氏、ともにすでに亡い。私より一つか二つ上の所賀さんも早く逝った。皆さん「モノ書き」ではなかったから、その挿話は今回私が書いてみようというものの本文にはならない。しかし、二十歳前の私の目の届く範囲にあった人々の、思考し行為する生ま身を記しておきたかった（附――「小屋」の住人の一人、泰国《タイ》留学生ファン・タン・ロックさんは戦後何年かののち、駐日領事だか大使だかになった由、「小屋」の主宰者だった北原氏から直接聞いた）。

　昭和五十年代に私は、いま昭和史・軍部史の分野で活発に筆をふるっている保阪正康氏と連れ立って、牛島辰熊氏を訪問したことがある。保阪氏はその第一作『東條英機と天皇の時代』上・下を、私の伝統と現代社で出した人である。そして牛島氏は本来、柔道家である。私は次回この訪問時の話も少し書こうと考えながら、今回書き綴った偶然の連なりを、あらためて思い返している。

二

（道標24号　二〇〇九年三月二〇日刊）

復員・復学

　われわれ兵隊は阿蘇山中で八・一五を迎えた。若い少尉が抜き身をかざして本土決戦を叫ぶ、年輩の召集兵たちが恨み重なる下士官を取り囲む、とにかく終った終ったとニコつく者あり、血と汗と涙の満州はどうなるんじゃと慷慨する者あり、アメリカの奴隷にされるんじゃなかろうかと心配する声に、そげなことにはなるまいなどと、私が当てもなしに〝断言〟したり。……数日して、腹が腫《は》れて死んだ兵隊を、私ら数人で担架でかついで町に運ぶということもあった。かと思えば、軍用トラックにくすねた「物資」を積んで、従卒まで連れて、中国地方だかの自宅に向って抜け駆けた将校もいたそうだ。

　九月に入って、私は農家でもらった濁酒《どぶ》を水筒に詰め、砲を扱う兵の必携品である小円匙《えんぴ》一つを肩に、野や丘を越え、列車にぶら下るようにして乗り継ぎしながらくにに帰りついた。

　この軍隊末期に私もついに栄養失調に陥っていたのだが、その体を回復させてから、兄二人を戦死などで失って老母との二人暮しになった友人の家の農作業を、翌年春まで手伝った。稲刈り、脱穀、芋掘り、蜜柑とり、麦踏み等であったが、私の町は名の知れた蜜柑どころで、三方の山々はほとんどその段畑。そこを蜜柑をかつぎ下ろす作業はかなりなものだった。

その一方で、私は父のことを大将とか先生とか呼んで親しく出入りしていた沿岸漁民のあれこれに頼んで、漁業に携われないものかとかなり真剣に考えてもいたのだが、そうもいかず、翌昭和二十一年（一九四六）春、おくれ馳せながら東大に復学した。靴は兵隊で穿いていた編《へん》上靴《じょうか》だった。そう言えば学内行き交う学生の風態も、将校マント姿や士官用皮製長靴《ちょうか》姿なんかも時どき見かけた。事実上も、当時は海兵、陸士からの編入学生も居たのであった。

何しろ万事、落着かなかった。勉学に向うよりは、空腹を満たさんがためにしばしば「買い出し」に遠くへ出かけねばならぬせわしさが、日常の感覚の小さくない部分を占めていた。千葉や埼玉方面へよく行った。農家を訪問して頼みこむのである。気持ちよく事が運ぶ時もあり、意地悪な相手に、このヤローと頭がグラグラする時もあった。

この買い出しの点では、前号でも触れた戦中末近い昭和十九年秋、陸士在学中の同郷の友人椎原を訪問した際「あいにく彼は外出中です」と営門に出てきた金城君を、あらためて椎原が紹介してくれて、ずいぶん助かった。

と言うのは、戦後の当時、金城君を含む沖縄の人たちが集団で生活しながらかなり農業もしていた土地が、東京近郊にあったのだ。そこは小田急線の多摩川学園前から入った所で、以後、私はちょくちょく行って芋や野菜を安くわけてもらった。そして学内では、各学部のアーケードに物々交換の貼紙が多数貼り出される毎日であった。曰く「当方サツマ芋あり、タバコ求む」「当方兵隊靴、赤表紙の本持つ」などと書いて、図書館前の広場や赤門わきや三四郎池入口などが、現物自然経済の場となっていた。

八幡さんのノブツナさん

その頃の夏休みだか復学前の年の秋冬だかに、さっきも言った椎原に誘われて、くにの町の或る人を訪問した。前に私はもともと小さな田舎町の人間であって、二十歳頃まではモノを書く人など見たこともなかった、と書いたが、それが居たのだ。同じ津久見の町うちの、西郷信綱氏。――もちろん後年の鬱然たる大家ではなく、その若き日の「八幡さんのノブツナさん」、に面会したのだった。私より九つ上なので、そのとき二十九か三十であっただろう。

私の育った家から歩いて十分ほどのその西郷家はふるくから津久見浦の郷社「赤八幡社」の宮司職をつとめる家であった。『津久見市誌』で見ると、この社は建久元年（一一九〇）に京都の石清水八幡宮（現在、私の住む京都府八幡市）の分霊を勧請したと社伝にあり、應神天皇、仲哀天皇、神宮皇后を祀る。三日間の夏祭りの夜店の賑わい、五日間もつづく秋祭りの御神幸の行列にはわれわれ小学生も加わったことなど、なつかしく思い出される。

古く寂びた大きな楼門の向うに舞殿があり、大蛇《おろち》退治の神楽などを群がって見物した。そういう時、「あ、ノブッナさんがおるど」「え、どん人か、おう、太鼓たたきよる人か」などとささやき合うこともあった。われわれの齢から考えてみると、西郷さんは多分、二十くらいだったろう。東大に入って間なしの頃、休暇で帰っていて、神社を手伝うこともあったのかと思われる。

年少のわれわれは何も知らなかったが、ノブッナさんが大変な秀才であるとは、どこからともなく聞こえてきて、周知のことになっていた。

戦後早々の或る日に、八幡社内の私室で、西郷さんとどんな会話を交わしたのだったか、同行した友人は何か覚えているかもしれないが、私は今では定かではない。ただノブッナさんが「マルクスという人」について少し説明したことは記憶している。

鎌倉アカデミアの縁

西郷さんはどこで何をしていたのか。

同じ町の人間でありながら、年齢の差もあり、家のつき合いも、うちの父は神祇不拝の親鸞一辺倒の人間だったから、ほとんどなかったし、それまでこの人に接することは皆無で、事情は全く知らなかった（ついでに言うと、父はどこで仕入れた知識か知らないが、「久米という偉えひと」のことを何度か問わず語りに口にしていた。「神道は祭天の古俗」と断じた明治二十四年（一八九一）の論文が筆禍事件となった久米邦武。昭和六年死去した）。

それが何と昨年（平成二十年）冬にいろいろと分って、今さらおかしいが勝手な郷党感を西郷さんに感じたりしたものだ。それは、東京で年二回発行の同人誌『丁卯《ていぼう》』の二十四号に出た興津喜四郎「鎌倉アカデミアところどころ」の記述に教えられたのである。ざっと左の通り。

――鎌倉材木座の光明寺に「ここに鎌倉アカデミアありき」と記した記念碑が立っていて、それは「西郷信綱先生の御揮毫である」と建碑有志の撰文。敗戦翌年の一九四六年五月、哲学・科学史の三枝博音を学長に、歴史学（親鸞研究も）の服部之総を教授・学監として、さらに小牧近江、高見順その他鎌倉の文化界有志相集り、文化、演劇、産業の三科を設けて鎌倉アカデミアは誕生した。のちに映画科を加えて大船に移転したが、財政難から一九五〇年九月、廃校。しかしこの自由大学が培った気風は消えず、各界に人材が進出した。

この頃、昭和二十年代初めの当時、西郷さんは静岡県清水市に居住―清水の高等商船学校の教授であったのだ。そして鎌倉アカデミアに参加した経緯について、興津氏は風巻景次郎全集から関係部分を抄録している。

――昭和二十一年十一月二十二日に風巻氏は静岡から清水に行った。「西郷君を鎌倉大学へ推したし」との「久松先生よりの書信」を渡す。――同二十七日、「西郷君鎌倉大学へくる件は西尾さんの推した事分る。僕にも来いといふ。」――二十二年五月二十一日、「西郷君からも手紙。鎌倉大学行は二学期からと決ったようだ。」風巻氏は東大国文学で西郷さんの先輩である。

鎌倉アカデミアに参加した件は分ったが、興津氏はなぜ西郷さんにこだわるのか。それは彼がざっと五十年前、西郷先生の古代文学の講義を受け（通信教育のスクーリング）て深く感銘し、且つ、卒論に万葉集を選び（作家論・山上憶良）、それについても親身なアドバイスをもらったのだった。

――八月の燃えるように暑いH大学55年館でのスクーリング。誰かが「文学の基礎的な勉強にはどんな本を読めばよいか」と質問。西郷先生は、ルカーチの『リアリズム芸術の基礎』やマルクスの『ヘーゲル批判』がよい、と答えた。

――また、西郷先生は黒板いっぱいに万葉の歌を書き、いきなり大声で読み上げた。

大和には　群山《むらやま》あれど
とりよろふ　天の香具山
登り立ち　国見をすれば
国原《くにはら》は　煙立ち立つ
海原《うなはら》は　かまめ立ち立つ
うまし国ぞ　あきづ島
大和の国は

「教室いっぱいに響き渡るような大きな声」「不思議な重みと、ひびき」「あれはいったい何だったろう?」「今までに聞いたことがないような朗読」に「一番近い声といえば、のりとではないかと思い当ったのは、ずいぶん年を経てからだったけれど。」

そして、先生は言った。「この作者は天皇だが、天皇だとだめですか?いや、いいものはいいですよ、作者はだれでも。」

筆者興津氏が「のりと」に思い当ったのは正解であった、と彼に告げよう。彼は西郷先生の出自までは知らない。―先生は、私と同じ町の古い八幡社の跡取りだったんだ、とうとう家には帰らなかったけどね、と。

クタラキ先生

二〇〇五年に出た西郷さんの『日本の古代語を探る』(集英社新書)という本に、キトラ古墳の「キトラ」について考えた文章がある。そのなかに、中学時代、日本史を担当した「久多羅《くたら》木《き》先生」の名が出てくる。私も、西郷さんと同窓であるその(旧制)臼杵中学で久多羅木先生に教わった。あまり熱心な生徒ではなかったが、先生が郷土史の方でもすぐれた人であるとは、その頃すでに耳にしていた。西郷さんは同書で、大学卆業後、先生をお宅に訪ねたこと、クタラキ姓は先祖が百済からやって来たのによる名だと先生が語ったことなどにも触れている。

私は急に気持ちが迫って、西郷さんに手紙を差し上げた。(十月七日)

〈津久見の岩屋の巖です。五年、十年でない長い御無沙汰をつづけていて突然のお手紙ですが、御著書『日本の古代語を探る』の中に臼杵中学の久多羅木《くたらき》先生のお名前を見出したなつかしさのあまりのことです。私は先生と特別な交渉をもったわけではありませんが、後年、あれこれと人の風格など身に感じるなかで、思い浮かぶお一人であることは事実です。もう一人は英語の某先生で、お宅に何度か押しかけたことでした。その割りには私の英語はあまり上達しませんでしたが。〉

〈東京で『伝統と現代』誌の刊行を十五年ほど無謀に続け、その間、西郷さんには山口昌男氏との対談（「夢と神話的世界の構造」昭和四十八年一月号）をしていただきました。あの時、私は急な他用があって、ゆっくりお話もできなかったのです。その後、昭和五十九年春に、総特集「靖国」を作り、これで終刊となったのでした。倒産です。その通算七十九号のやや長めの「後記」で前年の暮れに亡くなった橋川文三氏のことを書いたのが思い出されます。〉

〈津久見にもめったに帰りませんし、もはや私など、海部《あまべ》の里の失せ人《う》でありますが、時どきあの辺のふるい風景と人間の姿がよみがえります。〉

〈私の住む八幡《やわた》の隣り町が樟葉《くずは》で、京阪線の駅前に梁塵秘抄の「くずはの御牧の土器作り土器は作れど娘の顔ぞよき　あな美しやな…」云々の小さい石の碑が立っていまして、面白がっております。〉

岩屋—旧津久見町の区の一つ。他に西之内、彦之内、中田、宮本、等。

海部の里―故郷豊後の豊予海峡沿いの北から佐賀関、臼杵、津久見、佐伯あたりはもともと古くからの海部（海人）の郡である。
樟葉の御牧―西郷信綱『梁塵秘抄』ちくま文庫にもこの今様歌が精細に解説されている。

暫くして西郷さんからの便りがあった。（十月二十一日）
〈何しろもう九十歳になろうというので、しんしんたる「老化」のなかに生きており〉〈私なども、あれこれと転びまわっただけだという気がします。そして、その転びは、いまなお進行中という気がしてなりません。というより、ふらふらしていて、もう何もまともなものは書けそうにないというところまで来ているのを痛感します。あとほんの少しで「マル九十歳」になるのですから。〉
あれこれと転びまわった。その転びはいまなお進行中、とあるのに私は感銘した。この返書の礼を述べつつ、もう一度、十月二十七日の夜ハガキを書いた。〈今日は秋晴れの好天、石清水八幡の男山に家から歩いて四十分、上ってきました。〉
西郷信綱さんはこの時から三年後の昨二〇〇八年（平成二十年）九月二十五日の夜、川崎市の病院で亡くなった。九十二歳であった。
西郷さんの著書は数多いが、五十五歳で横浜市立大教授を辞してからの長い年月の末、一九八九年、七十三歳で『古事記注釈』全四巻（平凡社）が完成した。この代表的大著が全八巻で文庫化されたのが二〇〇六年で、それは別として、二〇〇二年（平成十四年）秋に出た『斉藤茂吉』（朝日新聞社）が、おそらく最後の著書になったと思う。そして、そのことの含む意味は重いのではないか。西郷さんの「首尾」がこれで一貫してここに現出したと思うからだ。

それは……西郷さんは東大は英文科に入った（昭和十年）のだが、たまたま斉藤茂吉の自選歌集『朝の蛍』を読んで「五体をつらぬく深い衝撃」を受け、さらに第一歌集『赤光《しゃっこう》』第二歌集『あらたま』を買い求めたが、それらは「わが身をゆだねるべき詩そのもの」だったのだ。以後、日本の古代歌謡、万葉集、梁塵秘抄、芭蕉連句等々が「磁気」を放ちつつ次々に立ちあがってくるようになった。

西郷さんは国文科に移ったのである。

その茂吉が戦争の進行につれて、皇国だ、大君だ、御民《みたみ》だと、惨たんたるガラクタ歌を量産し、好んで「臣」と自称したりで、その戦争熱中ぶりに西郷さんはがっかりして、ついに茂吉にさよならした。

その訣別から戦後、半世紀以上の歳月が流れ、今、「茂吉との因縁の深さ」をつきつめて思い返そうとしたのだ。茂吉にはあの時局時勢への「便乗」などという意識さえなかっただろう。それは骨がらみのものであり皮膚感覚である。かつて俊秀な歌よみ茂吉に根底的に五体を震蕩されたあの「経験にまで降下し」「そこに沈潜しているあれこれの契機をとらえ直し」てみることは自分に「必須な仕事」なのではないのか、とこの本を書く気持ちを述べている。

西郷さんは、近現代と古代との重層交叉する地点に生起するアポリアに、対そうとしていたのだろう。

茂吉論を何とかまとめなきゃ成仏できない、と冗談のように口走っていたこの人を最後に送る棺には、『古事記注釈』とともにこの『斉藤茂吉』が納められたという。「西郷さんの「首尾」はこうしてととのった。

くにの赤八幡社は西郷一族の人が継承している。また、信綱氏歿後、その大きな学的業績の顕彰の形をどうするといった話も、氏子総代衆の間で出ているとか。それはともあれ、私もまた同じ町うちに育ち、同じく家の業を継ぐ立場を捨てた者である。東京、沼津、奈良、現在の京の八幡《やわた》在と、暴走、転倒、漂流をつづける身に時に浮ぶ往《い》にし赤八幡の祭りの景は、きわめて鮮明でありながら、そこにはいささかの翳が交っている。

保阪正康氏に連れられて牛嶋師範を訪う

次の話は前号記した部分と、内容の上で連なるものである。

昭和史検証の動きを牽引する強力な書となった保阪正康氏の『東條英機と天皇の時代』が、私のやっていた伝統と現代社から出版されたのは、上巻が一九七九年（昭和五四年）十二月、下巻が八〇年（昭和五五年）一月である。著者は昭和という時代を生きた人々自身の証言で歴史を作り上げたいと決意して「聞き書き」の旅を二十年、三十年と歩み続けた。数千人の有名者・無名者との出会いがあった。

その途上、『東條英機と…』刊行前年の四月二十五日、保阪氏は牛嶋辰熊氏への質問を東京目白の牛嶋宅で始めていた。

牛嶋氏は熊本県出身の柔道家、各種全国大会でしばしば優勝を重ねた強豪で、のち皇宮警察、警視庁などの師範をつとめていた。昭和十九年、東條暗殺を企て、東條の下野で未遂には終ったが、刑を受けた。

保阪氏の取材内容は著書『昭和史　忘れ得ぬ証言者たち』（講談社文庫）でたどれる。その暗殺計画の頃、牛嶋氏は柔道家であると同時に東亜連盟の活動家でもあり、軍人から思想家まで交友関係があった。軍人では石原莞爾、思想家では中江丑吉を特に尊敬していた。東亜連盟というのは、昭和十四年（一九三九年）石原莞爾主導で結成された国家主義ないし国家社会主義的団体。日本・中国・満州の連盟を計り、国防・経済の共同、一体化、文化の交流等を掲げるが、連盟を官憲は「アカ」とにらんでいたし、東條に解散を強要されもした。

保阪氏が暗殺事件の真相などの質問に入ろうとしたとき、牛嶋氏は「どうぞなんでもお尋ねください。わりあい記憶は鮮明ですので」とこころよく應じたが、これは諒解してほしいという或る条件が出された。それは「私は天子様をお慕い申し上げておりますので、そのことを揶揄する質問は遠慮してほしいのです」というものだった。保阪氏はこの端然たる人物の「礼儀正しさと会話の条件を見事に前提に示すことに、居ずまいを正したほどだった」と書いている。

ところで保阪氏は、牛嶋氏とは三回会った記憶があると手紙で言ってきた。そのうちの一回、私を同道したのである。そして、私はいま触れた取材・会話の前提条件の話は聞いてないので、同道したのは第一回ではなかったわけだ。

『忘れ得ぬ証言者たち』には、「何回目の取材かは忘れてしまったが」として、「牛嶋が、東條首相暗殺の決行者になろうと思った経緯を初めてこまかく話し」た件りがある。

それは東條が首相、陸相、参謀総長のポストをすべて占めるという独裁的権力を振いつつ、そしてサイパン陥落も時間の問題となっている情況で、依然として〝精神力〟ばかり強調して実相を国民に全く知らせない。これは「東條の権勢欲を満たすだけの戦争」になってしまっているのではないか。そんなとき、津野田少佐から連絡があったのだった。「彼は石原（莞爾）先生の流れを汲み東亜連盟の理解者で、中国戦線から大本営に転属になって極秘情報にふれて、これではだめだ、東條を倒さなければこの戦争は終わらないと考えたんです。」

二人の計画案を石原、小畑など反東條の陸軍長老は誰もがその決行を黙認する意思を示した。決行日は七月十八日。東條の皇居上奏の帰りの車に牛嶋が手榴弾を投げるという手はず。……

暗殺計画は未遂に

私はいままで紹介してきた内容を一部分は聞いたが、これほどこまかくは聞いてないように思う。三十年むかしの記憶がボヤけるのは当たり前かと思うが、しかし、次の部分は鮮明に覚えている。

この暗殺計画は挫折したのである。それは七月中旬に入って「重臣間にも反東條の動きが強まり、包囲される状態になった東條は、最終的に天皇の信頼を失い、退陣に追いこまれたから。」「牛嶋らの予定した決行日は、はからずも東條がすべての要職から退陣する日ともなったのだ。」

その時のお気持ちはどうでしたか、と保阪氏も私も同時に牛嶋氏の顔を見た。彼の答えを『…証言者たち』はこう記している。

「私は東條を暗殺しないですみました。正直言って、自分も助かったと思いましたね。でも私たちの動きが退陣を促す一因にはなったと思っています。」

その場にいた私は「いやー、ホッとしましたよ、そのとき」と言った牛嶋さんの声と、おだやかな表情を思い出す。

保阪氏は同書で書いている。

「端然と牛嶋は語り終えた。そして私を見つめて、君は幾つか、子供はいるか、と聞いた。…決行者にならずにすんだという言の重さが、私の耳朶《じだ》には今なおこびりついて離れない。」

これが最後の会話の時であったのだから、私が保阪氏に同行したのは、三回目、終りの回だったのだ。私も牛嶋氏の平静な口調の、飾り気のない正直な言葉に、深い感動を覚えて聞き入っていた。

保阪氏の取材、質問がほぼ終って、私が鹿児島の七高の、それも柔道部にいたことを話したら、牛嶋師範は、熊本県出身でもある関係で五高柔道部の指導にもかかわっていたこと、夏休みなどには七高にも時どき出向いて教えていたことなどを語った。そんな話から前回触れた四元義隆の名も出たのだが、計算してみると、牛嶋さんは四元さんより三つ四つ年長である。「四元先生はいかがされてますか。お会いになるようでしたら、牛嶋がよろしく申していたとお伝え下さい」と別れぎわに言われた。

『…証言者たち』で著者は、牛嶋氏の柔道が、スポーツ化したポイントかせぎ柔道と決然と一線を画していることに、熱い賛意を表してもいる。かつて、問題にもならぬ弱卒としてではあるが「実戦」していた者として、私も、近頃の試合中しばしば目にする「待て」のバカらしさ、試合中断の不可解さに、牛嶋氏の言う「真剣」の真反対の姿を見ていることを申し述べていた。

この取材訪問のとき牛嶋さんは七十四、保阪さんは三十九歳。五十三歳の私は牛嶋さんのまだ屈強そのものの、がっしりひきしまった体躯と、漱石を頑強にしたような立派な風貌にしばしば見入ったことであった。

前章一の文末で、私は『東條英機と天皇の時代』を保阪氏の「第一作」と書いている。それは本格的な昭和史検証の書として、というつもりではあったのだが、やはり間違いであるので、保阪氏に問い合わせて教えてもらったところを紹介し、訂正しておく。

『死なう団事件』れんが書房・七二年二月、

『五・一五事件─橘孝三郎と愛郷塾の軌跡』草思社・七四年一月、

『東條英機と天皇の時代』伝統と現代社・上＝七九年、下＝八〇年、の順であり、
このあとすぐにも『憂国の論理─三島由紀夫と楯の会事件』（講談社）や『昭和陸軍の研究』（朝日新聞社）等があり、以後は著書多数。


むかし、連れ立ってフラフラ漂流していたことなど、思い出す時もあるが、保阪さんも七十歳になるか、なったくらいだろう。大変な多忙の中での文筆活動、ますますの健筆は願わしいところだが、何か腎臓などをわずらったようで、いささか心配でもある。「昭和」が戦前・戦中も、戦後さえもが「歴史」となろうとしている今、その歴史の捏造を廃し、その歴史を生きた人間の、真実を語り伝える志を、改めて強く保持しようとしている氏に、くれぐれもお大切にと申し上げる。

（道標25号　二〇〇九年六月二五日刊）

三

アララギの歌から

四年前の今ごろ、私はたまたま昭和二十三年（一九四八）の「アララギ」誌六月号に出会った。或る人が貸してくれたのだった。兵隊にとられていた関係と戦後すぐの混乱のつづくなかで、だいぶ遅れて復学した学生生活を東京で過ごしていた時期の号である。と言っても、短歌とは無縁の日々であったから、斎藤茂吉や土屋文明等で高名なこの歌誌の存在も、当時は全く知らなかった。それはそうなんだが、今、実際に頁をめくってみると、あの時代がありありと浮かんでくるのであった。

もっとも、この短歌結社の大御所―岡麓、茂吉、文明らの歌は「隣家の庭の梅の花が薄赤い」とか「吃逆《さくり》がとまらないから急いで歩いた」とか、まことにおっとりしたものであり、「茂吉小話」という随筆欄も、象形文字及び印譜関係の中国清代の古書の紹介といったのどかさなのだが、大御所連に次ぐ幹部歌人たちの作には、時代を映すものが実景にせよ心景にせよかなり見られる。

帯の地の金の刺繍が眼に残る妻は一度も身につけざりき　高田　浪吉

会館の窓下の菜園に落したる煙草一本を降りゆき拾ふ　広野　三郎

行きてわが言はねばならぬ事を思ふ聞きて悲しまむ人等を思ふ　五味　保義

家鴨飼ふ目論見もちてわが妻はひそかに林檎の袋貼るらし　山口　茂吉

講座捨て党に行く老いし教授一人小さき一日の記事となるのみ　近藤　芳美

地下道の夜の少年を訊問し答ふ声みな短きラヂオ　近藤　芳美

鍬一丁買ふことの家内相談がまとまりて朝のうまき芋飯　菅沼　知至

八人目産みたる妻よ臥りゐて何かしみじみと吾をみつめき　八木　喜平

銀行の横の空地に箱並べ文房具売る命生きむため　石川　信

たまはりし白き餅ひとつ皿の上に書の鐘なれば我が一人食む　鈴木　順

また幹部歌人の選を受けた一般の作者の歌にも。——

校長を君と言ひ職員を臣と言ひゐし馬鹿野郎　今　天皇制を罵倒する　斎藤　喜博

党員なる君の観念より僕の事実が進歩的なりと結論を出す　斎藤　喜博

理学部の地下にし君は部屋もちて明り窓の下に朝げを並ぶ　眞下　清子

いたく惨めなる思ひしてをり夢の中に幾度となく銭を拾ひて　浅井　俊治

着物売りし妻の決意のかなしさに少し考へむ金儲けのこと　金剛　胎蔵

「理学部の地下に…」の歌で思い出すことだが、戦後すぐのころの東大で、ギリシャ哲学の出隆教授も研究室を住居にしていた時期があったと何度か聞いた。

労働バイトと教師バイト

第一回、二回で少し書いたように戦後早々の東京での学生生活は、一年半ほどは食糧の買い出しとかアルバイトでだいぶ時間をとられて、「学問」の方は、恥ずかしながらかなりいい加減な状態であった。アルバイトの方は、前にふれた東郷二郎——七高の生徒のころ私の短歌について「もっと色気のあるのを作れや」と批評した柔道部同期主将——が東北大から東大（経済）に転学してきて、一緒に土方とかトラックの上乗りなどの力仕事に精出した。

彼の先輩だかが何とか省の機関にいて、その関係であちこちから戦争中の〝隠匿物資〟を搬出する仕事などもあって、東京の北から南の晴海あたりの倉庫までの遠距離をトラックで何度か運んだりしたが、一度、強烈な硫酸の大壺十数個をノロノロ運転で運搬した時は、上乗りのわれら二人、ヒヤヒヤの連続であった。そう言えば、同じく危険なニトログリセリンを運ぶイヴ・モンタンの映画「恐怖の報酬」があったなあ。

半年ほどで労働バイトを切り上げたころ、やはり七高同期、同僚の梁瀬が女学校教師のバイトの後釜《あとがま》をやってくれ、と言ってきた。彼は私より一年早く卒業するのである。鶯谷のその学校はごく小規模の私立の実科女学校で、洋裁・和裁・活花・料理などが中心で、英・数・国語などの学科は、早稲田の学生君と二人で担当する何でも屋教師、それもごく初歩的な程度のもので。校長という人は御徒町に弁理士事務所を出していて、ここで私も何度か教材用にガリ版を切ったりした。

梁瀬が後任の私を教室で紹介し、また私に「注意事項」を伝えた。それは「授業のとき、特定の子をジーッと見てはいけない」という重大な教訓であった。

勤めを始めた最初の日だったか、終って校門を出ようとしていたところへ、女生徒の一人が走ってきて「先生、これを」と小さい包みをくれた。下宿に帰って開けてみたら、数本の葉巻だった。安物らしいのだが、葉巻など買ったこともなかったから、面白がって下宿のオバさんに今日のことを話しながら吸った。後日、この子はいささか〝不良〟がかった出来のわるい生徒であることを知った。

また別の一人は寿司屋の娘で、せんさいでありながらおどけたところがあり、学科の成績もまずいい方。或る日、私を家に連れて行った。おやじさんが大ニコニコで寿司を握ってくれた。私は気持よく大いに食った。この家も附近も、下町の雰囲気が気さくであった。

さらにまた、級長をしていた子は、北浦和の先の与野の私の下宿にまでやってきた。荒川土手に並んで腰を下ろして、あれこれと他愛もない話を交わした。卒業後、数年して或る日、赤羽駅で偶然彼女を見かけた。親しげな青年と一緒だった。目が合って彼女はちょっとうなづいた。私ものちに女房となる女と連れ立っていたのだが。

女学校の卒業式のとき、梁瀬と私は数十人の生徒と、校長以下、裁縫、お花、書道などの諸先生との前で「田螺《たにし》どの」を歌い且つ踊った。これは七高のときに習い覚えた単純滑稽にして少々卑猥なところもある伝承的な遊び唄。

田螺どの田螺どの　愛宕詣りにおじゃらぬか／いやですろ　いやですろ／ちょうど去年の夏のころ　泥鰌《どじょう》どのに誘われて／ちょろ〱小川を渡るとき／鳶《とんび》や烏やフクロめが　あっちゃこっちゃ突つきこっちゃ突つき／その傷がその傷が　季節めぐりて冬来れば　ズングラズングラ痛みだす／何か妙薬ござらぬか……

といった文句で「妙薬かずかずあるなかに」と何やらあやしげなコトバに続くのである。

二人で小さな〝講堂〟を、手を振り足を上げ己れの尻をかかえして、ぐるぐる何周か廻る。女生徒たちはしばらく呆気にとられ、それからワーワーと笑いくずれ、諸先生方はただ困惑の態。まあ、あんまりくどくならないところで、めでたく終らせたのであった。

林達夫『歴史の暮方』と中野重治「五勺の酒」

話はもとに戻るが、こんな日々もある一方で、昭和二十三年は翌年の卒業をめざして「卒論」なるものにもとりかからねばならず、大学図書館にも通って、辞書を片手にプラグマティズムの哲学者・教育学者であるJ・デューイをかじってみたり、コミュニティ・スクールの思想と実践例を知ろうとしたりしたが、にわか勉強のバチでまことに遅々たる歩み、一向にはかどらぬまま、中国大陸で進行中の国・共内戦を気にしながらまた魯迅を再読したり、その頃出版された林達夫の『歴史の暮方』(筑摩書房)や中野重治の新作「五勺の酒」などを読んでいた。

林の書中「絶望の唄を歌うのはまだ早い、と人は言うかも知れない。しかし、私はもう三年も五年も前から……」という書き出しの一文(「歴史の暮方」)は、昭和十五年(一九四〇)の帝国大学新聞六月三日号に書かれたものとある。その年にはいわゆる大政翼賛運動が始っており、林は翌年の十二月八日太平洋開戦以前のこの時点で、いやその以前からすでに「絶望」を深めていたのだ。あの無知・尊大な時代の哲学・文学、そして政治の貧困化に。

「人なかにいると、私はふと自分が間諜のような気がして来て、居たたまれなくなって席を立ちたくなることがある。」「現代のモラリストは、事の勢い上、不可避的にイモラリストとなる。残念ながら、現代日本では、イモラリスト的な風貌をしていたと思われた思想家や作家までが最近けろりと申し分ないモラリストの姿勢に扮装更えしてしまっている。」「哲学や文学が行進のプログラムになっては、もはやそれらは哲学でも文学でもない。」「我々の政治学は……何のことはない、小学校の修身とお作法の程度にすぎないのである。」

かくして、林達夫は戦時中、家に引っ込んで養鶏や花作りに精を出していたのだ。

同書の別の文章「反語的精神」は、その「絶望」の戦術としての意味を担うものらしく、終戦翌年に書かれた。(「新潮」四十六年六月号)林、五十歳。亡くなった木下杢太郎を追悼し論ずる筈のこの文章で、彼が説き及んだ天皇論が殊にも感銘深いものであった。

「歴史の暮方」で暗澹たる時代の「絶望」を吐き棄てるように語った林が、さて戦争は終ったその「余響のさなか」の、これまた安直きわまる言論、「余りにも無造作に三百代言的紋切型を口にしすぎ」る傾向にうんざりして、そこから「民族的習性の旧態依然たる固陋さ」という根源的問題に目を向けて「天皇崇拝」という「心理的習性」の他愛なさを言う、だけでなく、この反語家としては珍しいくらい激しく指弾するのだ。「漠然とした遺制的気分の消極的承認にすぎないものを、それが触発されただけで、人は積極的な信仰告白と思い違いをしている。」

「天皇がもし人間として人倫的世界の約束のなかに立たれるなら」裏切行為は許されない、と現天皇への懸念を表明し、さらに天皇に対して側近者グループがいつの世にも例外なく「いちばん不逞」で「傍若無人」で「少なくとも慇懃無礼であることを常とする」という、「尊厳」とその特権的階級による利用の構造に説き及んでいる。

「五勺の酒」は、調べてみると昭和二十二年（一九四七）の雑誌『展望』一月号に出ている。これを読んだのがその時すぐにだか、暫く間があったのか覚えていないが、ここでも天皇―天皇制論が人間的に重いテーマになっていて、そこを抜きにして日本人のモラルを云々することはできないという目が、一貫して重くすわっているのであった。「未練、未練」というのが何回か文中に出てくるのも、教師である自分が尊重している、しかしまだ未熟である少年たちとの齟齬、政治問題に人間として迫る点での浅墓さで日本共産党（中野自身の属する）及び「アカハタ」をギリギリと批判する、そういう歯噛みするような思いの「未練」であるだろう。

この作品発表の前年正月の詔書で天皇はみずからの神格性を否定した（「人間宣言」）のだが、「五勺の酒」にはこういう主人公の言葉も吐かれていた。「どこに、おれは神でないと宣言せねばならぬほど蹂躙された個があっただろう」と。天皇制からの天皇の救済の問題。だから「天皇を鼻であしらうような人間がふえればふえるほど、天皇制が長生きするだろうことを考えてもらいたいのだ。」

先に見た林達夫も天皇問題に人間的に迫ったものという感銘が深かったが、中野重治のこの独白体の作品は、より肉体を伴った実感の濃厚なものであり、政治の言葉と文学の言葉、或いは文学の言葉による政治批判の問題を考えはじめる機縁となった。

竹内好という名を知る

鹿児島の七高以来の魯迅の因縁で、私は竹内好という名前を知ることになった。当時、東大の東洋文化研究所が公開講座を行なっており、同研究所の飯塚浩二教授を中心として意欲的なテーマを展開していた。飯塚教授は東大経済とパリ大学に学んだ人文・社会地理学者。戦後、アジア研究や比較文化論の分野で活動し、多方面に大きな影響を与えた人物で、男っぽくしゃれた風采の人だった。

その公開講座の昭和二十二年十一月五日の題が「魯迅の歩いた道――中国における近代意識の形成」、講師・講演者が竹内好というもので、これは聴かずばなるまいと予定していたのが、当日になって都合がつかなくなった。一緒に行く筈だった友人の栗田は出席したと言う。「どうだったか」と感想を問うたら「そこらの学者とはチョト違うやつだった。何かこう、異質な大入道だった」と。私は「ほう、そういうやつだったか」とだけ言ったが、内心は「しまった」と口惜しがった。その時の気持ちの揺れを今でも覚えている。

揺れ、などと大袈裟に聞こえるかも知れぬが、そうでもないのだ。戦後間もなくのわれわれは、日本の社会慣習・政治制度・精神風土にわたる「封建的ないし半封建的遺制」の問題に首を突っこんでいて、何かにつけてfeudalなる語が飛び出して来るといったふうだったのだが、その関心から聞きかじっていた諸講義における「近代化」論も、家内工業論、マニュファクチャー論を含めて西欧的イデアールにのっとったスマートな論法が多く、それらに喝采しながらも、どこかハラにおちないものを感じていたから、言ってみれば〝本能的〟に、ハラにこたえるものを求めていたのだったろう。

ところで、これまた因縁ばなしめくのだが、私は昭和二十三年の暮近くに、白日書院という小出版社の就職試験を受けた。当時私は「日本評論」誌や「世界評論」誌を読んでいたので、「あなたの考える出版企画」というその場での出題に、そういう雑誌の路線らしいプランを書いて出したら、「世界評論」なんかを愛読してるんですか、と見事アテられてしまった。結局は落ちたのだが、白日書院は最後に残った私を含む数人の者に自社の出版物をくれた。好きなのを選んで下さい、と並べられたなかに『東洋的社会倫理の性格』という新刊書があり、これに、あの聴きそこなった竹内好の公開講座講演が「中国の近代と日本の近代——魯迅を手がかりとして」となって収められていたのだ。私は迷わずにそれを取った。

植民帝国主義のヨーロッパの圧力と東洋の近代—圧力に抗し敗北し、なお抵抗を継続する中国。すんなりと近代を受け入れ、従って「敗北」もなくそれなりの「成功」をみた優等生日本。その文化構造の考察、近代主義批判の展開。——これは竹内好の主要な文章の一つだろう。

私はふと、漱石の明治四十四年（一九一一）の講演「現代日本の開化」をも思い浮べる。「開化」は「近代化」と言いかえていい。

—日本の開化は内発的でなく外発的である。内発的に「行雲流水の如く自然に働いている」西洋の開化に押しに押されてのこと。「今の日本の開化は地道にのそりのそりと歩くのでなくって、やっと気合を懸けてはぴょいぴょいと飛んで行く」「皮相上滑りの開化」である。しかし、それもやむをえない。現代日本は「涙を呑んで上滑りに滑って行かなければならないというのです。」

上滑りをすまいと、踏ん張って力を盡していると、まともな人間は「神経衰弱」にかかってしまう。「どうも日本人は気の毒と言わんか憐れと言わんか、誠に言語同断の窮状に陥った。」という「極めて悲観的の結論」を示して話は終っているのだが、つけ加えて曰く—「苦い真実を臆面もなく諸君の前にさらけ出して、幸福な諸君にたとい一時間たりとも不快の念を与えたのは重々御詫を申し上げ」るが、私の所論もまた「相当の論拠と応分の思索の結果から出た生真面目の意見であるという点にも御同情」くだされ、と。漱石文学に底流する同時代の文明、近代化の脆弱さ、歪みに対する批判が明瞭に見てとれるのだ。「上滑り」も、せめて「涙を呑んで」のことならまだ救いもあるだろうが。

私は右の『東洋的社会倫理の性格』を、竹内氏歿年の一九七七年の時点ではまだ所持していた。その頃、何かのことで開いてみて、裏表紙に「一九四八年十二月一日、白日書院より!?」と書きつけてあるのにあらためて気がついた、とふるいメモにあった。就職試験で落とされはしたが、竹内好に少し近づいた記念の書であった。その後、移住の度重なるなかで失ってしまった。

そのような戦後すぐの二、三年であったが、就職試験の件でもう一つ。白日書院の前だったか後だったか、NHKを受けて最後の面接で落とされたということがある。何やら大きな部屋で数人の幹部らしい人の前で、支持政党を聞かれて、私が「まあ投票するとすれば、目下のところは、共産党しかありませんなァ」と言ったのだった。このヒトコトでダメになったのだ、そこまではよかったんだが―と私はいまだに〝信じ〟ている次第。しかし、もし合格していたらどんなふうになっていただろうかと、知らない世界のことをあれこれ想像してみて、少なくとも、俺がずっと後年、苦いホゾを噛んだあの破産という目には会わなかっただろう、とは思う。

もう一人の柔道仲間

戦後の同じその頃、昭和二十三年に竪山利文は九大の工学部を出て、東芝に入った。彼も七高での柔道同期である。(旧制)都ノ城中学から来た。すでに有段者であった。入部懇親会のとき何か歌うハメになり、全くの田舎中学出の十七歳の私は、その校歌くらいしか知らなくて、ホトホト困って、たまたま隣りにいた竪山に助けを求めた。彼はすぐ小声でささやいた。「三ヵ月サマコンバンワ、銀の舟、小舟、ギッチラギッチラ漕いで、夢ノオクニヘ参リマショ…」。私は二、三分でこの歌詞とフシをそらんじて、ご披露に及び、好評?を博した。

竪山は東芝労連委員長から電気労連委員長、中立労連議長とつとめ、イデオロギーの対立を超えろと、労働界の調整に走り廻った。その後、昭和六十二年(一九八七)結成の民間労連の会長に就いた。「連合」の前身である。

平成十九年(二〇〇七)十月に八十三歳で逝った。その前年に『遠交近攻』なる著書をまとめたが、それを私は知らなかった。その年、平成十八年の十月三十日に七高同期の全国集会が箱根であり、三十数名が集った。そこで竪山に久しぶりに会った。彼は何度か「いわおは来てないか」と幹事役に聞いていたそうだ。私も会えて嬉しかったのだが、彼は本のことは何も言わなかった。だから私はその彼の本を読んではいないのだが、『遠交近攻』とはいかにも彼らしいとも思う。よき「策士」としての一面を表現しているのかも。

朝日新聞二〇〇七年十一月三十日の「惜別」の頁によれば、竪山はその著書で、九大時代に友人を訪ねて行った長崎で被爆したことを語っている。たまたま山越えの道で行ったので直撃は免れたが、その原爆の体験が、科学者・技術者の道ではなく労働運動の道に入った動機だ、と述懐しているという。

どこかで聞いた覚えがあるのだが、彼の兄という人が社会運動にかなり関係した人物で、その影響もあって、竪山は九大時代から各地の労組に接触があったらしい。しかし、詳しくは事情を知らない。

戸坂潤の獄死

これまでの文中、近代化とか封建的遺制とか、天皇—天皇制とかの言葉が、あちこちで顔を出したが、もう一つ、明治維新論、というかそれを含めて日本資本主義の性格規定をめぐる論が見られた。すでに昭和のはじめの頃からマルクス主義の、特に経済学や歴史学の関係者の間に論争があって、一九二七年創刊の『労農』に拠った人々—いわゆる「労農派」は明治維新を一應のブルジョア革命として、次なる戦略目標を社会主義革命とした。対して三十二年頃の岩波刊「日本資本主義発達史講座」に集まった人々—「講座派」はそこに顕著な天皇制の絶対主義的性格と、未だに広くみられる封建的諸関係の残存を重視し、ブルジョア民主主義革命の徹底を主張する。

その論争は、昭和十年代早期の思想弾圧・相次ぐ関係者の一斉検挙等で中断されて、この大戦後に持ち越され、幾つかの論点に分岐して続いたのだが、当事者たちはともかく、われわれには遠々しい感があった。なるほど、そういう人々の真剣な議論があったのかと、当時から言ってつい十数年前にこの日本で実際に展開されていたのに全く知らなかった思想と国家権力との熾烈な闘争について、少しは知ろうと思って、あれこれ読みもしたが、正直のところ、議論のあまりの精緻・煩瑣ぶりに閉口した。

マルクス主義の人々のなかで、特にぴったりきたのは戸坂潤であった。もちろん何の予備知識もなしに、その『日本イデオロギー論』を古本屋で見て、ただ書名に惹かれて買ったのだった。たしかA5判の本だったという記憶はあるが、それが昭和十年（一九三五）の初版本か翌年の増補版か或いはその後の第何版だったか、そんなことは知らなかった。何回も読み、時々また拾い読みもして、ずっと書棚にあったのが、昭和五十九年夏の〝江戸逐電〟（沼津への移住）の騒ぎの際になくしてしまったが、やっぱり未練があったので、後になって岩波文庫版を買った。

この人は、読みすすみながらその大きさが直感され、その気質、感性まで分る気がするのであった。この本の副題は「現代日本に於ける日本主義・ファシズム・自由主義・思想の批判」というのだが、ここに言う「現代」は一九三一年昭和六年の満洲事変前後からの、本格的戦争へと硬直化して行く時代である。

京大で哲学を学んだ戸坂は観念論哲学から次第に抜け出してマルクス主義唯物論へ転じて行ったという。その間、軍隊生活も経験している。三木清などの影響もあるとか。論の運び方は精緻であるとともに、どこか包容力といったものを感じさせた。

私は文庫版の「解説」（古在由重）で、戸坂潤が杉並警察の留置場から東京刑務所、次いで一九四五年長野刑務所、「その三ヵ月後の八月九日、敗戦の一週間まえ、酷熱の独房で栄養失調のためついに獄死。」とあるのを読んだ。戸坂四十五歳。「無念のきわみである。」と古在は書きつけている。情況を推察するだけの私も、無念であり、怒りがこみ上げてくる。国家なるものの無知傲慢と狂暴性をあらためて思わずにはいられない。さっき名前の出たもう一人の哲学者三木清もまた同じ四十五年に逮捕され、同じく獄死。戸坂は敗戦一週間前だったが、三木は敗戦一ヵ月余後の九月二十六日。その時点では治安維持法は撤廃されておらず、多数の「政治犯」「思想犯」はまだ解放されていなかったのだ。国家はどこまでも狂暴になりうる。

戸坂潤は留置場生活で俳句を幾つか作った。

　とうがらし赤くなるころ嫁の来る
　蒸せかえる青葉祭や猿の村

古在由重はこの「解説」文中で、かつてソ連科学アカデミーで行なった講演のことも書いている。彼は戸坂の唯物論研究会の活動などを語って、最後に戸坂の獄死を悼み、杉田久女の次の一句で話を結んだとある。

風に落つ　楊貴妃桜　房のまま

私は今また読みながら、あふれる涙をこらえきれなかった。

翌昭和二十四年（一九四九）以降、私は今回の文中にその名を記した林達夫、飯塚浩二、竹内好氏等、さらには柳田國男、谷川雁氏等の〝生ま身〟に会うこととなる。

四

(道標26号　二〇〇九年九月三〇日刊)

新聞屋のはしくれに連なる

越えて昭和二十四年（一九四九）早々、大学卒業について単位が一つ不足であることを事務局で聞かされて大いに慌て、これだけはわりと熱心に聴講し、レポートなども何度か提出していた宮原誠一助教授に頼み込んで、水増し単位を頂戴したのだった。

しかし私の就職はまだ決まっていなかった。それを心配してくれた主任教授が、たしか横浜方面の会社の労務だかの口を紹介してくれたのだが、とんと興味が持てぬまま、或る日文学部のアーケードに出ていた「日本読書新聞」の求人の貼り紙を見て、何項目かのテーマについて小論文を書き、当時水道橋にあった社屋に持って行った。この週刊の書評新聞の発行主体についての知識など全くなくて、そういえば、くにもとの小・中学二年下の蜜柑百姓の野中が購読していたあの新聞か、あれならちょっと面白そうだと感じてはいた。私の認識はその程度のことであった。

ずっと後に知ることになるが、この新聞は昭和十二年（一九三七）三月一日付の創刊。その巻頭には、当時の新聞界というかジャーナリズム界の大御所的存在であり国家主義・皇室主義者であった徳富猪一郎（蘇峰）の祝辞と並んで、リベラリズムのリーダー的哲学者だった三木清の「読書論」が七段にわたって掲げられた。その発行母体である（株）日本読書新聞社というのは、出版業界の協同設立にかかるものであった。――この創刊の年の七月七日には日中戦争が勃発するという微妙で危うい時期である。

その後の戦時中、この新聞社も国の干渉によって、用紙配分を含む文化統制機関化して日本出版会となり、紙面内容も幾変転があって、一九四五年五月、爆弾の雨のなかで遂に休刊となった。それがその終戦の年の十一月二十日付で早くも復刊したについては、ずっと新聞主任をつとめていた田所太郎や、出版会でどうやら「月給」をもらっていた柴田錬三郎（後の作家）など軍から早く復員してきた人々、また後年「暮しの手帖」社長となる大橋鎮子たちが深くかかわるし、復刊後のこの新聞の変遷の話もあるが、それらについてはまた触れる機会もあろうかと思う。

ともあれ、私は日本読書新聞編集部に入ることができた。三人採用されたはずで、いったんはお互いに顔を合わせたのに、けっきょく私一人となった。それについても事情があって、二、三カ月のちに分かったのだが、いま説明することでもない。

その頃は新聞の発行母体である社団法人日本出版協会には、機構上にもまだかつての名残りが幾分あって、著作権課とか海外課、用紙課なども多少機能していて職員もそれなりの数がいた。新聞発行の部門だけでも、編集、営業、会計庶務等で三十人近くいたと記憶する。

それらの業務も次第に消滅して行きつつあったし、まもなく出版協会は、実質的には読書新聞を発行するだけの組織になって行く時期であった。

ここでは、新聞と並行して「書評」という月刊誌も数年来発行されていて、そちらは一時、「錬さん」（柴田氏）が長であったらしく、けっこう高名な学者、作家、評論家の文章や座談会が見られたようだが、私が入った頃には休刊になっていたし、その「錬さん」もすでに特異な時代小説家として出発していた。その輩下にいた嶋という女性が、新聞の方の手伝い人として移ってきていて、「私は新聞の編集なんかやれる人間じゃありません」などと言ってはいたが、ともかく編集部員であった。私はいつしか彼女と親しくなった。

もともと行儀作法をあまりわきまえないタチの私は、社内でも何やらズーズーしいふうに見えたらしく、「アプレが来た」と他の課の人たちの間でも言われていたようだ。「アプレ」はもちろん「アプレ・ゲール」の略で「戦後」ないし「戦後派」。あの頃の流行語の一つだった。本来は第一次世界大戦後のフランスを中心に興った文学芸術上の新しい傾向のことを言ったのだが、転じて第二次大戦後、従来の思想・道徳・生活態度などにとらわれない或いは反逆する傾向、及びそういう人間を指す言葉になったとか。

しかし、身の廻りで聞くこのはやりことばは、単に〝放恣な近頃の若者〟というくらいの意味で使われていたように思う。私の場合は、彼女とのつきあいの〝すがたかたち〟などに、幾分かそんな要素を感じさせるものがあったのかもしれない。

安吾の日記に嶋君の名が……

私は彼女とよく歩き、飲み、しゃべった。après-guerre の本家・フランス＝ヨーロッパ戦後の文芸思潮など知るわけもなく、当時、神保町方面や早稲田方面や方々に通じていた路面電車の電車道に、まさしく「アプレ」のていたらくで酔って寝っころがったり、それを彼女が引っぱり起してくれたり。そんな或る日、何かと話題の多かった作家坂口安吾のことを私が口にしたのだった。

それまで私は安吾に会ったこともなかったが、彼の『堕落論』は読んでいた。私が読書新聞に入る一、二年前の出版だったと思っていたが、今度調べてみたら昭和二十一年四月「新潮」に書き、関連する文章と合わせて翌二十二年（一九四七）に本になっている。――「ダラク」なんて言うから何事かと思ったが、安吾の言うところは実にまっとうな考えであり、偽りに満ちた日本の歴史を睨みすえて、日本の人間の「人性」の赤裸々な開花をはかるべし、という熱い主張じゃないか、そのために真実の悲鳴を正直に上げよ、そしてカラクリだらけの〝健全な〟道義から転落せよ、と言ってるのであって、単純明快に共感するなァ、というようなことを、特に天皇制にかかわる安吾の論に触れつつ、ぼちぼち喋ったのだ。

彼女（嶋君）はうれしいような、テレたような表情でこう言った。「その安吾のね、日記にね、わたしの名前が出ちゃったの」。

日記に名前が出た、どういうこと？　それは四七年一月の『近代文学』に発表された「戯作者文学論」という日記体のエッセイ中に出たんだと言う。私は文学雑誌はあまり熱心に読む方ではなかったので、この文章も全く知らなかったのだが、その時は、安吾氏の人柄、印象などを嶋君が語るのをおもしろく聞きながら、会ってみたい人だなと感じていた。

他日彼女がその『近代文学』を見せてくれた。その文章は、文芸評論の平野謙氏からの要望に応えて「私の小説がどういうふうにつくられて行くかを意識的にしるした日録なのである。」安吾氏はふだん日記をつけたことがなく「この二十日間ほどの日記の後は再びつけていない」とも書いている。その七月八日（雨）のところに、「私はこの春、漱石の長篇を一通り読んだ」とあって、興味深い意見が展開されている。

「私は漱石の作品が全然肉体を生活していないので驚いた。すべてが男女の人間関係でありながら、肉体というものが全くない。痒いところへ手が届くとは漱石の知と理のことで、人間関係のあらゆる外部の枝葉末節に実にまんべんなく思惟が行きとどいているのだが、肉体というものだけがないのである。そして人間関係を人間関係自体に於て解決しようとせずに、自殺をしたり、宗教の門をたたいたりする。（略）

私はこういう軽薄な知性のイミテーションが深きもの誠実なるものと信ぜられ、第一級の文学と目されて怪しまれぬことに、非常なる憤りをもった。」

私は『堕落論』における歴史・社会・文明批判に共感するとともに、この〝漱石批判〟に作家坂口安吾の真骨頂を見る思いがした。

ところで嶋君の「名前が出た」件だ。あった、あった。「七月二十三日（晴）―猛暑。読書新聞の嶋瑠璃子氏来訪。荷風の問はず語りの書評。私は書けないから、佐々木基一君をわずらわすよう、すすめる。佐々木君は荷風に就ては私と似たような見解を持っていることを先日の手紙で知ったからだ。」一九四六年夏のことだから安吾四十歳か。「嶋瑠璃子氏」と小娘に氏をつけたりして丁寧だねぇ。「安吾は放胆でいながら丁寧な人だよ」と嶋君は言った。

日記はそれからさらに関連して
「七月二十五日（晴のち曇）―読書新聞より、どうしても問はず語り書評を、という重ねての依頼で、本を送ったという。勝手に送ったたなんて無茶な話だ。」さらに「七月二十八日（晴）……読書新聞から「問はず語り」がとどいたので、読んだ。軽すぎる。重い魂が軽いのじゃない。軽いものが、軽いのだ。」とある。

安吾への親近感

「名前が出た」件はこれだけで落着。しかし、これがきっかけで、私は安吾をもう少し読むこととなった。

ついでながら、この「戯作者文学論」日記中、しばしばその日の末尾あたりに「歴史の本読む」と記してあり、七月十七日の項には「久米邦武の奈良朝史をノートをとりながら読む。」とあるのが急に目に入った。―と言うのは、私がこの連載の第二回、同郷の西郷信綱さんの部分で〈父はどこで仕入れた知識か知らないが「久米という偉えひと」のことを何度か問わず語りに口にしていた。「神道は祭天の古俗」と断じた明治二十四年（一八九一）の論文が筆禍事件となった久米邦武。昭和六年死去した。〉と書いたのは、昭和十年代の前半、私の小・中学生の頃のことだが、この「久米」という歴史学者の名を、父の記憶とともに、何となく覚えていたからだろう。

全く偶然の符合だが、奇妙なことに私は安吾氏にいっそうの親しみを覚えたのである。それからかなり後に「日本文化私観」というのを読んだが、これは四十二年（昭和十七）発表の文章とのことで、いわゆる「日本的」なものを讃美する態度への疑念、或いは無視、逆に「俗悪」とされるものへの肯定が、さまざまに展開されている。

例のブルーノ・タウトが絶讃する桂離宮なんか見たことがなくて、また彼が最も俗悪な都市だと言う新潟市に僕は生れ、さらにまたタウトが蔑む上野――銀座の街とネオンを愛し、茶の湯の法式を知らない代りに、猥りに酔い痴れることを知り、云々、の書き出しを見ただけでも、偽りに満ちたあの時代の背景と照し合せて、痛快な味がある。話のなかに龍安寺の石庭も出てくる。――だいたい日本の林泉庭園の精神性などというものはタカが知れている。あの高名な石庭がどんな深い孤独やサビを表現していたとしてもそれは構わないが、「我々が涯ない海の無限なる郷愁や沙漠の大いなる落日を思い、石庭の与える感動がそれに及ばざる時には、遠慮なく石庭を黙殺すればいいのである。」

そして芭蕉である。彼は庭を出て大自然のなかに庭をつくった。一本の椎の木、ただ夏草のみ、また岩と蝉の声のみ、そのような庭。そこには「意味をもたせた石だの曲がりくねった松などなく、それ自体が直接な風景であるし、同時に、直接な観念なのである。」そしてそれは「龍安寺の石庭よりは、よっぽど美しいのだ。」

私もむかしから、筋目をつけた白砂やら苔の庭やら珍しい形の石組みやら細い水の落ちぐあいやらに、インチキ禅坊主の生ま悟りめいた言い方で何か評価の論をなすのを聞くと、ヘドを吐く思いや白々しい気分になっていたから、むろん直ちに共感すると同時に、安吾氏の「戦後」の痛烈な論も「戦前・戦中」の彼の感性・観点とひと続きなんだなと納得し、信頼の思いを深くした。

またこのエッセイの表題そのものが、タウト自身の著作『日本文化私観』(一九三六)と同じであることも、安吾氏の皮肉かと察したりしたことである。

こういう数行もあった。ここに録しておきたい。「龍安寺の石庭で休憩したいとは思わないが、嵐山劇場のインチキ・レビュウを眺めながら物思いに耽りたいとは時に思う。」「僕は『檜《ひ》垣《がき》』を世界一流の文学だと思っているが、能の舞台を見たいとは思わない。」

――『檜垣』というのは世阿弥の老女物。安吾は「世阿弥は永遠に新らた」だが「能の舞台や唄い方が永遠に新らたかどうかは疑わしい」と言うのである。

特攻隊が闇屋になるところから

坂口安吾を解説するつもりではなかったのだが、成り行き上、再び戦後の文章に戻って「堕落論」を見ると、天皇制について特徴的な考えが記されている。―それは極めて日本的な政治的作品であり、天皇は概して何もしておらず、時に陰謀を起したり島流しされたり山奥へ逃げたりしても、結局常に政治的理由でその存立を認められてきたのだ。それは「政治家たちの嗅覚によるもので、彼等は日本人の性癖を洞察し、その性癖の中に天皇制を発見していた。」

権力者たちは自らを神としてその尊厳を人民に押しつけることは不可能だが、自分が天皇にぬかずくことによって天皇を神たらしめ、それを人民に押しつけることは可能なのだ。この大戦を起した軍部軍人は「根底的に天皇を冒涜しながら、盲目的に天皇を崇拝し」、「そして現在もなお代議士諸公は天皇の尊厳を云々し、国民は又、概《おおむ》ねそれを支持している。」「ああナンセンス極まれり。」「天皇制が存続し、かかる歴史的カラクリが日本の観念にからみ残って作用する限り、日本に人間の、人性の正しい開花はのぞむことができないのだ。」虚偽に満ちた「健全なる道義」から転落し堕落し、「裸となって真実の大地へ降り立た」ねばならない。

安吾は「無頼派」とされていたようだが、このように、激しく真っ当であった。

さらには、戦後最も早い四五年十二月の執筆という「咢堂小論」の中で、終戦後野放しになった特攻隊員を、危険だから再教育せよという志賀直哉の一文について、文学の神様などと称せられている彼の「このピントの狂った心配に呆気にとられた。」「文学の名に於てあまりにも悲惨である。」と批判を叩きつけた。「特攻隊の勇士」は幻影にすぎず、生き残った彼等が「闇屋となるところから」「人間の歴史は始るのではないのか。」と印象強烈である。

新聞編集者のはしくれに連なったばかりの私だったが、そのうちこの何だか惹かれる安吾という人に会ってみたいものだ、と感じながら四、五年の年月が忽ち過ぎ、坂口安吾は一九五五年（昭和三十）早々に世を去った。四十八歳と四カ月。―

心残りになお数行

私は心残りのあまり、他人さまの手を借りて、なお少しく〝追懐〟の数行を書きとめておきたい。それは十年ほど前、創樹社の玉井五一社長・編集長が贈ってくれた濱谷浩氏の写真集『福縁随處の人々』というA4判二〇六頁の大冊。学界文芸界芸界等の百余人の風貌と文言を併載した中に「坂口安吾」もある。濱谷さんは「あちらこちら命がけ」という安吾の言葉を、小文中に引いている。「混沌の時代に仁王立ちした先生」とも。写真は五四年――死の前年ではないか――故郷新潟市内の朝市での姿である。オーバーを着てフチの太い眼鏡、煙草片手に、野良着の女と野菜類のそばに立って、笑いを含んだ表情で女にモノを言っているような様子。穏やかだが元気そうに見える。

濱谷さんの小文によると、安吾は新潟の夜の歓迎会で、ちょうど新潟に来ていて同席した尾崎士郎と広間で相撲をとったり、大いに飲みもしたが、また一人で見事なでんぐり返しを二回三回と。「先生は照れていたのか、時代にでんぐり返っていたのか。」

安吾氏の「色紙」、と言えるのかどうか、次のように万葉の歌を写したペン書きの文字も掲げてある。

かにかくにものはおもはず
（とにかくに物はおもはず）
ひだだくみ　うつ黒縄の　たたひとすぢに
万葉巻十一　　坂口安吾

これは正確には

かにかくに物は思はじ飛騨人《ひだひと》の打つ墨縄のただ一道《ひとみち》に
（二六四八番）

安吾氏はこの歌が好きで覚えていたのだろう。飛騨人は工人として古い時代から聞こえていたから「飛騨のたくみ」としばしば称されていたし。「黒縄」は明らかに墨縄をウッカリ書き間違えたのだと思うが、こういう大まかなところも、私はむしろ好ましく感じている。

恩師に御挨拶に参上

著作者に直かに会った最初は、東大教育学の宮原誠一氏であっただろう。新聞に入ったその昭和二十四年中で、私としては「恩師」に御挨拶といったことであった。何しろ宮原さんはお情けの単位を下さった方である。お住まいはたしか尾山台と記憶する。少し雪の降った宵の口であった。どういうわけか、さっき言った女性編集者嶋瑠璃子と同道していた。詳しいことは忘れたが、用件は御挨拶ついでに書評か何かの依頼、ということだったろう。それならひとりで行けばいいし、それが当たり前と思えるのに、何で嶋君を連れてだったのか。これはまあナゾである。

それはともかくとして、宮原教授の家の前まで来たとき、にわかに便意を催したのだった。恩師の思い出にしては、まことにふさわしからぬ一件。しかし私は、案内を乞うて玄関先で奥様に、或いは先生の部屋に入った途端に、「あの、お便所を…」と言うぶざまを思って。「ちょっとな…」と嶋君に耳打ちして、道向こうのトーモロコシ畑に分け入った。雪がほどほどに積もっていた。コトを済ませさっぱりとした。この際は雪の効能もたしかにあったろう。

先生は御機嫌よろしく、大学の時のことなど愉快がって喋り、用件も承諾してくれた。（と記憶する。）「で…この方は？」と嶋君のことを問うた。「いえ、どうも、同僚というか、職場ではまあ一、二年先輩で…」などとヘラヘラ申し述べ、柴田錬三郎のことにも及び、先生は「そーですか」などと笑っていた。まあ当方のジョーシキのなさ、というか頓着ない態度を面白がったのか呆れたのか。

編集部の、年上のMさんが伝えるところでは、宮原先生は私の卒論を「地方文化や地域教育について書いたものなんだが、よかったよ」とほめていたそうだが、それは明らかに私の就職上「よかれ」と思っての〝仲人口〟というものであって、私の卒論など、非学問的ないい加減な〝雑文〟であった。

宮原誠一氏はこの当時、四十歳ぐらいだったろう。戦後早い時期から民主教育、社会教育について広い視野から理論を展開しており、実践的指導者の面もあった。

おそろしい人の住処《すみか》へ

同じ頃、私は駿河台の坂のテント張りの古本屋で偶然、竹内好『魯迅雑記』（世界評論社）を見つけた。その前年だったか『世界評論』誌に載った「魯迅と日本文学」という文章で竹内好という名を初めて知り、また本誌前号に書いたいろんな経緯でこの人に近づきつつあったわけだが、この『魯迅雑記』で、それまで知らなかった数編の激しい文をさらに読んだのだ。なかでも吉川氏訳『胡適自伝』の評の激烈さに瞠目した。官学憎悪とでもいう思いの一端であったか。

翌昭和二十五年の早いうち、私は実物の竹内好にとうとう会うことになった。藤間生大氏の著書の書評を書いてもらうという仕事であった。竹内氏の住居は北浦和にあり、私はその一つ先の与野に下宿していたので私が出かけたのだった。あとで調べてみたら、その書評は二十五年（一九五〇）五月十日号の掲載、従って、書評依頼に私が行ったのはその四月、と推定される。またその本は『歴史の学びかた』という書名であった（これが竹内好が日本読書新聞に書いた最初の文章である。竹内氏はそこで同書の文体見本を数行示して批判を進めている）。

あの時、私は北浦和の家の前を、何回行ったり来たりしたことか。私は少なからずおそろしかったのだ。単なるもの馴れぬ恥じらいなどでは断じてなかった。大袈裟でなく私は「意を決して」玄関に入った。大頭《おおあたま》のヒトが出てきた。しどろもどろに用件を述べ、承諾してもらった。私は自分の職業上のツネで「竹内先生」と何度か呼んだ。「先生」はやめて下さいよ、「さん」でいい、と竹内氏は言った。分かりました、そうします、と私は狼狽して答え、汗をかいて辞去した。以後ずっと「竹内さん」で通した。

同じ五月、単独か全面かの講和論議をめぐって南原繁東大総長の全面講和論を吉田茂首相が非難して「曲学阿世」と罵った。「阿世」は世におもねることだが、その頃の言論市場の主流と実際政治の動向を考えると、この「曲学阿世」という言い方は二重におもしろかったので、続けて竹内さんに短い感想文をお願いした。これでどうだろうか、と原稿を示す竹内さんに、私はメクラヘビであれこれ注文をつけ、竹内さんはその都度、二階へ階段を上って行って手を入れ、また下りてきたり、どうやら終って、私はやはり大汗をかいて玄関を出た。

この文章「曲学阿世」はさきの書評の出た号の次の号、五月十七日号に掲載された。それまであれこれと思い描いていただけの竹内好という人物に、一気に接近したことが知れる。ついでながら、このエッセイは、竹内さんの中国文学の仲間、朝日新聞の岡崎俊夫氏は「持ってまわった感じで、どうも感心しない」と不満気であった。

(サンフランシスコ講和条約は一九五一年九月調印、翌年四月発効)

間もなく竹内さんは同じ浦和市内の仲町という所に移った。市役所だったかの近くの古い二階家だった。この家で私ははじめて竹内家に上がりこむようになり、奥さんとも顔を合わせるようになり、次第にこの「おそろしい」ヒトの住処《すみか》に入りびたることになる。そこでしきりに酒を飲むことになる。

それから一年くらい経ったか、竹内さんは慶応の時間講師になっていた。或る年の正月に挨拶に行ったら、学生諸君が数人来ていた。松井、横山、宮田、石川氏たち。慶応のハグレ者ですよ、というような話が出、私はやっぱり大酒をくらい、その場に寝てしまった。下から奥さんが餅を焼いて上がってきて「ほら、食べない?」と起した。途端に私は「餅か」と言ってむくっと起き上がり、三つ四つ平らげるとすぐまた眠ってしまった。——この辺はのちに奥さんが話してくれたことである。

竹内好氏四十一、二の頃であったろう。

これから以後十数年、公私にわたってこの人との接触が続くことになる始めの頃の景色である。

竹内好という人物に行き当るまでの経緯をふり返ってみると、それは偶然の重なりのようでもあり、内面の必然があったようにも思う。

何度か触れたように魯迅があり、その前に戦中の尾崎秀実が「東洋における列強の侵入」を論じた書で、悲憤した覚えがあり、のちに北一輝（『支那革命外史』等）宮崎滔天（『三十三年之夢』等）と、何かにつけて「支那革命」がついてまわっていて、揚句、それらとどこかでつながるのだろう、竹内好が目の前に現われ出たのであった。

＊本稿の竹内氏の部分は、亡くなった一九七七年三月の後に「魯迅友の会」に書いた短文と一部重複する。

五

（道標27号　二〇〇九年一二月二七日刊）

茫洋と苛烈――竹内好

竹内好という人は、書いたものの膂力、念力、出処進退の仕方の強烈さとは対照的に、日頃の接するときの感触は茫として掴みどころがなかった。私が「おそろしい人の住処《すみか》」だの、「意を決して玄関に入った」だのと前に述べたにもかかわらず、いつしかそこに「入りびたり」になったのも、その茫洋とした一面があったからかとも思う。

竹内さんははじめの頃はよく焼酎を飲んでいた。中国の白乾児《バイカル》もあっただろう。竹内好＝焼酎と私は思い込んでいたのだが、浦和仲町の家の或る夜、ウィスキイのビンを引きよせていたので、「ほう、ウィスキイに昇格したんですか」と言うと、「あっしだって、ウィスキイぐらい飲むさ」と薄笑いしながらついでくれた。竹内さんの「私」の発音は「わたし」と「あっし」との中間くらいに聞こえるのだった。私は穏やかに明るい空のような「恩寵」の中で、その人の前で、ためらうこともなく酒を飲んでいた。

しかも不思議なことに、その人の、明瞭な、不動の目の前ではほとんど絶対に、ウソが言えないのだった。前回、竹内氏が読書新聞に書いた最初の文章――書評のことにふれたが、そこで彼はその著者（歴史家）の、いわゆる「啓蒙」に反対する反アカデミズムの主張に同感しながら、読み終って「砂をかむ」ような「うそ寒い」読後感が残ったと言い、その故を考えるべく同書の文体見本を示しつつ、その混乱した分りにくさは文章の書き方の巧拙などの次元の問題ではなくて、「著者は一見、職業歴史家を排斥しているようだが、じつは意識下では職業歴史家に色目を使っているので」、その「乖離」がこのような文章に現象しているのだ、ときつく指摘するのである。

実際にも竹内好の目は、白黒部分のはっきりした大きなものであった。私は彼の前で無邪気に自然に、正直な気持になってしばしば酒を飲んだ。

指導者意識について

竹内好の四八年（昭和二三）秋の「指導者意識について」は、その年の早い時期に書かれて「世界評論」に載った「魯迅と日本文学」の続篇的なものであったのだが、注文主の同誌に掲載を断わられて他誌に持ち込んだという因縁がある由を、後年一本となった『日本イデオロギイ』（五二年・筑摩）で著者自身メモしている。

この文章は「ドレイを自覚したものと、ドレイを自覚せぬほどドレイ的なものとのちがい」

を論じた「魯迅と日本文学」につづいて、当時「民主主義文化連盟理事長」であった人物の「エロ・グロ追放」なる論をとりあげて、その「非文化的反民主的悪徳出版の跳梁から素ぼくな読者を防衛するために」という「警告」と「切望」のありように、日本的指導者の型をはっきりと見ているのである。

それは結局、優等生的な「進歩主義者たち」の「啓蒙」的指導ばかりがあって、しかもその根は民衆にある、という抜け出せない構造に行き当らざるをえないのだ。「官僚は官僚の身分において悪であるよりも、民衆を官僚化することによって最大の悪である。そして民衆は、民衆であるために官僚化される。」——魯迅の「人民は常にその血で権力者の手を洗う」という痛切な言葉もある。

「素ぼくな読者を防衛する」などという官僚的指導者意識がなければ、この論者の彼も彼たりえただろうに。そして「日本文化の構造がこのように固定したのは」明治十年ではないか、と言うのである。明治政府は反乱者西郷を元勲に祭り上げるほどに「開明」的であったし、「日本の進歩主義者は開明主義が居心地」がよくて、「支配者といっしょになって反動攻撃をやり、あわせて人民に革命を説くが、反革命のなかから革命の契機をつかみとることは考えてもみないことで支配者に協力」するのだ。

「エロ・グロ」に含まれている「素ぼくな読者」の要求は、シャットアウトされてしまう。「日本には人民の文学者はいない。」民衆は「バカで、おくれていて、保守的だから」「啓蒙」ということになる。だが、ほんとうは、「民衆は与えられることをおそれているのではないか。」そこに内在する「抵抗の契機を殺して、新しいものを押しつける」だけでいいのか。――

安吾ふたたび

私は、いまあらためて「指導者意識について」を辿りながら、前号で見た坂口安吾の論を思っていた。つながるのである。あそこで私は、終戦後野放しになったかつての命知らずの特攻隊員を、危険だから再教育せよ、と言った志賀直哉に激しく噛みついた安吾にふれたのだった。安吾は「このピントの狂った心配に呆気にとられ」、それが「文学の名に於てあまりにも悲惨である」と怒った。そして直哉の「心配」は、竹内好の抉る「指導者意識」にほかならないではないか。安吾はこう言ったのだ。「特攻隊の勇士は幻影にすぎず」生き残った彼等が「闇屋となるところから」「人間の歴史は始るのではないのか」と。

また竹内好の言った有名な言葉に「一木一草に天皇制がある。われわれの皮膚感覚に天皇制がある。」というのがあるが、この点も坂口安吾の「堕落論」を見たときに説き及んだように、彼にも特徴的な天皇制論があった。権力者、政治家たちの嗅覚が日本人の「性癖」を嗅ぎつけ洞察し、その「性癖」の中に天皇制を発見し温存してきたのであって、そこを突き抜けない限り、日本の人間の「人性の開花」は望めない、というものであった。その辺も通底するようである。戦後の数年間のあの頃、私がそんなふうに両者を認識していたわけではなかったのだが。

「山の家」の集りと陶晶孫

その頃、有楽町の「山の家」という飲み屋で、月一回だったか、竹内好、武田泰淳、岡崎俊夫（朝日新聞）、飯塚朗（巴金の訳者）、千田久一氏たちが集りをもっていた。中国文学関係の人々である。私は魯迅を少し読んでいただけだったが、「来てもいいよ」と竹内さんに言われて、時どき出ていた。ただ傍聴するだけだったが、考えてみるとあの頃は時間がゆっくりしていたものだと、今さらのように思う。私は一応、小新聞ながらけっこう忙しい勤め人だったのに、朝から竹内家に上り込んだり、夕方前にこの「山の家」に行ったりしていたのだった。

或る日、戦争中に特務関係にいた（らしい）「党員」中国文学者が、皆の前に両手をついて罪を詫びるところに行きあった。岡崎氏が詰問し、その人物は「罪は万死に値する。僕をドブ溝の中でも何でも突っ込んで、踏んづけてもらってもいい」というような辞を苦しげな様子で述べていた。一同の顔に不快そうな、苦笑ともつかぬものがかすめて、竹内氏だったか武田氏だったかが「もう、いいよ」と投げ捨てるように言い、その人は店を出て行った。私は詳細は分らぬまま、緊張していた。

「山の家」ではほとんど焼酎だった。誰かがビールを飲んでいたかどうか。私はここで武田泰淳氏を知り、また岡崎氏の関係で、朝日新聞社にときどき立ち寄るようにもなった。

その年、というのは一九五〇年（昭和二五）の夏に、陶晶孫という中国人が台湾から脱出してきた。「脱出」とはどういう事態だったのか。そもそもこの人は、あの高名な中国の文学者――詩人というか、革命派の政治家でもある郭沫若の義弟であり、抗日戦終了後の四六年以後、台湾大学医学院教授で熱帯医学研究所の所長でもあった。それが中国本土での国・共内戦の進行につれて国民党政権の台湾への撤退が始まり、種々の弾圧事件も起り、四九年の人民共和国成立で、さらに島内の緊張は高まる一方であったのに加えて、新中国の政府要人に文化界の代表格として郭沫若の名が出てくると、陶晶孫の立場も微妙になって、密告者がどうしたとか、ブラックリストに記載があるらしいとかで、遂に脱出を決意した陶氏は東京の学会出席を口実に空路、台湾を離れたのだった。

このような事情を私が詳しく知っていたわけではないが、大まかなことを竹内さんに聞き、岡崎さんの介添えもあって、何度か「山の家」に現われた陶氏に原稿をお願いし、まもなく「一年間」という短い随筆をもらった。「……魯迅とあうと若い人から悪口を言われやしないかと思った。郁(達夫)はよくしゃべり、魯迅は煙草ばかりふかし、私は黙ってきいていた。」といった内容であった。

これまで何人かの中国人の名を上げてきた。みな日本に留学した人々である。「藤野先生」の魯迅たちを日本留学第一世代とすれば、郭、郁、陶たちは、清朝が打倒され中華民国となった後の留学生で、第二世代である。日本の旧制高等学校を経て東大や九大や東北大で学んだ人が多い。特に陶晶孫は何と日本神田の錦華小学校四年生編入(一九〇七年)から始まって、一中、一高（だったか）、九大、東北大と進み、九大では医学部で郭沫若の一年後輩に当る。そして皆、文学に携わるのも先達の魯迅と同じだ。郭は八高を経て入った東大在学中の郁と創造社を結成、雑誌創刊の準備で上海との間を往復した。陶も一應参加した。しかし、この文学運動の意味とか、後の抗日戦線に於ての魯迅との位置関係はどうだったのかとかは、ここで追っかける場でもないだろう。

中国人の日本留学については嚴安生著『日本留学精神史――近代中国知識人の軌跡』とその続篇『陶晶孫――その数奇な生涯』（岩波書店・二〇〇九年）が非常に有益でおもしろい。陶晶孫は台湾から脱出して日本に来て、医学関係と文学関係との仕事を続けつつ、さらに東大で中国文学史の講師に招かれたが、僅か二年足らずの五二年二月に、千葉の市川で死去、五五歳であった。

また、郁達夫―留学中のもろもろをベースとした小説「沈淪」のこの作家は、創造社から距離を置くようになり、創作からも離れ気味になっていたのが、一九四五年の終戦直後、スマトラで日本憲兵に殺された。四九歳。

陶氏歿後、彼の日本文遺文集である『日本への遺書』が出版された（創元社）。私はその前に、来日間もなくに発表された彼の「淡水河心中」をたしか「展望」詩上で読んで、その「おかしな」と言うのはおかしいであろう縹渺たる日本文の味に魅せられた覚えがあるのだが、ここに右の『……遺書』に対するドイツ文学者手塚富雄の感想を、さっき紹介した嚴安生の『陶晶孫』から転載しておこう。これは私のいた日本読書新聞五二年十二月八日号に出た書評であり、その著者陶さんのことを私が知ったかぶりにヤイヤイ言い、その評者を手塚先生と決めたのは、かねて手塚氏と親しかった編集部二年先輩の佐々木さんだったことを、ぼんやり記憶している（手もとにその新聞はもちろん無いから、嚴安生氏に感謝する）。左の通り。

「ところが、気がるに読んでいくと、ユウモアのあふれる一行一行は、日本のことを底まで知りぬいた日本の友人の手痛い文明批評であることがわかり、だんだんに頭があがらなくなっていく。いや、それよりも、その独特の日本語ににじんでいる高風ともいうべきものは、いつも、りきみかえって成り上ろうともがいている息ぐるしい我が国の文学の世界へ、思いもかけぬ広野から、人間一匹、男子一人の自由な声がひびいて来たような気がして、ハッとさせられる。できるなら、私らもそれを真似たいような気になるが、それには文章を書く私たちの根性そのものを洗って出直さなければだめだろう。」

林達夫と「支那留学生」

突然に林達夫の話に移る。しかし、それは右にふれた中国の作家郁達夫に関連があり、また内容的にも、やはり中国（支那）留学生のことなのである。林が敗戦翌年の四六年「展望」四月号に書いた「支那留学生」という短文がある。「支那に対する戦争のはじまる直前、私のつとめていた東京のある私立大学には、何百人という支那の留学生が詰めかけていた。」林氏は彼の宗教学の講義に男女の留学生二、三十人が顔を揃えているのを前にして（反対に日本人学生の無気力、無反応ぶりに失望しながら）、魯迅の「藤野先生」ではないが、或る使命のようなものを感じないわけにいかなかった。

「支那に対する戦争のはじまる直前」と言うのが、一九三七年（昭和一二）の日中全面戦争を指すのか、その以前の満州事変や上海事変のことなのか。ともあれ講義はマルセル・グラネも追究した「支那」における国家的宗教と村落的宗教の問題を一学年間勉強しようということにした。それから或る日、上海から芸術学専攻の留学生がやって来て、林先生と英語で会話を交した。彼は大学院学生として勉強したいのであって、林先生はあれこれ文献指示などしてやった。最後に学生が「先生のお名前を教えて下さい」と言って林先生が「そう《ウエル》…リン・ターフ」と答えた。目を円くする学生にさらに「林は林語堂《リンユータン》の林、達夫は郁《ユー》達夫《ターフ》の達夫、どちらもお国の有名な作家。」

お互い笑い合い、学生は「うれしく存じます、また伺います」と別れた。美しい眼をした人馴つこい青年。「その洗練された慇懃さは彼の国のキリスト教大学で彼が欧米流の雰囲気の中で教育を受けたことを物語っていた。」

林が青年支那のために本腰を入れて計画をめぐらしはじめたとき、「あの悲しむべき事件が惹き起こされたのである。」留学生たちは引き上げ帰国して行った。日本人学生数人だけとなって「一人の隣邦人の影さえ見えなく」なり、「ジャン何某とかいったあのキリスト教青年も二度と姿を現わさず、従って彼と日本の林語堂との間に展開されるはずだった興味ある対談もそれっきりになってしまった。」

林達夫という人の資質を、ヨーロッパ的な知のかたまりのように想像しがちだが、中国・アジアとのかかわりにおいて、このような深い失望感の中でボンヤリしているその姿を思いやって、私はいっそう親しみを感じた。

さらには四九年執筆の「十字路に立つ大学」（「日本評論」）の文中で、「その道化役者の私がどうした風の吹き廻しか大学を出るとすぐに教壇に立つ気になり、途端にこれも道化＝学生の逸物《いちもつ》たる坂口安吾のごときを教え子にもつの不運に際会したのだから始末に悪い。」云々とあるのを読んで、親愛の情はなおさら増したのだ。安吾氏は東洋大学の印哲を出たとのこと、林先生はその東洋大や津田塾大や立教、法政などで、文化史、フランス哲学、宗教などを講じていたのだから、師弟の接触はあったのだろう。林先生は安吾の十歳年長の筈だ。

そんなこともあって、私は林達夫に会ってみたいと思っていた。むろん、前に触れた私の戦後初期の大事な読書の一つ『歴史の暮方』、その著者であることが基本の動機なのだが。で、昭和二十年代の終りに近い頃だと思う、鎌倉かどこか場所はよくは覚えてないお宅に行ったのだ。その用件ももはや思い出せないが、あの時代は、しばしば高名なライター、大家に、駆け出しのわれわれ若輩者もじかに会ってモノを言うことが多かった。

林家訪問――反語家と刺客と

その後何かの記事で、林達夫はずっと早い時期から藤沢の鵠沼《くげぬま》に住んでいたと知ったので、私が訪ねたのもそのお宅だったのだろう。昭和十年代の進むにつれて、思想状況のひどい様相がますます深まって、林さんはここの家に〝引っ込ん〟で、ニワトリを飼ったり、草木を養ったり、そういう仕事に打ち込んで、己を保っていたらしい。

このような身の処し方にも、私は共感するところが昔からあった。それは林氏のことなど全く知らなかったごく若い頃から、唐詩選などを読んで、例えば唐に先立つ晋の陶淵明の「帰りなんいざ　田園まさに蕪《あ》れんとす」とか「既に自ら心を以て形《からだ》の役《しもべ》と為《な》す」とか「舟は遥々として軽く颺《あが》り　風は飄々として衣を吹く」などの詩句にイカれたり、「我れ豈《あに》五斗米のために腰を折らんや」と官吏の職を抛った彼の侃諤ぶりに愉快を感じたりしていた（五斗米とはわずかな俸禄のこと）。なお言うなら、荷風なんかの戦中のあり方を思ったりもしていた。もちろん、それは戦後になって知ったのだが。

ところが、林達夫は一方で、中国古代の刺客、テロリストに思いをかけてもいた。どういうことなのか。それは、彼の「反語的精神」の文脈において「絶望の戦術」とでも言うものを発想する位相の産物であったようだ。

それは国が明らかな破滅に向って突進するあの時代に、わが国の哲学・文学の知識人が「思想闘争上の戦略戦術について真剣に考慮をめぐらし工夫を致すことのないのが、実に不思議でならなかった」林が、「深い思想謀略家」であったソクラテスやデカルトに学び、さらには「心中深く期するところのある古代支那の刺客のように」「骨の髄までの反戦、反軍国主義者の中に」「軍国主義の身辺近く身を挺して」「その隙《すき》をうかがっていた者のあったことを」知っていたからである。

戦中のすべて「翼賛」体制の中で、思想闘争が猪突や直進の一本調子で成るわけもなく、「警官の前で、戦争絶対反対！と叫んでその場で検束されてしまう、あのふざけ者のダダイスト」の滑稽な英雄主義ではなくて、「さりとて臆病な順応主義」でもなく、誤解されることを避け得ない「反語家」を持したのだ。しかし彼は同時に知っている。反語家一般には、ジキルとハイドのように、どちらがほんとの自分であるのかが或るとき分らなくなるという病弊もあると。

鶏を飼い草木を育て

右のような含みをもって、私は林達夫に会いに行ったのだ。私は、あなたの「歴史の暮方」や「反語的精神」を読んで感銘しました、それから中野重治、そして竹内好などを読んでおります、と一種の自己紹介をしながら、このヨーロッパ的な知のかたまり、と思い込みがちだが、何やら思わぬ意外な面もありそうな人物に接近しようとした。私は二十代の後半、彼は五十代半ばであっただろう。

林さんは機嫌がよかった。そう見えた。だが、話は私が仕掛けたような分野にはほとんど及ばず、草木の話題に終始した。そう言えばこの人には「作庭記」「鶏を飼う」「拉芬陀《ラベンダー》」「植物園」「園芸案内」「ユリの文化史」といった一連の文章があるのだった。あの頃私はまだ小石川植物園などに行ったこともなかったが、小学生の時から九州の家では鶏をたくさん飼っていたし、植物好きのおやじにくっついて、欅の実生《みしょう》を採取して歩いたりもしていたから、そんな記憶をたどって話を合わせているうちに、私の方もその方面の話題に力が入ってしまった。

林さんの「作庭記」は一九三九年（昭和一四）頃の文章らしいが、時代とは逆に「日本的事物」がだんだん縁遠くなってゆく心境が述べられる。「茶に凝り能に奔り文人画を描き出したり」する人が周囲にしきりに現われるのだが、「私にはまるでこれに追随してゆく興味も」なくて、ふと想い出すのはアメリカ西海岸の「霧深い林地《ウッドランド》」であり、そこを唄った「マクダウェルの歌曲」にはいつも「日本の子守唄以上に心のどこかが揺られる」などともある。

彼は「時として幼稚でもある西洋風庭園」を自家の地面に作ろうとする。そのためのあれこれの「勉強」のさまが面白い。ファーブルは自分の庭を一種の「アーボレータム」（森林公園とでも訳すのか）にして、「自分の植物研究に資すると共に、同時にそこを数限りない虫の集合所にした。」林さんは「もっと欲張って、庭仕事によって歴史と美学と自然科学と技術との勉強をしている」のであって、「いわゆる庭いじりは私の最も嫌いなものの一つで、そういう文人趣味には私は縁がない。」のである。

この辺でも私は、前にもふれた坂口安吾とどこかで通じ合うものを感じるのだ。

「鶏を飼う」も非常に示唆深い文章である。飼育の事実の記述がまさしく具体的であると同時に、「二十羽の鶏をかかえて、私がついに日本の運命のことを考えるに至ったとは、これほど滑稽極まる図はないであろう。」と苦笑いまじりに、しかし、当節の「日刊新聞や何々公論とかの気の抜けた印刷物に目を通すひまがあるなら、名もない産業団体の機関誌でも読む方が、日本の現実についてよほど深い認識が得られる。」そして「養鶏雑誌に載っているさまざまの稚拙なルポタージュから受ける感銘」の強さを述べるのだ。文中、「知性人とは原始的には職人であり栽培者であり飼養家であった。」というのも甚だ共感できる深い観点である。

そんな次第で私はいつのまにか、私のくにの家の蕪雑な庭に立っている姥目樫《うばめかし》や黒竹《くろちく》のこと、また村落から小さな峠を越えて海へ出る山の、藪の路でしばしば出会う山鳥の動作のこと、鶏小屋に狐が入って騒動になったこと、などを熱心に語っていた。

結局どうなったのだったか。その時の編集者としての用件も忘れてしまっているから、分らないが、ともかく原稿はもらえなかった、と思う。ただ、対座していた部屋から見える庭が、(とくと観察したわけではなかったが)何しろさわやかな淡緑色に満ちていた、という記憶がある。林さんはその庭の井戸の水が自慢らしく、途中で立って行って汲んで来て、講釈を言いながら、「この水でお茶をいれてあげよう」と熱い緑茶を飲ませてくれた。

親子ほどの齢の差があったわけだが、私はまあ臆面もなくしゃべったようだ。しかし、当時、彼の文章を周到な目配りで読み込んでいたというほどでもなかったからか、例えば「刺客」のことなど質問を重ねるべきだったのにそうしなかった。心残りである。

陶淵明・荊軻・史記

そう言えば、さっき名を挙げた陶淵明には例の「菊を採る　東籬の下、悠然として南山を見る。山気日夕《にっせき》に佳し、飛鳥　相与《あいとも》に還る。」などの「隠逸」的「田園」的な有名詩とともに、「荊軻を詠ず」三十行の一篇がある。荊軻《けいか》は燕の太子丹のために秦始皇を刺さんとして成らず殺された人物。「史記」刺客伝に詳しい。易《えき》水の辺りで丹と別れる時、「風蕭々として易水寒し　壮士一たび去って復《ま》た還らず」と歌ったことはよく知られている。淵明の詩は「奇功遂に成らず。其の人已《すで》に没せりと難も、千載　餘情有り。」と終っているが、反俗の隠者の風あるこの大詩人と刺客との取合せが微妙である。

林達夫を隠逸の人とはしないが、先行きの絶望的なることの明らかな国家の急ぎ足に、提灯行列を以て寿ぐ識者と民衆を前にして、反語的精神を以てわずかに身をよろいながら、当の敵の身近にひっそりと寄り添って隙を狙う「刺客」に思いを致す人の、不断の緊張を想像する。

ここに武田泰淳著『司馬遷——史記の世界』がある。泰淳氏とは有楽町「山の家」で知り合った。「司馬遷は生き恥さらした男である。」という書き出しのこの本の初版は昭和十七年十二月であるが、私の持っているのは戦後の昭和二十七年の版である。竹内好の解説がついている。

いま、この本の書評をしようというのではない。右の刺客論とは次元を異にするものかもしれないが、史記の刺客列伝についての泰淳氏の感懐がどこかで参考になるかと考えて、一部引用してみる。

「刺客」とは何か？　突如として現れ、忽焉として没する者である。彼等が歴史に接するのは、武器を手にして権力者に近づくその一瞬時である。曹沫が匕首を執って齊の桓公を劫《おびやか》した時、専諸が魚腹中より匕首をとり出して、王僚を刺した時、その時だけが歴史的瞬間である。彼等は……その瞬間によって歴史に参加した。祖先を誇り、子孫を栄えさせもしない。財を積み、功を重ねもしない。閃いて消えるのである。……一撃一閃によって「刺客列伝」の末席を汚して満足するのである。どす黒い智慧も、縦横の策もない。その行動は単純に只一筋である。しかも豫譲が自殺した日、趙国の志士は皆ために涕泣したと言う。……私達は……しかもなお刺客荊軻の、壮士一度去ってまた還らざる行為に、胸とどろくのをおぼえる。……刺さるべき始皇帝は天下の帝王、世界の中心であった。「……身に八箇所の傷をうけ……もはやこれまでと悟った荊軻は、柱にもたれてカラカラと笑い、箕踞《ききょ》して罵った。……虚空にひびくこの笑いは、無数無名の英雄豪傑たちの抱く、一つの哲学を示すものではあるまいか。」

六

（道標28号　二〇一〇年三月三一日刊）

柳田國男に会う

柳田國男という人は、これまで書いてきた人たちとはまた一味違う深い印象を、二十代後半の私に刻みつけた。ごく自然に、「翁」とか「先生」とかいう言葉をつけてその名を呼ぶことのできる人であった。と言っても、勉強好きでもない文字通りのポット出の私が、この人に何か惹かれていたのには、どういうわけがあったのか。私は旅好きであり、また山や海や生きものたちにまつわる不思議議譚につい耳を傾ける傾向が、むかしからあったのだが。

柳田さんは大正九年、四十六歳の十二月に『海南小記』の旅に出かけた。その時のコースは、神戸から船で別府へ、そこから九州東海岸を南へ、臼杵から小舟で私の古里である津久見の湾頭の保十《ほと》（保戸）島に渡り、島に二泊している。さらに豊後南東端の蒲江《かまえ》から日向路を南下、鹿児島から徒歩で佐多岬へ年末に着き、さらに沖縄へ船で。各地、各島をめぐって、二月に九州に戻り、三月一日ようやく東京に帰宅している。

この長い旅に先立って〝傑作〟なことがある。柳田は大正三年四月に貴族院書記官長となったのだが、同八年四月、貴族院議長徳川家達が、「書記官長が職務不熱心である」旨を原敬首相に告げて善処方を申し入れた。しかるにその翌五月、柳田は二週間ほど九州の水上生活者の調査に廻っている。呼子の漁村を訪ねたり、平戸の家船のことを調べたり、大分でシャアの船を見たり。途中、貴族院が火事になって帰宅。十二月下旬に原首相に辞表を提出、二十三日か二十四日に書記官長辞任となった。

何しろ、就任時、官舎に入ったが、その官舎を『郷土研究』の編集所にして、夜はその仕事に没頭、雑誌の発送もその官舎でするといった有様だったようで、徳川家達公がブツクサ言ったのも、ごもっとも。

海人部の系譜

ところで、いま触れた「大分のシャア」というのは、豊後の北海部郡臼杵湾（津久見の一つ北）の或る集落に住居する人々で、主に漁撈を生業とし、獲った魚介類はその妻女が歩き売りをしていた。私どもの子供時代―昭和十年すぎ頃までは、頭上に荷を乗せておだやかな売り声で廻っていた姿を、しばしば見かけたものだ。また、その漁法は風力・潮力による底引きの打瀬《うたせ》網が主であったようで、その小船が津久見の港にも時どき寄っていた。

古代の海人部《あまべ》（海部）の系譜に連なる人々かと伝えられている。広い意味での「あまべ」と

豊後水道の西岸・津久見湾頭の保戸島。上方に二つ並ぶのは沖の無垢島と地の無垢島。ともに『海南小記』に記述あり1962（昭和37）年5月・嶋瑠璃子撮影

いう土地の呼称は、徳島その他日本の何ヵ所かにある。われわれの場合は、関サバ・関アジで有名になった佐賀の関から南へ臼杵・津久見・佐伯・そして蒲江、の豊後水道の西岸地域である。私の津久見は戦後に市となったが、もともと北海部郡の一つの町であった。国木田独歩の「源叔父」の佐伯や子守唄の宇目《うめ》などは南海部である。

『海南小記』にはまた「からいも地帯」の記述があり、それは薩摩芋の話である。豊後・大分のわれわれはこの芋を「トイモ」または「トウイモ」と言い、宮崎南部、鹿児島では「カライモ」と言う。私たちはまさにこのトイモ（唐芋）と鰯と蜜柑を山ほど喰って成長したのであった。また保土の島での「小さな神さまの御降り」になる「夜乞」＝宵宮の話もあり、この島を当り前に知っているつもりの私などにも、あらたな感慨をそそるものがある。「もう半月もすると壹岐五島の方から三百

何十人の男たちが漁を終って戻って来る。」「その時だけは寝る所も無い」という話もある。事実、保戸はカジキマグロの「突きん棒漁」で、国内のその筋に名の知れた島である。

島の高所からは「樹の間から伊予の山が見え、また水之子の燈台が見える」ことや「海岸の岩の蔭には河童も居る。友達の声をして寺の和尚を夜中に喚び起し、木魚を叩かせたと云う話」も出ている。この旅行記とは別に、津久見の地もとのわれわれの間には、この保戸島の裏手には常世への迎えの舟がひっそりと着くのだ、という伝えも代々言いつがれている。柳田さんはまた大正末年の「炭焼小五郎が事」に「豊後は今に於て尚、炭焼きの本国である」と書き、さらに「その一半はナバ師即ち椎茸作りと為り」ともに各地の山地に移り住んだと記している。実際のところ、われらにとってこの「炭焼きん衆《し》」と「ナバ山師」とは大人にも子供にも身近な存在であって、両者は山の生活の恐ろしいような、また無邪気なメルヘンのような、さまざまの不思議な物語りを運んでくれたのであった。

柳田三十六歳のとき数々の怪異譚を記録した『遠野物語』の序に「さらに各地の多くのこの類の話を聞きたい」ものだとして、「願はくは之を語りて、平地人を戦慄せしめよ」とあるのは、おのずから日本民俗学の初心を語るものではないだろうか。

嶋君のご亭主？

そんなこんなで、私は何かにつけて柳田國男が気にかかっているのであった。そして、昭和二十八年か九年に、駈け出し編集者の私が巨人柳田先生に面談したと思っているのだが、その年月はどうもはっきりしない。私の企画で読書新聞で行なった柳田民俗学の特集が、昭和三十二年（一九五七）四月二二日号であることは、研究書誌の記録などで分るのだが、その前にも一度会っているという気がしてならないのだ。

それはともかくとして、成城のお宅で先生にお会いしたとき、私は『海南小記』冒頭部分の「保土」島は私どものごく親しい島であること、先生がしばしば説く大分県では昔から知れ渡っている吉四六《きっちょむ》（吉右衛門）ばなしのこと、われら東九州の方言のアクセントが関東型であること等をぼつぼつ話しているなかで、何かのきっかけで、わが妻・嶋瑠璃子の名が出た。途端、「え？ 君、嶋君のご亭主なの、ソーなの」と翁が明るく反應したのだった。

それには、一應、下地があった。先ずは彼女が戦中の末期、当時の実践女専を卒業して就職先を東大史料編纂所や柳田民俗学研究所に求め、条件を調べてその給料の安さに困惑し、「志」を捨てて次善の相手、外務省の外郭団体に入ったという経緯。薄給など問題外にできるような恵まれた家の子女でなかった瑠璃子は、柳田先生にあこがれながらあきらめたのであった。

その外郭団体というのは、アジア、特に東南アジア諸国からの留学生に寄宿制で日本語を教えたり、例えば日泰辞典を編纂したりする機関で、一応高給であったらしい。百姓の次三男で小さく分家した親たちは「ルリ子でかした」と大いに喜んだという。

「今日のよろこび」

しかし、こういう事情を柳田先生が知っていたとは先ず思えない。次に彼女の日記のある記述を見る。昭和二十一年十一月二十七日（水）の項。

今日のよろこび。柳田國男先生に連句芸術の性格の書評をお願ひに上った。呼鈴を押したら、出ていらしたのが先生御自身だった。宗匠頭巾をかぶって黒い着物に足許をくくった袴をつけていらした。広い書斎はあちらにもこちらにも書棚、天井の高い床のしっかりした（本の重さにびくともせぬ）ラジエターも備ってゐるしんとしたお部屋。ここで学問に志す人々が集って、親しく先生のお話をうかがふのだらう。

能勢氏の本は読みたいと思ってゐたものだが、この能勢さんは非常な勉強家だし、行く行くはこちらの学問の方へひっぱりたい人なので、たゞ紹介程度ならいいが、今ここで批評して叩いてしまってはまづいのでお拒はりしたい、と言はれた。代りに小宮氏か風巻氏をといふやうなお話だった。

それから宍戸さんから勉強したい女の人があるときいたが、あなたでしたか、といふ話になり、言語問題に興味を持ってゐる由を申上げたら、女の人に向いてゐる問題だからやるといいでせうとおっしゃって下さって、創元選書から出された『毎日の言葉』を書棚から出して、下さった。

田舎に親しむのはいいことだとおっしゃった。東京の人間だから、採集などといふ点では不利のやうな意味をお話すると、採集などといふことでなく、観察するといふ心持でやるのがよいといはれた。誰か指導者と一緒に田舎などを歩くのはいいことだとおっしゃった。大西雅雄先生のところで基礎日本語の仕事をしてゐたことをお話すると、大西さんは数統計できめようとするが、あゝいふのは極端すぎるといふことだった。

女性民俗学研究会は第二、第四日曜の午前中、西荻の能田さんのお宅で集まり、お書をつかって午後から先生のお宅に、といふやり方をしてゐたが、かう寒くなっては困るので、今、会はやめてゐる、また来年からでもやるつもりでゐるとのこと。

こちらに気おくれを感じさせることなく、親切に話して下さる。それに一寸したことにも気をとめてをられて、お弟子さんたちのことなど細かいことまでよく知っていらっしゃる。『毎日の言葉』をきっかけとして勉強をはじめたいと思ふ。「わからないところなどまたお話うかがはせていただきたいと思います」と申上げたら、また来年にでもいらっしゃいと言はれた。

今、独学はむづかしい。良心的な出版といふものがなかなかないから、やはり、ぢかにその人の話をきくといふのでなければだめだといふことも言はれた。

『後狩詞記』を頂戴する

彼女は戦後間もなくの当時、芋ヨーカンを母親といっしょに手製して、コソコソ売ったり、「読書新聞」や「書評」などの職場で買ってもらったりもしながら、右の日記にも出てくる女性民俗学研究会にも出ていたようで、そんな記述も散見される。目黒・品川境の武蔵小山のボロ屋—雨漏りの甚だしい素人造作のアバラ家のことも書いている。そして貧しく終った父の死のことも（八、九年後、私はここに住むことになる）。

このような「下地」があった。で、「嶋君のご亭主」のおかげで、私は柳田翁最初の著『後《のち》狩詞記《かりことばのき》』の復刻本（昭和26年10月刊）をいただいたのであった。先生の喜寿を記念しその代表は折口信夫、実業之日本社刊である。その原本は明治四十二年、三十五歳の時の五十部自費印行。「日向國奈須の山村に於て今も行はるゝ猪狩の故實」と添題のある菊判七〇頁の書は日本民俗学の行路劈頭の書であるが、私の質問に翁は愉しげに笑って言った。「なあに、これはね、ちょっと変った本を出して、世間を驚かしてやろう、なんて思ったんだよ。」（奈須とあるのは椎葉村のこと）

頂戴したこの本は今でも手もとにある。あの時、私は本に署名をしてもらわなかった。私にはそういう趣味がほとんどなかったからだが、後にひとに言われて、「そうか、やはり柳田先生には署名してもらうんだったなあ、残念、惜しかったなあ。」と思わないでもなかった。柳田國男八十か八十一のあたりだったろう。

ついでながら、嶋瑠璃子の『書評』時代に、諸家にアンケートを発して「読書」のその人なりの心がけとでもいったものを聞いたことがあった。その答えに柳田國男氏が「なるべくひとの読まぬ本を読むこと」と書いてきた。そのハガキを嶋は大事に持っていたし、それを見せてもらった私も、彼女の死後、引出しに保管していたのだが、今、すぐには見つからない。

竹内好の「秋田おばこ」!?

新宿駅の東口からほど近く、ハモニカ横丁といったかションベン横丁といったか、五、六人も入れば一杯になるような飲み屋がびっしり集っている一帯があった。小さな屋台店も多かった。そんな小ぎたない屋台のみ屋で、編集部の大野君と二人で竹内好さんを誘って安酒をひっかけたことがあった。私は戦中にはやった(と記憶する)「シナの夜」とか「蘇州夜曲」などをデレデレ歌っていた。「港のあかり紫の宵、のぼるジャンクの」なんとか、とか「水の蘇州に楊《やなぎ》がむせぶ」とか「鐘が鳴ります寒山寺」とか……。竹内さんはゆっくり飲みながら「へえ、そんな歌、やはりノスタルジーがあるのかねぇ」とウフラウフラ笑っていた。あの時の彼の気分はどんなものだったのだろうか、妙なことに、今でもたまに思うことがある。

気がついてみると、竹内好が歌うのを聞いたことがない。たいていの人がそうだろうが、ふるくからの中国文学関係者にも確かめたことはなかった。その点、歿年の翌一九七八年に小部数つくられた『竹内好回想文集』（大宮信一郎代表・編集グループ編）中の山下恒夫の「断章」に面白い記述がある。

それは彼が中国の会の雑誌『中国』の編集に当たっていた七〇年代初期の頃のことらしい。或る日の編集会議が終って代々木あたりで酒を飲み、歌になった。橋川文三が「戦友」、飯倉照平が「熱海の海岸散歩する」、山下が「桜井の別れ」等々、いやはやお里が知れるというものだが、突然、竹内好が「そんな歌うたってるからダメなんだ、一つ聞かせてやろう」と声をあげた。その歌声は隠々というか悲痛というか歓喜というか、「五線譜などにとうてい記録しえない音階」。やがて「霊音」が止み、しばらくの沈黙があって、遂に橋川文三さん「茫然たる表情で」こう言った。「竹内さん、それ歌ですか」と。「呪縛が解けた一同、腹をかかえて笑いころげてしまった。」とある。

竹内氏の説明によれば、これは「わざわざ現地まで赴いて採集した」正調「秋田おばこ」の由。「赤い腰巻きピラッとさせれば、アメリカ、ハナ垂らす…」とかいう一節があるそうだ。竹内好自身が「秋田おばこ」の採集に行くとは考えられず、これは多分誰かの〝変え唄〟を演じたのだろうが、私も山下君、橋川さんほかご一同と共に笑いころげますよ。さもありなん、の「歌唱力」と想像するが、果して真実はどうだったのか。

陶器類をいじるような趣味は、竹内さんにはなかったと思うが、これもホントのところは知らない。一度だけ、炬燵で「これはいい、姿がいい」と言いながら、鶴の形をした白地に青のカン徳利を手にして喜んでいたことがある。博多かどこかで買ってきたのか、誰かの土産だったか。

中国語を習う

昭和二十七年から二十八年にかけての頃、私は竹内さんに中国語を習いはじめた。浦和仲町の二階家に、出勤前に寄ったり、夜帰りに寄ったりした。竹内さんは初歩の教科書と注音符号の辞書を私に与え、ポ、ボ、モ、フォの発音からまことに熱心に教えてくれた。二階に上るなり大声をあげて始めると、小さい裕子ちゃんが面白がって邪魔をしに来たり、お父さんの大頭によじのぼったりした。中国語の四声というものの厄介さも初めて知った。

中国語のお礼に、バターやハムやチーズなどの包みを差し出したことがある。竹内さんは少し体をこわしているらしかったし、金はないはずだ、と私は勝手にきめていた。「こんなことをする必要はないよ。あんたもバカだなァ」と竹内さんは笑わずに言ったが、それでも受け取ってはくれた。そしてすぐ奥さんに言って、乾し椎茸をお返しにくれた。

昭和二十八年六月、四十三歳の時、都立大学の教授に就任、以後、中国語の勉強場所は大学の中文の部屋になった。その頃、私は浦和の先の与野の下宿を出て、目黒の武蔵小山の嶋瑠璃子の実家のボロ家に住むようになっていたので、都立大学はわりと近かった。以前、浦和の竹内家で知り合った慶応大のハグレ者の一人、松井博光と二人で通った。松井は当時、慶応の社会学四年生、私はもともと全くの外の人間で、ヘンなものだったかもしれないが、別に気にしたことはなかった。その部屋はそんな空気であった。

テキストは巴金の『長生塔』という伝承風な材料を扱った短篇集であった。松井君はのちに中国文学の専門家になったのだが、私の中国語は結局のところモノにならないまま中途で終ってしまった。仕事上で煩雑さが加わり、また一身上の事情の変化もあって、勉強が途切れ途切れとなったのだが、残念であった。が、これは恐らく、竹内さんを先生とする中国語勉強会のハシリではあっただろう。ずっと後年、鶴見俊輔、橋川文三といった人たちが竹内さんを囲んで中国語を習っているという話を聞いた。

都立大からの帰り、竹内好は助手や学生たち、私なんかとも一緒に、しばしば酒を飲んだ。渋谷の恋文横丁のギョーザ屋「珉珉《みんみん》」などもよく行った。或るとき、若い評論家のHが、竹内氏に対してしきりに質問を発し、竹内氏は注意ぶかく聞いてはいるように見えるのだが、全く応答しない。Hはなおも質問を続ける。竹内はニコリともせず答えないまま他の皆に「さあ、もっと飲みなさい、さあ、さあ」などと言っている。そのうちHもついに黙ってしまった。評論家Hの質問内容も忘れてしまったが、その人間を目の前にして、何も應じないというのも、まあ、見事なものだと思いながら、今もってよく分からない。

浦和の住処でのあれこれ

或る朝、玄関を入ったら、どうもいつもと様子が違う。奥さんが「ああ、イワオさん」と言う声の調子にも顔つきにも、どうも取っつきにくいものがあった。私は勉強の時は、上りかまちからすぐの階段で二階へ上がることが多かったが、それでなければ下の部屋に入る。その時もそうだった。竹内さんは炬燵の中にいた。それがまた、ちょっと妙なアンバイなのだ。何か仏頂づらのようでもあり、テレているようにも見える。「何かあったんですか」と私が尋ねたかどうかは忘れた。「何か…」ぐらいは言ったかもしれない。

「へへへ…いま台風が吹いてたんだよ」と竹内さんが言った。隣の台所から「まあ聞いてよ」と奥さんが入ってきた。——ゆうべ、客（巴金の訳者飯塚朗、だったか）が来て、夜っぴて飲んで、朝、帰って行った。くたびれちゃって、炬燵に入って横になっていたら、竹内がひどくののしった、とそういう話を奥さんがフンガイに堪えぬ面持で語った。竹内さんは訂正もせず、フフフと薄笑い。私はただ「へえ！　へえ！」と言うだけだったが、そのあたりから急速に通常の空気になったので、安心した。そういう状況が現出されたことを、意外ともケシカランとも、私は思いもしなかった。

奥さんで思い出すことがある。滑稽で恥ずかしいことだ。やはり或る朝寄ったとき、私の腹具合が、与野の下宿でメシを食ったあとのちょうどそういう時間帯に入っていて、私は台所の向うにある便所を借りた。用をすませて出てきて、台所の流しの水道で手を洗った。手洗水の場所を見落したせいであるが、もともと私にはそういう「便宜主義」的なところがあるのであった。奥さんの声が飛んできた。「アララッ！　手はこっちで洗うのよッ！」。たしかその時お二人はチャブ台に向って食事の最中だったと記憶する。竹内さんが無表情な目で私を見たので、よけい恥じ入ってしまった。

浦和時代の竹内家では、私は酔って寝てしまったことも二、三度はあった。夏、二階で眠りこけていた時、私のために、奥さんと一緒に蚊屋を吊ってくれた。竹内好氏が吊り手を環に引っ掛けたりして立ち働く姿を、私は寝たまま、モーローとした酔眼の隅でぼんやり見ていた。

竹内の軍隊論

竹内好についての私の心残りに、「軍隊」がある。もう少しでも軍隊の頃の話を聞いておくのだった。竹内さんがそういう自分の体験をそれとして話してくれたかどうかは分からないが、そう思うのは、こういうことがあったからだ。竹内氏は昭和二十六年の『思想』四月号に「軍隊教育の問題性」を書いた。

「民衆は……大学が自分たちの生活の利益を守るものとは考えない。ところが軍隊は、かれらの生活に直接触れている。」「徴兵検査は……多くの民衆にとって煩いでもあるが、また喜びでもある。」「軍隊生活に嫌悪を感じるのはインテリの偏見で、民衆は嫌悪と同時に憧憬の念を抱く。」「この伝統は、私が軍隊生活を体験した戦争末期にもあきらかに残っていた。私はそこから、自分がインテリであるために生じた固定観念について多くのことを学んだ。」

竹内好は昭和十八年の秋に『魯迅』を脱稿、その一ヶ月後の暮れに陸軍に召集されて中国大陸に渡っている。三十三歳であった。私は十九年暮れ、満二十歳ちょっと前に召集され、翌一月早々に九州都ノ城の連隊に入営、重機関銃中隊に属した。移動はあったが国内─阿蘇の山中で終った。敗戦の時、竹内さんは一等兵で私もそうだった（いや竹内さんは上等兵になっていたか）。私も、戦争最末期の軍隊でいろいろの同僚─百姓、電気工夫、学生、やくざのあんちゃん、馬車引きなどの同年兵と同じメシを食い同じ訓練を受けた。私は年も若かったし、「インテリ」と言えるほどの者ではなかったし、軍隊についての「固定観念」「偏見」というものを、そう言えるほど強固には持ち合わせていなかったが、こういう同僚たちとの毎日の中で、初めていろいろと─インテリ人種の他愛なさ、ダメさ加減を含めて─見えてくることが多かった。

そして或る日、近ごろお書きのものでは「軍隊教育…」がいちばんいいと思った、と話すと、これは珍しく、「フフ…そう思いますか、そうね、あれは短いけど力を入れた。」という應答だった。「軍隊は大事なテーマなんだが、いまどき軍隊をじっくりやる人間はいないねぇ」とも言った。あそこには、軍隊の精神史は国民の精神史、という観点が中心に坐っていた。

軍隊時代の竹内好の姿の一端は、これもずっと後年になって、さっき「秋田おばこ」の歌唱の件で言った回想文集に、いくつかの文章のあることを知ったのだが、それらにもまた触れるかもしれない。

神島二郎から橋川文三を知る

今回の文の前半、柳田國男の部分で、昭和三十二年（一九五七）の読書新聞の柳田民俗学特集のことをちょっと言った。その時の執筆は牧田茂（最近の収穫）梅棹忠夫（思想と土との摩擦）山本健吉（万人との連結）鶴見俊輔（進歩主義と常に対話する用意）それに神島二郎（学問の実用への顧慮）であった。ほとんどは通常の意味での「民俗学者」をハミ出す人々である。この中の神島二郎は丸山（真男）シューレ（とわれわれは言っていた。＝学派）のまあ〝長老〟格の政治学・政治思想学者だが、そのオジサン的風貌・肌合いと民俗学へのアプローチの思想性から、私は親しみを感じて、小田急の経堂の家や勤務先の立教大学などにもしげしげ通っていた。

その神島さんが「いい書き手がいるんだがねえ」と言ったのが橋川文三であったのだ。丸山シューレのなかの変り種、政治思想研究者にして「詩人」、そんな形容で神島さんは橋川文三を私に語った。

昭和三十二年（一九五七）の十二月の早いうちと思う。私は銀座のダイヤモンド社に行って、初めて橋川文三に面談した。私より三つ年上であった。その頃、彼はダ社の嘱託職員のような身分で外国語文献資料の翻訳などをしているらしかった。その以前に、戦後の或る時期、急進的な存在であった雑誌『潮流』の編集にしばらく居たこともあったとか。だが、私はそういうことを細かく穿さくする趣味がほとんどなく、これらはあとでの伝聞である。

どんなふうに原稿依頼をしたのだったか忘れてしまったが、日本読書新聞昭和三十三年一月一日号に「世代論の背景」15枚が出た。当時彼は日本浪曼派の問題について季刊誌『同時代』に連載中であり、それは小数の人々からの熱い視線を浴びるものであったが、より一般的な媒体で発表したのは、この「世代論……」が最初のものと思われる。

この『同時代』連載の文章を中心にまとめ、右の読書新聞の評論や東大新聞、東京新聞、新日本文学、駿台論潮などに出したエッセイ類をも添えて一本としたのが、橋川氏第一作『日本浪曼派批判序説』（一九六〇年二月刊・未来社）である。

「日本ロマン派がいわゆる十五年戦争（鶴見俊輔）の中期以降、かなり広汎な青年知識層によって読まれ、熱烈な追随の対象となったことは、今でもその世代のものには忘れえない記憶である。とくに、その異様な文体のリズムとなぞのように耽美的な情感によって、青年層のあるものにカリスマ的な魅力をもった保田与重郎の名前は、今だに口に上されることが少なくない。」云々と橋川氏が書いているのだが、年齢の僅かな差のせいか辺地海部の里のガキであったせいか、またいささか長じたのちも、日夜これ「柔術」に打ち込んでいたせいか、私はこの日本浪曼派なる「耽美的パトリオティズムの系譜」（同書の副題的表現）にほとんど縁がなかったのではあるが、あとで少し口に入れてみると、その味が分からぬでもなく、気質的にも「分る」ところがある。それを裏返すのだ。

第一、この或る種記念碑的な著書を、私は著者ご本人から署名入りで贈られたのだし、たびたび新聞に原稿を頼むようになってもいたし、かつて竹内好という「おそろしい」人の住処にビクビクしながら、そのうちズーズーしく、入りびたったように、今度は聡明ながら気のいい兄貴のような橋川文三の、護国寺裏の二階下宿に入りびたることとなっていった。

七

護国寺裏の橋川文三

前章六で書いたように、橋川文三氏には昭和三十二年（一九五七）の十二月の早いうちに初めて会ったのだった。彼三十五歳の頃であったとあとで知った。豊島区大塚の護国寺の裏手の、古ぼけた二階下宿に猫一匹と住んでいた。二階の廊下に水ガメが置いてあり、その水で湯を沸かしたり簡単な食い物づくりをしたりしていた。

護国寺界隈は、私が大学に入るべく東京にやって来た昭和十九年秋に、縁あって暫く下宿した雑司ヶ谷（菊池寛の甥の家）ともひとつづきの近間の地域であり、何となく親しみを感じる場所でもあった（同年暮に入営のため九州に帰る切符は、この菊池寛氏に買ってもらったのだった）。私はしばしば橋川さんを訪問した。

下から呼んで返事がなくても、水ガメがカランカランと音を立てていれば、当人在宅と分かるのだった。安い原稿料をとどけに行くと、大喜びして「これからトンカツ食いに行こう、お

（道標29号　二〇一〇年六月三〇日刊）

ごるよ」などと誘う。ささやかな稿料が吹っとぶからと断っても、「久しぶりのトンカツ、一人でポツンと食ってもつまらん」ということで、何度か連れ立って、近くの大塚坂上の食堂で薄っぺらなカツを食い酒を飲んだ。橋川さんは酒好きのようだった。

その頃は私はまだ橋川文三の家族の事情、殊に父母・弟妹たちの不幸ないきさつ、彼自身の病歴などについて、全く何も知らなかったのであり、或る日のその二階下宿でたまたま作ったカレーライスだったのに、足がよろめいてその皿の上に尻モチついた文三さんの姿に大笑いしたりしていた。

音痴ではなかったし声もまあ悪くはなかった(咳ばらいの多いのは気になっていた)が、持ち歌は一高寮歌「あゝ玉杯に」や旧軍歌「戦友」くらいなもの、とは専らの〝定説〟らしかった。いや、もう一つ、私としばしば〝合唱〟した「遼陽城頭夜はたけて有明月の影凄く霧立ち籠むる高梁の中なる塹壕声絶えて目覚めがちなる敵兵の胆《きも》おどろかす秋の風」があった。これは昭和三十五年(一九六〇)春『日本浪漫派批判序説』の刊行と同時の結婚以後は、奥さんのピアノ伴奏つきとなった。(駒場・蔵を改造した借家)ついでながら「戦友」はどうも厭戦的気分を誘いやすいと言われだして、戦争が末期に近づく頃から軍隊内で禁止とまではいかなかったが、行軍時などでもあまり歌われなくなっていった。——これは私の実体験。

戦中人間の固執するもの

昭和三十二年（一九五八）以後、橋川氏は私の日本読書新聞に書評、エッセイ、往復書簡など、再々の依頼にこころよく應じてくれた。むろん『批判序説』に収録された「世代論の背景―実感的立場の問題」（二月一日号）を始めとしてである。この年の十一月下旬～十二月上旬に鶴見俊輔、橋川文三、吉本隆明の三人による座談会を三回に分けて掲載した。今、その関係資料が手もとにないが、当時私が書いていたコラム「有題無題」（十二月一日号）がこの座談会にふれているので、転載してみた。

▼こんど鶴見俊輔氏、橋川文三氏、吉本隆明氏の三人に座談会をやってもらった。前号では〝戦後〟という時期の受け手だった人間の精神状況、戦中の体験から得たもののほか何もとりえがないのではないかと感じた人間の固執する問題、等が語られた▼戦争の軽い方の片棒をかついでいた代議士、大臣、政商、学者、戦後ペラリとひっくりかえったそういう連中の怪しからんこと、死者をして何かの形で自分のエネルギーの中に浮び上らせて来なければばたまらぬこと、等が激しく夜更けまで話しあわれた。
▼座談会は次号で終えるが、今週号は〝記憶の問題〟から入って行った。鶴見氏が「われわれよりもっと若い人は岸信介でいいという感じを持ってますよ。昔のことを、なぜごたごた

言うんだといわれますよ」といっている。時は流れ、記憶のない人々に何と語りかけるか。歴史がまた繰返すだろうか。
▼出席者の一人吉本隆明氏の『詩集』（ユリイカ）をめくってみる。「ぼくのあいする同胞とそのみじめな忍従の遺伝よ　きみたちはいっぱいの抹茶をぼくに施せ　ぼくはいくらかのせんべいをふところからとり出し　無言のまま聴こうではないか　この不安な秋がぼくたちに響かせるすべての音を」
▼もう少し続けさせてもらう。「きみたちはからになった食器のかちあう音をきく　ぼくはいまも廻転している重たい地球のとどろきをきく　それからぼくたちは訣れよう　ぼくたちのあいだは無事だったのだ」（「その秋のために」から）▽もう一つ同じ本から。「ぼくは疲れている　がぼくの瞋りは無尽蔵だ」「だから　ちいさなやさしい群よ　みんなのひとつひとつの貌よ　さようなら」（「ちいさな群への挨拶」から）
▼書きうつしながら、これらの詩句と、中野重治氏の「夜明け前のさよなら」や「雨の降る品川駅」等の詩句が、頭の中に交錯した。座談会前号に出た言葉で結べば〝爾来、野戦攻城〟（橋川氏）である。
翌三十四年の同コラム（七月十三日号）には橋川氏を少し引き合いに出してこうある。

▼世代の問題がまた人々の関心をとらえはじめているように思われる。それは主として、戦争体験を現在から将来に向けてどう生かすかという課題にかかわっている。広い意味にもせよ狭い意味にもせよ、戦争体験の全くない若い世代はどうも分かってくれそうもない、というふうな〝年長者の心配〟もそこにはわだかまっている▼何を分かってくれというのか。国家権力なるものの運動についてである。或いはその権力にぶつかって行く側にあらわれるさまざまな曲折についてである。それらについて、あの惨鼻をきわめた敗戦という高い代価で得た体験が無に帰してしまっては、あまりになさけないではないか。そういう気持が働いている。

▼もっと卑近には、集りさえすれば戦中の回顧談に花を咲かす世代の話題について無関心であり、せいぜい困惑の表情くらいしか示さぬ若い世代に対して抱く〝歳月なるかな〟のいささか勝手な感懐もあろう▼橋川文三氏がさきに本紙に書いたように、乃木や東郷はもちろんのこと、近衛や東条さえ知らない若い人がいる。そして、そんな軍人や反動政治家の昔ばなしなんか、知っていて何になる、という学生もいる。それはたしかに体験の有無を超えて、歴史意識の問題になるわけだろう。(後略)(「橋川氏がさきに本紙に書いた」というのは、六月一日号・「吉本隆明に――僕は既に旧弊な人間になったのか」往復書簡)

いかれた覚えのある日本浪漫派

橋川さんがこだわっているもの、戦後の今の問題として固執するもの、それが先ずは、自身「いかれた覚え」のある日本浪漫派の実相の解明という課題であった。それは戦後、一般的には「あの戦争とファシズムの時代の奇怪な悪夢」あるいはそこから生れた「おぞましい神がかりの現象」「いまさら思い出すのも胸くその悪いような錯乱の記憶」として、文句なく切り捨てられ、または不問に附された。

だが、この「ウルトラ・ナショナリスト」とされる特異な文学グループに「浸潤」された橋川氏ら当時の旧制高校や大学の若者においては、日本ロマン派は「フランス・サンボリストの徒、ボードレールやランボオの心酔者、ドストエフスキーやリルケの徒とも矛盾することなく交錯していた」のだ。それは国粋、右翼、反動などと呼ばれるにはそぐわないものであった。

そこに竹内好が「戦後にあらわれた文学評論の類が……ほとんど日本ロマン派を不問に附しているさま」「多少でも日本ロマン派に関係のあった人までがアリバイ提出にいそがしいさま」は「ちょっと奇妙である」と一九五一年に書き(「近代主義と民族の問題」)、「相手の発生根拠に立ち入った」批判を望んだ。また中野重治がほぼ同様の発言を行っており、橋川さんはこの両者の言葉に「ふと小さな安堵感」を抱き、またそれに「鼓舞」され、一九五七年のはじめ「日本浪曼派批判序説」の連載に踏み切った。

踏み切った、といま書いたが、その頃の空気としては「何でまた今ごろ、日本浪曼派なんかを？　あの異常な死の美学の保田与重郎なんかを？」というのが、主流であり、少しは気にするところのある人々でも、それについてあまりとやかく言わないのが〝良識〟だったようである。

塚本康彦の「感想」

橋川さんにとって、かつての痛切な文学的思想的体験と鮮やかな記憶に照らして、「要するに保田の特徴的な文章のどれかが、まともに分析された例を見ない」というのは、どうにも不審なことであり、それは「現代の進歩主義のかなり根ぶかい弱点に関係がある」と彼は認識していた。その辺の思想的に錯綜した関係に於て、橋川は竹内や中野の「鼓舞」を感じとったのであった。

私の手もとに塚本康彦氏の「故橋川文三氏をめぐる感想」〈同人誌「古典と現代」52号〈84年10月刊〉〉という五十枚ほどの文章がある。そのはじめの部分の十数行。

顧みれば、四半世紀以上も前、大学生協の書籍部で何気なく、雑誌『同時代』第五号の頁を繰った。〈私が保田のものにいかれた時期は正に私の未成年期であり、文字どおりドストエフスキイの「未成年」と、保田の「ウェルテルは何故死んだか」とは同じ昭和十六年の秋に私の読んだものであった。これは閉塞された時代の中で、「神というと大げさになるが、何かそういう絶対的なもの」を追求する過程での不吉な偶然であった⁉　私たちの不毛な時代の中での形成的衝動のリズムは、そのような「いらだたしい」保田の文体のリズムに合致したわけであろう〉（傍点原文）といった文章にいたく魅せられた。軽い眩暝すら覚えたと言っていい。……

念のため――右の文中「神というと大げさになるが、何かそういう絶対的なもの」とあるのは、竹内好が一九五四年の「近代文学」で保田与重郎にふれて語ったものの一端で、その発言の前後を補うと「天皇をいい出したのは後の段階なんです。最初考えていたのは、神というと大袈裟になるんだがね、なにかそういう絶対的なものを追求していた……そういう意味での保田与重郎批判はまだ出てないんですよ、そこの分析が、日本ファシズム論としてまだできてないんじゃないか」となる。

塚本氏は『同時代』発行元に種々問い合わせ、橋川氏と新橋辺のダイヤモンド社で会った。その際、「橋川氏が旧制一高時代、故五味智英先生の万葉集を受講したらしいゆえに、先生の紹介状を携え」て行った、とある。昭和三十三年の三月半ばであった。橋川氏はフトコロが極度に寒かったようで「割勘の念を押してから近くの喫茶店に私を導いたことなど、切なくも鮮やかに蘇る。」とも。

前に言ったように、私が橋川さんに会ったのは昭和三十二年の十二月、塚本さんがその三ヵ月後。ところも同じダイヤモンド社である。そして、当時、橋川さんが同社の嘱託員という身分であったことを私が後に〝確認〟したのもこの塚本氏にであった。

本筋からいささか外れることになるけれども、以下の〝事実〟もこの際つけ加えておきたい。その頃から二十数年後、私がやっていた「伝統と現代社」がツブレて、私は東京から逐電、沼津の禅寺で労務者生活に入った。昭和五十九年（一九八四）の真夏であった。そこへ翌六〇年三月の三日に、塚本氏が〝慰問〟に来てくれたのである。当時、中央大学文学部教授だったと思う。家内も寺の台所の手伝人をしていたので、塚本氏にこの寺自慢のウドンを作って食べてもらい、駿河湾と千本松原の風光を見せ、十五ヵ月前に亡くなった橋川さんをこもごも回顧した。

塚本さんは、昨年追悼文を書いたのでお送りしますよ、と言って帰って行った。その三日後に届いたのが、さっき引用したものである。塚本さんは基本的に橋川文三にいかれていた。そのような共感も人に与えつつ、一本にまとめられた『日本浪曼派批判序説』は、反対論を含めて、議論の次元を一段と高めるただならぬ波紋を投じた。

古代歌謡「命の全けむ人は」

私は数ヶ月前書いたあるエッセイの前書きの部分で、記紀歌謡のなかの例の「命の全《また》けむ人は畳こも平群《へぐり》の山のくまがしが葉を髻華《うず》に挿せその子」を掲げた。これはよく知られているように、熊襲の西征を終って帰ってきたばかりのヤマトタケルが、まるで、お前は早いとこ死ねよ、と言わんばかりの父・景行の命でひきつづいて東征に赴き、さねさし相模の小野の猛火などの苦労の末、力尽きてまさに死なんとするに及んで唱った、とされる一種の望郷歌で、古事記ではこれを「国思《しぬ》ひ歌」と言っている。

いまだ若年の英雄の死に臨んでの呼びかけが、何か悲痛な感情を誘うのであろうが、私はこの歌を一方で「大きな樫の葉などを挿頭《かざし》に、おおいに遊べや、命を謳歌せよ」という明朗な指示、感懐であるように、昔から感じ取ってもいた。(調べてみると、この歌謡は平群の丘で行なわれる男女老若交歓の歌垣・山遊びで歌い踊る際の民謡と思われる。―土橋寛『古代歌謡をひらく』等。)で、さっき言ったエッセイでは、この歌ともう一つ、梁塵秘抄の「わが子は二十《はたち》に成りぬらん　博打《ばくち》してこそ歩《あり》くなれ……」云々の歌謡とを、ニグロスピリチュアルの某女性歌手などの歌唱――静かな調子でも激しく高揚した調子でも――で聞いてみたいものだ、云々とかなり恣意的に好みを述べたのである。

ところで今回、橋川さんについて思い出などを記すべく、改めて『批判序説』をも点検するうち、その「あとがき」中に、まさにこの「命の全けむ人は」が出てくるではないか。その部分もずっと以前に読んでいたのは間違いない筈なのだが、私もこの古代歌謡が橋川さんを読む前から好きであったのだから、いつのまにやら取り紛れてしまったのだろう。

もちろん、これを引用した次元は全く違うのであって、私は、言ったように、趣味的なことを述べたに過ぎない。橋川さんはその部分で「日本ロマン派は、私たちにまず何を表象させるのか？私の体験に限っていえば、それは」と言って、あの歌謡を掲げ、その「パセティクな感情の追憶にほかならない。」と受ける。さらに「それは、私たちがひたすらに「死」を思った時代の感情として、そのまま、日本ロマン派のイメージを要約している。」とくくり、この思いの経緯を彼の追懐で説明している。

昭和十八年秋「学徒出陣」の臨時徴兵検査のために中国（広島）の郷里に帰る途中、奈良から法隆寺へ、それから平群の田舎道を生駒へと抜けたとき、私はただ、平群《へぐり》という名のひびきと、その地の「くまがし」のおもかげに心をひかれたのであった。ともあれ、そのような情緒的感動の発源地が、当時、私たちの多くにとって、日本ロマン派の名で呼ばれたのである。

いささか詩的な表現を用いれば、日本ロマン派の詩人伊東静雄が書名に題した「春のいそぎ」の心持をそのままに、私たちの心せわしい支度の雰囲気を、鮮やかに彩った全体のトーン、それがつまり日本ロマン派であった。

私などはその頃、薩南の地にあって芋焼酎など喰っていた田舎学生、保田もロマン派もそれとしては縁がなかったのだが、戦後十二年にして出会った橋川文三には、今考えてみると、いかれていたように思うし、その死後二十数年の今に、時々は胸に衝き上げてくるものを感じる。

さて、「命の全けむ人は」を自分の一文の前書き中に出している件、そのエッセイはまだ完成したわけではないのだが、橋川氏の「あとがき」を明らかに確認した今、その次元は天地の違いながら、どうしたものか。

竹内好との断絶と和解

昭和三十三年（一九五八）の六月下旬から、私は日本読書新聞の現場代表の恰好になった。その前年から出版業界がらみのモメゴトがあり、それまでの人数が一挙に三分の一以下に減った状態から新しく出発して、廃刊の崖伝いを少数のスタッフで力を合わせてどうにか乗り越えた一年後の三十四年五月、竹内好氏がこの新聞と執筆関係を絶った。当時「文部省図書推薦制度」という案件が出されたのに対するこの新聞の態度が曖昧であった、という理由である。いま、この件を詳しく説明する必要はないしその場でもないが、私はこのとき初めて竹内さんに腹を立てた。何が「曖昧」かと。私は文句を言った。何月何日号の報道記事、何月何日号の反対特集を見てくれたのか、云々と。

竹内さんは意志を変えなかった。悲しかったが、仕方がなかった。なさけない一年が経った。その昭和三十五年（一九六〇）、竹内好が都立大学を去った。五月二十二日の日曜の夜おそく帰宅したら、竹内さんが辞めた、と家内が言った。思い切ったな、と應じたまま私は眠ってしまった。翌朝出勤の際、ポストを見たら、竹内さんの「ごあいさつ」という謄写刷りが入っていた

（私は与野の下宿から二回の引越しを経て、数年前目黒に移っていた）。歩きながら何度も読んだ。「かつかつ生計を支えるくらいの才覚はあります。」というところが、妙に迫った。私は一種の昂揚を覚えながら、新聞のコラムに感想を書いた。冒頭部分を省略したが左の如し。（五月三〇日号）

▼はじめ行動を聞いたときすぐ分ったと思ったのが、文書を読んで分らなくなった。その翌日あたり、無法な権力に対する竹内氏の怒りと今後の闘争への腹の据え方として、ふたたび今度の処置がフに落ちてくると同時に、突然氏が十一年前に出した本、『魯迅雑記』が思い出された▼この本の諸文章に竹内氏の戦後の出発があると筆者は思っている。それは単に、その中の一つが四十五年十一月、中国中部で俘虜兵の身で書いたものだとか、一つが四十六年八月、日本に帰って最初に書いた文章だとかいう執筆時期のことだけでなく、それらの内容が氏のその後の活動の源泉、本体をなしていると思うのだ。

▼同書中、文化界諸分野の対中国戦争責任を抉った凄まじいまでに厳しい文章には《総じて学問の官僚主義の発生地盤としての帝国大学、官設諸研究所の責任、そこに巣食う寄生虫の責任、および帝国大学に見倣うことによって私学精神を没却した私学の責任》という箇所もあった。

▼次のは別の文章からの引用だ。《モンブショウだか、ガイムショウだか、ともかく、その

ようなもの、つまりカンリョウが、「中国」はおれのものだと宣言した》《私から奪われた「中国」は、カンリョウに奪われたことによって、ダラクするだろう。かつて「支那」がダラクしたように》《奪われたコトバは、奪いかえさなければならない》《人民は、かならず奪いかえすものだ》《コトバを奪われたものは、コトバ以上のものをもって、そのコトバを奪いかえす》

▼これら十余年前の氏の文章が、未曾有の暴力で「憲法」を奪った者に対して今回抗議の挙に出た氏の挨拶状の文章と重ねあわせになって、筆者は一人合点した。—竹内氏は戦後の源にあえて自己を遡行させた。

竹内さんはそれから一ヵ月ほどの後の七月に、安保闘争における共産党の現状について、「読者の問いに答える」という文章を書くことで日本読書新聞との断絶状態を終わらせた。この文章は安保の翌年昭和三十六年七月刊の『不服従の遺産』(筑摩書房)に収録された。同書は六〇年安保の年の記録にと著者竹内氏が目論んで編んだもので、三十六篇の時事的文章から成り、さっき触れた都立大学辞職の理由書—「ごあいさつ」も入っている。

「読者の問いに答える」の要旨。

これは竹内氏の「民主か独裁か」に対する静岡県の公務員の質問について、その内容・形式が「アカハタ」の蔵原惟人氏の竹内批判と瓜二つであって、こういう発想の画一化に共産党組

織の暗さを感じると先ずことわった上で、主観的善意での信頼・協力関係に自己満足している
おめでたい連中に革命担当の能力はないと断じ、共産党に、国民をバカにしないでほしい、統
一戦線のリーダー気どりはよして、その単位として行動してほしいと望んでいる。
「問題は、国民的利益と階級的利益が、どの点で一致し、どの点で一致しないかを確定し、
明示することである。その理論的探究をおこたり、両者の気ままなスリカエに日をおくってい
る間は、共産党は徒党であって政党ではない。」「中堅層に有能な人のいることは私も承知して
いる。彼らの努力が党の体質改善をもたらすことを期待する。」

同書の「あとがき」中に「…私は、この新聞とは縁が深かった。しかし…」とあり、さらに
「この機会に和解できたことを喜んでいる。」と述べている。そしてこの本の出た一ヵ月あまり
後に会ったとき、竹内さんは「そうだ、これはあなたにも上げとこう」と言いながら、「61—
8—30」の日付とともに署名して一冊をくれた。まあ、因縁の本ということである。

八

（道標30号　二〇一〇年九月三〇日刊）

梅棹忠夫逝く

つい一ヵ月ほど前の七月三日（二〇一〇年）に梅棹忠夫氏が亡くなった。九十歳。――戦後という時代のはなしを書きつづるなかで、文字通り草深い片田舎からポッと出た私が、たまたま選んだ仕事の性格上、大きな人たちと出会って言葉を交わし、多少ともこころを通わせたと思い込んでいる、そういう人たちが、六十年代の早いうちに亡くなった柳田國男八七歳は一應別格として、例えば武田泰淳六五歳、竹内好六七歳、中野重治七七歳、橋川文三六一歳、林達夫八七歳、そして今後このつづきでふれるつもりの人々も井上光晴六六歳、谷川雁七三歳、後藤総一郎六九歳、というように、もはや世を去っている。近年では豊後の同郷も同郷、県南の津久見の町内徒歩十分の隔りの地の出自である西郷信綱が九二歳、そこへ今度の梅棹さんである。「戦後という時代」の私の色どりもさびしくなった。いまも健在なのは山口昌男、吉本隆明、谷川健一、保阪正康、鶴見俊輔氏くらいか。鶴見氏の姉上和子さんも暫く前に亡くなった。安田武も。

梅棹氏は民族学者と言われるし、国立民族学博物館の創設に力を尽し、その初代館長をも七四年から長年つとめたが、もともとは京大で動物生態学を専攻した人だった。こういった点、彼の中学・大学の先輩である今西錦司によく似ている。

今西が農林生物科を出て、白頭山（長白）、大興安嶺、ネパールヒマラヤ、マナスル等の多方面にわたる探検を経て人類学に新境地を拓いたように、梅棹もまた登山、探検に学生時代から熱中し、戦後、大阪の市立大助教授時代に（五五年頃）京大カラコラム・ヒンドゥークシ学術探検にも参加、生態学から文化人類学へと研究対象を進めた。

追悼の文を河合雅雄氏が書いている（朝日・七月七日夕刊）が、右の点にふれていて大変興味深い。河合氏は京大理学部の学生の頃から、四歳年上の梅棹さんにあこがれていた。動物学教室にいた河合さんは卒論を書く段になって「指導教官は梅棹さんに」と願い出た。その時、梅棹は既に大阪市立大に転じていたので、これは異例のことだったのだが、「あの梅棹さんなら」と認められたという。

さてこれからがおもしろいので、紹介すると、——

与えられたテーマが、これまた変わっていましてね。「道徳の起源」。それもウサギの生態を通じて探れ、というんですわ。私は最大70匹くらいに名前をつけて、自宅の裏庭で飼いました。すると、成長の過程で抱く警戒心とか攻撃性、相手に対して保とうとする優位性、といった人間にも通じる社会行動が見えてきました。

また、――

語り合っていても、「文化とは何や」とか不意に聞かれる。一生懸命答えると、「ちょっと、違うなぁ」と言われる。この「ちょっと」がものすごく違うことが多く、びしびし鍛えられました。「ちょっと違う」というフレーズを聞くと、ビクッとしたもんです。それは年をとっても、変わらなかった。

梅棹さんは若い頃はすごい切れ者、という意味で、あだ名が「佐々木小次郎」。先達の桑原武夫には「相手にも逃げ道つくったれや」などと言われていた由。それが――

生態学から文化人類学の方に進まれ、だんだん勝海舟みたいになってきましたな。若い人に自由にさせて、個性を伸ばしていく。民博（国立民族学博物館）を立ち上げ、研究者をまとめ上げた力量。霊長類学に進んだ私も、折りにふれて相談にのってもらいました。

梅棹さんは「決してアームチェアに座って語るような人ではなかった」そして「決して先生とは呼ばせなかった。若くても研究者として同格だという気持の表れだったのでしょう」と河合氏は語っている。山好き、探検好きの、言うならば〝フィールドワーカー学派〟の闊達な気風が見えてくる。

「文明の生態史観」餘話

梅棹忠夫と言えば「文明の生態史観」だろうが、この画期的論文が「中央公論」の一九五七年（昭和三十二年）二月号に出る前、そういう企画が中公で進められていることを全く知らぬままに、私は梅棹さんに、成り立ちとか形態の異る社会・文明・文化の分布とでもいった論考の執筆を依頼していた。それはこの人が日本読書新聞に、何の本であったか、短い書評を書いた文中に、そのような構想を推察させる箇所があって、当方には何の内容的知識もないままに、ほんとに漠然と思いついたことだったと記憶する。

連絡をもらって、氏が泊っている四谷だったかの某旅館に二日間通った。あれはどこかの出版社（当の中公？）によるいわゆる〝缶詰め〟だったのかなあとあとで思ったし、私は結果的にはそれを〝利用〟したことになるのかも知れない。

梅棹さんは鉛筆と消しゴムで原稿を書き進めた。いつも必ず鉛筆なのかは分らなかったが、「これだとムダが出ないんですよ」と言っていた。書き間違いや変更のとき消しゴムで消せばいいんだから。二日めの午後、新聞二頁分の「新文明世界地図」30枚が出来上り、私は有楽町の新聞印刷所へ急いだ。時間の余裕はなかった。小見出の形を整え、ゲラの校正を慎重に、且つ急ぎ、職人一人と組んでの紙面の大組みを進めた。あれは長岡光郎編集長の時期だった。

梅棹さんは中公文庫版『文明の生態史観』（十一の論考収録）の個別論考の解説で、この間の事情に触れている。

「新文明世界地図」はまえの「文明の生態史観」と、ほとんどおなじ時期、すなわち一九五六年の末にかいたものである。「地図」のほうが「史観」よりもすこしあとであるが、正月号のつもりでかいた「史観」の原稿がおくれて二月号まわしになったために、「地図」のほうが一部さきに印刷されることになった。前半すなわち「貴族と庶民の分布」までが、『日本読書新聞』の一九五七年一月一日号にでた。後半すなわち「家族と超家族の分布」からあとは、同年二月四日号にでた。

「史観」と「地図」とは、内容的に、あいおぎなう関係にある。（中略）「地図」のほうには「比較文明論へのさぐり」という副題がつけてあるが、わたしの野望は、体系的な比較文明学を樹立しようというところにあったので、じつは「文明の生態史観」も、そのための基礎工事の一つにすぎなかった、といえないこともない。

私は新聞二号つづけて掲載したように思っていたのだが、どうも記憶ちがいだったらしい。「地図」のなかみを小見出（各項目）を掲げることで、あらためて今見てみると

生活のくみあがり方の類型数種

伝統と革命の分布

開拓者と原始林の分布
工業と技師の分布
貧乏と飢えの分布
鉄道と飛行機の分布
貴族と庶民の分布
家族と超家族の分布
はたらく女性の分布
学校と新聞の分布
個性的個人と残虐行為の分布
嫉妬ぶかい神々の分布
官僚と官僚主義の分布
ひずみなき世界の姿を

（梅棹は「なお、資源と人口の分布、人種と民族の分布、それから退廃と健康の分布というようなものにいたるまで、重要な問題を論じのこしたようにおもうが、また別の機会に」と書き加えている）

闊達な空気あれこれ

私はあの旅館で二度ひるめしを食った。それも宿の台所で。――きちんとした和装の女将が

「台所でごはん…まるでうちの養子になったみたいね」とニコヤカに言い、顔見合わせて大笑いしたことも、よく覚えている。

あれこれ合わせて、梅棹さんの周辺にはさっきも言ったように、探検者、フィールドワーカーのかもす闊達な空気が満ちていて、あの当時に私が新聞に書いていた小さな文章のはしばしにも、そんな面が時どき現われていた。

例えば「生態史観」や「新文明世界地図」の翌年、一九五八年の読書新聞八月四日号のコラムでは、柴田武『日本の方言』(岩波新書)のなかから一つは児童文学者国分一太郎さんが時々〝東北独立〟というキケンな意欲を燃やすのは、「それはぼくたちの東北弁をあざ笑う人にでくわす時」「講演をはじめるやいなや、聴衆のうちのだれかがニヤリとして、ズーズー弁だわね、なんて隣の席の人にささやきかけるそぶりを見せる時だ」と言っていることを紹介、さらには、「アフガニスタンやタイ探検の梅棹忠夫氏」の「第二標準語として関西弁を認めよ」との主張にふれて、そのことは「借りものの言葉でなしに、自分たち自身の言葉で自由に考え、しゃべり、書くことのできる日本人を、一きょに数千万人もつくることを意味します」との説を紹介した上で「梅棹氏は事実、学会などでもほとんど関西弁で押し通しているようだ。会場には一種爽快な、お座なりでない空気が流れるから、妙である。」と結んでいる。

八月十八日号では「週間ベストセラーズ」にのし上ってきた西堀栄三郎氏の『南極越冬記』の諸家による評判を点検している。「この本が科学の分野だけでなく、さまざまの人間、とりわけ先ず著者西堀氏自身の人間を生き生きと語ることになったのが、やはり一番の魅力」として、例えば「著者と同様のやり方で南極生活をエンジョイしようとしない隊員たち」が「著者の最大の不満」であったことの指摘（朝比奈菊雄氏）、また「隊員の野心の欠乏をなげく西堀流の憤慨」（飯島衛氏）、さらに上山春平氏の感想にあるように「日本の新しい世代のモデルにふさわしい人間像」を著者に見つつ、それがまだ全くの少数派であることから来る「イキドオリと物哀しさ」。

著者西堀栄三郎は「現在の南極で探検的要素をふくまない観測などは、あり得ない」としてその気迫を隊員に望むのだが、「この人につながって動物の今西錦司、〝ネパール王国〟の川喜田二郎、〝モゴール族〟と〝文明の生態史観〟の梅棹忠夫、フランス文学者でチョゴリザ遠征隊長の桑原武夫、等々の京大関係者がむらがっていることを知るのは愉快である。」と吉良竜夫「山と探検と京都大学」（中公八月号）も引用しながら同コラムはこう終っている。「そこには伝統的に今西錦司のロマンチシズムと西堀栄三郎のプラグマチックな現実主義との結合があった。そこに育った梅棹氏がさる日、〈虚空に身を投げ出す勇気が必要や〉と語った言葉も、よく分かる気がするのである。」

さらにその翌年、一九五九年（昭和三十四年）六月八日号で私は「一年ぶりに京都に来」たことをのんびり気分の手紙の形で書いている。東京で七〇円のタクシー中型が六〇円で、それもすぐつかまること、街なかの水の流れがゆたかで美しいこと、高瀬川のほとりで熊本名物

〝からし蓮根〟を出すいい飲屋にぶつかって少々時を過したこと、平安神宮前の満々たる疏水で子供がさかんに泳いでいたこと、アシカの声にひかれて行くと動物園があったこと、そこで長いまつ毛のキリンがそれはそれは小さな糞をこぼしていたこと、鳶を写生する一人の画学生、初めて見た丸まっちい瓜坊＝猪の幼児のこと、等々。

この京都行で私は梅棹さんをお宅に訪ねたのである（コラムでは「探検家U氏」としている）。北白川の道をあちこちしながら、「ここらと覚しい所まで行くと、目鼻立ちから頭の形、髪の様子まで、U氏そっくりの小さい男の子が遊んでいたので、ここだ！と車を停めてみると、ピタリUという表札。」部屋に通されてそのことを話したら、「いやー、全く彼はね、表札がわりなんですよ、よくそう言われます」と梅棹さんの應答だった。

「氏には日本語の問題で一つお願いしてきました。高級料理の精緻な〝味つけ〟論議より何より先に押えてかからんならんのは、現代の言葉の〝漁場〟や、という説。」――これがこの時の私の〝手紙〟の結びであった。

竹内好・梅棹忠夫対談

「生態史観」発表から六年後の一九六一年、『思想の科学』十月号で竹内・梅棹対談が企画された時のことを竹内が語っている。

「私がこの企画にのった一つの動機は、生態学とはどういう性質の学問なのかを直接質問したかったからです。」「そこで問題になるのは、古い生物学—とくに進化論との連関です。」「梅棹さんは、生態学の方法を文明論に適応した人なんですが、私はその文明論にかなり関心があり、また梅棹さんの文体の一種の新しさにかねて魅力を感じていたこともあって、わざわざこちらから京都まで出かけていったわけです。」——これは竹内好対談集『状況的』（七〇年）のあとがき部分の言葉である。

対談の始めのところで竹内が、日本での文明一元論の発生という問題を提起している。それは明治国家の成立が契機で、そこでは世界は野蛮から文明へと一方交通に進行し、世界の国々は、その一本コースの上に前後の順で位置している。その線で日本で文明の採用、富国強兵があり、四五年の敗戦となる。そこで行なわれた反省は、しかし文明一元観はそのままで、途中で軍部独裁、軍・官僚の野望で正しい文明化の線からずれたのだ、とするもので、そういう意見の代表者の一人が竹山道雄氏、——とこれは竹内の論文「アジアと日本」を説明しているのである。

東京裁判も例に上っていて、あの裁判を支持する人の大部分がそういう意見であること、ところが、他方、同裁判で異を唱えたインドのパール判事の少数意見があり、それは戦勝国が戦敗国をさばくのに文明の名をもってするのは間違いだ、というもの。これは文明観の上では文明多元論で、西欧文明だけが唯一の文明ではないという考え方。そして、それに近い人として赤松克磨氏と梅棹忠夫氏の説を例示したのだ、と竹内は説明を続ける。

この辺の趣旨は「生態史観」発表の翌一九五八年八月に竹内が東京新聞に書いた「二つのアジア史観」と関連することで、竹内はそこで、さっきの竹山説と梅棹説との違いについて述べ、そのことを梅棹は「生態史観」を一本にまとめるに当って各論文に付けた自己解説中に書きとめ、註にも明示している。

対談では梅棹「あれは、わたしが言いたく思いながら言わなかったことを、スパッと指摘していただいて、実にうれしかった。」竹内「……もっと世界は多様であるんじゃないか、という疑いをもちますから、東京裁判の多数意見にも竹山説にも賛成しないわけです。」とある。

対談では、「アジア」という言葉で日本を含めて単一にくくれないアジアの複雑な構造の問題が語られているが、例えば「東南アジアまで」の地域と「インドからむこう」の地域。「言語の系統も衣食住も、でんでんバラバラです。そういうものを一括して、アジアとよんでみたところで、実体は何もない。こういう現実を解剖するためには、単一の尺度ではだめなので。……人種の系統というような遺伝因子の問題、また言語そのほか文化の系統も。あるいは物質文明の発達ぶり、社会制度の発展の仕方なども、それぞれ一つのファクターになり得る。」（梅棹）

同様趣旨のことを「文明の生態史観」中の表現で言うなら「世界を東洋と西洋とに類別するということが、そもそもナンセンスだ。……（それは）じっさいは、東洋でも西洋でもない部分を、わすれているだけである。たとえば、パキスタンから北アフリカ一めんにかけて展開する広大な地域、そこにすむ数億のひとびと。いわゆるイスラム世界である。これは東洋か西洋か。西ヨーロッパの人たちは、それをオリエントとよぶかもしれないが、わたしたちはそれを、われわれとおなじ意味での東洋とはかんがえない。じっさいにいってみると、いろいろな要素について、多分に西洋くさいものを、わたしたちはかぎつける。しかし、これをも西洋だといったら、西ヨーロッパの人たちはびっくりするだろう。

東洋とか西洋とかいうことばは、……すこし精密な議論をたてようとすると、もう役にたたない。」

では、アジアというとらえ方を一切排除するのか、どうか。竹内も、アジアは単一でないことはその通りだが、「それではまったく架空かというと、アジアはやはり存在する」「それは近代の歴史の流れの中で、西欧の力への対応から生まれたものだと思う。」と言い、キューバや中南米は新世界におけるアジアだとも言えるだろう、という見方では両者はほぼ一致している。

その上で、理念としてのアジア観は美しいのだが、現実にはアジアには四つの巨大帝国とその「文明の内容があって、それがものすごい人口で支えられている」のだから「一騒動おこると思いますね」と梅棹。「四つ」とは中華帝国、インド帝国、イスラム、それにロシア。「イスラム帝国はトルコですか」と竹内。そして梅棹はそのトルコの後継者としてアラブをあげる。

竹内「パン・イスラミズムというものが伝統化して、いまでも潜在的にある、とみられるわけですが。」

梅棹「イスラム世界だけでなく、そのほかにも、単一原理でオーガナイズされてきたし、今後もされやすい地域が、いくつか存在するわけですね。」

さらに梅棹は、文明一元論は崩壊しつつあるのだが、にもかかわらず、アジアにおいては、次に出てくるのは、新しい文明一元論じゃないか、と予測して、「巨大文明が一個の巨大国家において体現された場合……周辺諸国家群ないしは国内少数民族においておこる現実の現象は、一元的文明観の押しつけにすぎないことになるのではないか。」という心配を表明している。

竹内は、「アジアの抵抗運動」は「西欧的文明一元論に対する批判の形で、まだ積極的なものを打ち出していない」けれども「単に生存権の主張という以上に、人類的な普遍の価値を高めるという意味を持っている。」と。それを梅棹は「アジアの内部自体に、人類的普遍的価値をぶちこわすような要素」が見られることが心配なんであって、日本人は「アジア諸地域のもっているこの種の事実的側面をうっかりすると見のがして」しまう。それは「われわれの国が……ほかのアジア諸国のような内部的な悩みをほとんどもっていない、ということから来るのだろう。」「われわれはしばしば、アジア的リアリズムから、はずれてしまうんじゃないですか」と続けるのである。

時代は六〇年代ではあるが、今に示唆的な発言が多く読みとれる。ここでは梅棹発言に重点を置いて紹介してきたが、対談で竹内氏が当初期待した点に「生態学というのは戦後に盛んになった学問で、そこで問題になるのは、古い生物学──とくに進化論との連関です」ということもあったのに、「その部分は記録で全部はずされ」ていて、読む当方にとってもその辺は少し残念なのだ。

竹内の「国家解体」論

この対談集は竹内好の本として、他の著書とまた違うおもしろみが味わえる。既成の思い込みで〝異質〟だと考えていた相手と案外共感するところがあったり、ちょっとズレを感じる相手と話を詰めてみたり、思わぬ発言──ふつうの文章では書かないような激語を発したりもする。そういう意外性というか、刺激があるのだ。

同書は鶴見俊輔、高橋和巳、吉本隆明、福田恆存、梅棹忠夫、桑原武夫、大塚久雄、武田泰淳その他との対談十六編から成っていて時期は61年～69年（一つだけ70年前半）。その中の小田実との対談で竹内が、日本という国家が明治後半期にはもう「自然物」になってしまっていて、そうではなくて「人為的な構築物」なんだと考える、「つまり国家を対象化」できる何かがほしくて、日本の敗戦の「四五年はチャンスだった」のに「息の根をとめ」る上で「手を抜いて」しまったのがまずい、といった脈絡の上で次のように言ったのが注意を惹く。

「六〇年の安保闘争では、私はそれをやりたかったのです。ただその一点だけ、つまり国家解体の記憶をもう一度呼びもどすということをやりたかったたね。」

そこでは小田「いや、ちょっとまって下さい。（笑）」とはあるのだが、日本国民の八・一五の強烈な自覚（国家と個人との裂け目の）には、その契機はまだ保っているし、それを生かしていかなければ、と小田も言っている。荒瀬豊との対談中の竹内「日本共和国」を宣言し「日本共和国の旗」を掲げればよかったのだ、という言も同じ意味合いだ。竹内はさらに重ねて、「国家解体をおし進めようとする際の一つの手がかりは、私の考えでは、明治二十年以前の記憶をよび戻すことだと思います。つまり旧憲法と教育勅語ができる以前ということね」（「あとがきにかえて」）と念を押している。

ところで、碩学大塚久雄との「歴史のなかのアジア」のやりとりや、兵士として中国に行ったことの心情を吐く高橋和巳との対談、福田恆存との活力に満ちた「ケンカ対談」その他興味を惹かれるものが数々あるのだが、いちいちふれる余裕がない。

中で鶴見氏相手に竹内が「天皇制」に関して「日本の国体論というのは明治政府がつくったといわれているし、私もそう思ってきたけれども」どうもそれは間違いだと思うようになった、いまは「国体論から出発して、いっぺんそこに埋没して、それから出ていくのでないと新しいものは出てこないんじゃないかという感じがしている。」「どうも国体論が革命論になるようなものを考えないといけないと思う。」と考えを披露し、鶴見氏が天皇制の発生の古いもとの形とシャーマニズムの関係を持ち出しているところが大いに刺激的だ。

「天皇制を突き破って、天皇制のもと型からエネルギーを汲んで……近代というものにゆさぶりをかけていきたい」と。鶴見はシャーマン的人間と一種の部落的自治、いわば直接民主主義との線を考えているのであって、竹内はさっきの「国体論」云々の線上でこのヴィジョンある構想に深く同調している。

〝民主主義に反対はしない〟

あの頃、竹内さんは「小新聞の会」というのを、まあ内輪にではあったが提唱していて、東大新聞研究所の稲葉さんや荒瀬さん、それに私も末席に加わって、何度か集まった。これは遂に具体的な話に至らなかったが、竹内さんは小雑誌『中国』を一九六三年(昭和38年)二月に始めた。尾崎秀樹の努力で普通社の中国新書シリーズの各冊にはさみ込む形で六号まで。橋川文三も当初から参加していた中国の会の自主刊行となったのは翌年六月の「新出発準備号」と銘打った第七号からであったが、その号に私は橋川さんに言われて「人づての中国」という短文を書いた。

それは、この連載の第四回にも少し触れたことだが、〝私の中国〟は戦中、尾崎秀実《ほつみ》が東洋における列強の侵入を悲憤した書(書名は忘れた)や魯迅、北一輝(『支那革命外史』等)、宮崎滔天(『三十三年之夢』等)、そして竹内好といった人々によってもたらされた、という趣旨のものであった。何かにつけて「支那革命」がついてまわっているのだが、その号は今手もとにない。

この中国の会への橋川文三の参加について、私は、実はほとんど知らなかったのであり、彼に直接問うたこともないのだが、どうもいまでも、その本当の気持をとつおいつ憶測するところがある。

橋川さんは六九年（昭和四十四年）から『中国』編集のかたわら竹内さんから中国語を習いはじめた。「それは私にとって一種の開眼の体験」であり「他の外国語学習からはかつて感じたことのない驚きがあったのはどうしてであろう。」彼はこの中国語学習によって、「はじめて日本近・現代史の勉強にとりかかれるという展望をかいま見たように感じた。」（一九七三年刊『順逆の思想』あとがき）私はこの『順逆の思想』を持っていなくて、『思想の科学』49号（橋川文三研究増刊号）の記事で見ているのだが、そこにはさらに同書中の「北一輝と宋教仁」について、橋川自身の述懐がある。これは「私がはじめて中国文の史料を読みながら走り書きしたエッセイである。……私のこんごの仕事の（いまは私にだけわかる）出発点のような気持でいる。中国語の恩師竹内さんに、いつか、なかなかおやりですな、くらいのことを言わせてみたいというのが、私のひそかなひとりよがりの念願である。」

そこまで言わせるものは何なのか。竹内好の資質・体質と橋川文三のそれとは、私は異質だと感じてきた。この感じ方、もちろん当てにはならぬが、両者の接近、というより橋川の竹内への接近と私は見ていた。だが、両人とも既に亡い。

ところで『中国』再出発に当って「会と雑誌のとりきめ（暫定案）六ヵ条が毎号掲げられた。（執筆は竹内）

「一、民主主義に反対はしない」「二、政治に口を出さない」「三、真理において自他を差別しない」「四、世界の大勢から説きおこさない」「五、良識、公正、不偏不党を信用しない」「六、日中問題を日本人の立場で考える」の六項目。むろん討議は継続された。

私はなかでも一と五が大いに気に入ったので、いつだったか竹内さんにそう言ったら、この「とりきめ」についてはいろいろと議論があってまだ決着がついてないんだ、「みんなマジメだからねえ」と言って、ぽつんと言葉を切った。私には、善人への好意と慨嘆が相半ばしているように感じられた。

九

（道標31号　二〇一〇年一二月二四日刊）

終戦翌年の上京の車中で

戦後という時代のはなしをしようとするとき、いちばんに浮ぶのは、ホントは次に述べようとする光景なのだ。思想だ文化だという分野のことでなく、知識人とか文筆家に関するものではないが、やはりナマの時代の空気を伝えるものとして、こういうナマの体験にも少しは触れておきたい。

軍隊から大分県南部の家に〝復員〟し、体を回復させ、友人の百姓仕事を秋から半年間手伝って、四十六年（昭和二十一年）上京する時の列車の中でのことである。

車中といっても車輌と車輌のつぎめの、あの鉄板が揺れ動く場所で、今では想像もつかぬ山盛り詰め込みの大混雑のまま、うすら寒さを何十時間と我慢して、うづくまっての東京行き。私のくにから東京までは、急行でたしか二十時間くらいはかかっていたと思うが、客席、通路、便所、連結部、どこも人と荷物で身動きもつかぬ状態で、駅に止まるたび、窓から乗降口からホームへ飛び出して大小の用を足す者もいた。

どのあたりだったか忘れたが、つぎめで隣にしゃがんでいた顔立ちの美しい若い女性―二十一歳の私と同じくらいに思えた―が、せっぱつまった訴えを私にしたのである。立って移動することなど到底できない情況。できたとしても便所もびっしり人が詰まっているのだ。私は彼女をはげまし、うなづいて彼女はそのままその場で小便をした。

小便の一部が鉄板を流れて、私の兵隊編上靴《へんじょうか》を濡らした。彼女は顔を赤らめながら、「すみません」と小声で一言詫び、私は「いいえ、何でもないこと」と一言應えた。私はその場ですることを彼女にはげましたのであり、気がついたほかの誰も、嘲笑したり怒ったりする人間はいなかった。

あれは民衆生活の大混乱の時期の〝一件小事〟。彼女がどこで降りたのだったか、ふつうの娘なのか学生だったのかは分からずじまい、聞かずじまいだったが、私はこの思い出を今に大事にしている。六十何年前の、荒々しい列車内に満ちていた、粗野と優しさの微妙に織りなされたあの感情を、時どき思い起すのである。

魯迅をめぐる手紙二つ

昭和三十四年早々、「魯迅友の会会報」14号の「雑記」で竹内好が二つの手紙を紹介している。一つは詩人谷川雁からのもので、同会報を送った竹内氏への返事である。――魯迅ファンというのは言葉にならないほどの矛盾を含んでいるがゆえに、そう沢山あってはならないものだろうが、それが成立する稀少の例に賭けているところは、まさに先生の面目でもあろう、と述べて次のように続けている。「組織者としては落第であった人間だけが組織しうる奇妙な独特の実験……それはたしかにこの世の味です」と。

竹内好はこれを「一般に文化運動の組織論として考えさせられる御意見だと思う」と書いている。一九四九年（昭和二十四年）夏の東北本線転覆の松川事件・同裁判において〝陰謀〟を告発された被告団の救援活動を展開した作家広津和郎に「組織者」を見た安部公房その他がいたが、それも連想されるのである。

もう一つの手紙は、台湾出身の李献璋からのもので、或る、魯迅観を示している。――日本人は「西洋、スターリン、ヒットラー、東條、マッカーサー、毛沢東と、権力者を崇拝して廻った趣味を換えるようには見えないから」魯迅は今後とも日本に育つ見込はなかろう、と。そして李氏の魯迅観は「権力圧制者とともに天を戴かぬ中国の遺民精神と、また人間臭い漢族思想との結合されたひとつのタイプではないかと思います」というものだ。

魯迅に「遺民精神」を認めようとする点は「魯迅が流行することによって見失われがちな観点」だと竹内は考えて、「李さんの魯迅観をイデオロギイだけで処理して、その底にひそむ一種のレアリティを見失うことのないよう希望します」と記しているのだが、これこそ、一般論としては肯定していても、具体的な生の相手にぶつかると忽ちその「レアリティを見失うことの」多い命題である。二つの手紙を結びつけて考えてみると、今日の網の目にかからずしてしかも今日を衝き動かす或る力の、在り場所の問題が、浮んで来るのではないか。

水俣で——石牟礼道子短歌

さっき谷川雁の名が出たが、この人との接触が増えるについては、次のようないきさつも関係している。

「七」の章でちらとだけふれたことだが、五八年（昭和三十三年）の春、出版業界のモメゴトから読書新聞内も分裂して、人数がそれまでの三分の一以下になって、広告収入も激減、一年、二年と廃刊かという崖っぷちをどうやら切り抜けて行った時期に、私が現場代表で編集長をつとめたのだが、有能なスタッフの補充は最重要事であった。

それについて、数年前入社していた定村忠士が、東大新聞の部員谷川公彦を連れてきた。その谷川は谷川雁の弟であり、その兄弟の長兄は健一という人で平凡社の幹部だということ、同じ五八年に雁、森崎和江、上野英信といった人たちが『サークル村』という雑誌を北九州で始めたとか、谷川公彦の編集参加以後にあれこれ新しく知ることとなっていったのだ。こういう人々の名も、運動の性格も、それまで私はまだよくは知らなかった。

谷川君はながいこと帰っていない熊本の故郷の寂しい両親を慰めたいと、かねがね洩らしていたが、ついに三月のはじめ出発した。咲き群れる黄の菜の花に迎えられながら、二十六時間の長旅の末、彼ははるかに天草島を望む故郷水俣の岡を逍遥したり、小学時代の恩師や同級生と酒を汲み交したり、古い護符を海へ流すという母親のあとに従ったりした。——

私は彼が社に戻ってから、その旅の様子を聞いて、新聞のコラムに書いた（昭和三十五年三月末の号）のだが、そこでは「T君」としてある。そのコラムの文のところどころをなぞって、いま書いている。冒頭に戦後すぐの私の上京のことを述べて、二十時間はかかったろうと言ったが、それから十数年後の「T君」の旅も二十六時間。交通事情はまだ全く変っていない（新幹線は東京—大阪間が一九六四年開通）。

——彼は最後の夜、その町のサークル運動の熱心な担い手でもあるIさんを訪ねた。月明りの細い田圃道を急ぐ。その行きどまりに彼女の家は、崖を背にして、風をよけながらあった。トタン葺きのバラック家の中で、板張りにゴザを敷いて、Iさんは妹とおそい夕食をとっていた。

「明日発ちますが、何か東京に注文はありませんか」と言うと、しばらくしてから「地方は体にたとえると下腹部だと思うんです。そこには無数の血管が脈打っていて、何かを生もうとしている。……けれども今のところ、文化の流れはやっぱり東京からの一方交通でしょう。私たちは大都会の機能の中に、こうした自分たちに対応するものを見出したいのです。……」という言葉が返ってきた。「Iさん」は石牟礼道子さんである。
だが彼女がどんな活動に従いどんなものを書いている人なのか、具体的には私は無知に近かった。ただ、後に出版された歌集『海と空のあいだに』（葦書房）によって、あの頃――戦後十数年の間に――短歌も作っていたこと、そのいくつかはあの『サークル村』にも出していたことくらいを知っただけであった。

木洩れ陽に立ちのぼりいる椀の湯気ほのかにて束の間やすらぎに似し

わが脚が一本草むらに千切れてゐるなど嫌だと思いつつ線路を歩く

まなぶたに昼の風吹き不知火の海とほくきて生きてをりたり

かたはらにやはらかきやはらかきものありて視れば小さく息をつきゐる

二人言《ふたりごと》三人言《みたりごと》をも一人ごち吾子は遊べりトロッコの上に

寝返りを打てばひとときき鳴りひそむ虫がわたしの身の近くにゐる

海の霧われをつつめば心ふるふ魚身に還るすべは忘れし

手袋を脱いで銅貨を拾ふ時少年よ誰も寄せつけぬ背をして

岩礁のさけめよりしばしば浮揚する藻のごとくなるわれの変身

山の上を一夜わたりゆく風ありぬよりそひながき樹々の声かも

潮はつねに船尾のほうになみうてば沈みし舟も夜ごとはしるよ

とほくでゆっくりたちあがる蛇が鳴らしゐる鈴　草かわく未明にききとる

鎌置きしおとめ野いばりをせんとする橙の棘いちずにしげる

麦の芽のふふむ青さをちらとみぬいたくはげしき春の雪ふる

さすらひて死ぬるもわれも生ぐさき息ながくひく春のひた土に

そして、その短歌づくりも、彼女は昭和四十年あたりでやめているようだった。既に水俣の海は有機水銀流入によって、とうに苦海と化しており、しかもその事実が公害認定されたのはやっと一九六七年（昭和四十二年）。石牟礼さん自身「水俣のことにかかわりはじめており」「前途の容易ならぬことが予感された」との現実認識から「心やさしき歌人たちへのはた迷惑をも思い、ある種の断念を置いてきた気がする。」と述懐する（歌集の覚え書き）。

そのとき石牟礼さんは三十一、二だっただろう。

前衛不在論——谷川雁

「六十年安保」は、一九六十年一月の新條約調印、前年からの広範な反対運動の展開、五月十九日深夜の国会強行採決、連日連夜のデモの国会包囲、その渦中での六月十五日の樺美智子の死、翌十六日の米国大統領の日本訪問中止、同十九日の新條約自然成立といった事態のなかで、以前にも扱ったように、抗議の意思表示として竹内好が都立大学を辞職するなどのこともあった。

反対運動については、それが日本の近代における最大の大衆運動とされるにもかかわらず、日高六郎は「大衆は途方にくれた。わからなくてではなく、わかりすぎて」と言い、谷川雁は「自分の前衛が存在しないという痛覚」を指摘した。

それは、――当時、国会デモ参加者が五十数%を数えた某私大で学生世論調査を行なったところ、「支持政党なし」が前年の二倍にふくれ上がっていた、というところにも現れている「痛み」であろう。そしてそのことは学生大衆だけでなく、自覚的な一般市民の間にも広くひろがった感覚であった。それは特に五月十九日の強行採決以後、激化した反対運動・政権打倒運動の波に参加した経験で、さらに深まったと言えたのではないか。

これらのことは、この連載第八回で竹内好の対談集『状況的』にふれて、彼が安保の状況の中での「日本共和国宣言」を出せなかったうらみを語り、「国家解体の記憶」を呼び戻すということの意味を問うたことにも、結局のところ関連してくるだろうと思う。

谷川雁に戻ると、同年の八月の或る晩、私は雁さんと二人、新宿のちゃちな店で大酒を飲んでいた。彼が何の用で滞在していたのかなど全く忘れたが、とにかく負けず劣らず飲みつづけ、ビール（当時は大ビンがふつうだった）は各々十本以上呷《あお》り、そのため二人とも小便に立つことあまりにしばしばで、とうとうそのコッケイさに笑い出す始末。「小便しに来たのかねえ、われわれは」と。それで酒はやめにしたが、彼はその晩泊り場がなくて目黒の狭っくるしい私の家に一泊したのだった。

谷川雁氏（右）1960（昭和35）年８月16日に目黒の巖宅で。嶋瑠璃子撮影

翌朝、わが家の蕪雑な庭の井戸ポンプを押して、顔を洗っていた雁さんが声を上げた。

「あ、ガマがいるよ」となつかしそうな声であった。たしかにわが雑草だらけの庭には二匹だったたか、まあ立派なガマが住んでいて、冬眠もしていた。

それから妻、瑠璃子が雁さんの写真をとった。ここに掲出のものなど数枚。「昭和35・8・16」と日付が記されている。


安保の年は一九六十年。その六十年代は日本の工業燃料の主力の石炭から石油への移行期であり、五九年から約二年にわたる三池炭鉱大争議は、総資本対総労働の決戦の様相を呈し、暴力団による組合員殺害などの事件も多数あって大きな社会問題ともなった。筑豊炭田地帯では地底の労働者の頭の上から、突然川が流れ込んで、六十数人が死んだ。つづいて同じ地方でガス爆発が起って、坑夫十三人が死んだ。

あの地方のおびただしい数の「穴」が、上野英信『追われゆく坑夫たち』に描かれたような「棄民」の、文字通りの墓穴になっていることを、あらためて痛切に思わされたのである。

明けて六一年（昭和三十六年）三月に、谷川氏から葉書が来た。「四月は残酷な月ですが、三月はどんな月なのか。ダラクの月かも知れません」と。金のなくなった詩人は、飯のおかずをかせぐためでもあろう、炭田地帯の陥落池で十日ばかりフナを釣っていた。おかげですっかり鼻の頭をこがした由。

黒い地帯の黒いオアシス・陥落湖で、詩人は果して数百尾のフナを釣り上げ、焼いて干して甘露煮として兵糧の足しにできたのだろうか。人間を食って陥没した陥落湖にどこからか魚が住みつき、それを鉱夫や失業者や詩人などが釣って甘露煮つくっているこの季節は、やはり「残酷な月」と呼ぶにふさわしいのだろう。

ところで私の当時のメモによれば、谷川雁・上野英信とともに『サークル村』を始めた森崎和江の『まっくら』（理論社）が出たのもこの頃だったようだ。いま手もとに無いのだが、「これは日本の近代史、資本主義発達史を、その青黒い皮膚で示すかつての女坑夫たちからの聞き書きだが、今は老いた三池の女炭鉱夫はこう語っている。――わしが出したボタ（選炭後に残った石や粗悪石炭）でここは埋まったつばい。海にボタ捨てて作ったとこじゃ。わしが作ったところに居って、なんが悪かか。いまからわしがどけ行くな。――自分が作ったところにいて首切られ、独占が進行して村落が全滅する。」とメモにある。

雁、死にそこなう

同年、谷川雁が死にそこなうという事件が起った。彼は、そのころ福岡県の北部、遠賀川《おんが》の流れる中間市《なかま》に住んでいたが、ここは筑豊炭田地帯の中心地であり、谷川氏は密接な関係にある大正炭鉱有志の組織・大正行動隊を訪問しての帰り道で、六月十五日の未明、もと同炭鉱員の右翼的分子に左腕を折られた。

当時私が書いていた新聞コラムによって、この件をざっと紹介する。——

腰に一本ぶちこんで選挙運動をやっているような地帯のまんなか、敵も味方も殺気立っている。通りいっぺんの思想では何もできはしない。浪花節の主人公を決めこんでしまうなら、それはそれで一応成り立つだろうし、〝評論〟をやるつもりなら、むろんそれもできよう。

テロに対するにテロを以てする—それが最も通用しやすい地帯で、谷川氏は犯行した当人を自家に呼びつけるという方法をとった。訊問のすえ犯人は京都のバーにバーテン兼用心棒として雇われた人間だが、向うに行っても学生運動その他の社会運動に対して、今後いっさい手出しはしない、という誓約をさせた。当人は大正行動隊の目を恐れて小さくなっているらしい。

谷川氏の意図は、肉体主義とその裏返しのみが徒らに循環するなかで、荒っぽい若い層に、「思想的解決法」を浸透させて行こうということのようだ。現実の諸関係は重層的であり、腕を吊ってウナギを釣るくらいの〝荒っぽい〟思想の持主でないと、その重なりぐあいがよく見えないものである。――

『海上の道』――柳田國男最後の書

その北九州炭鉱地帯へ私は、また年が改まった一九六二年（昭和三七年）に行って、谷川さん、森崎さんや大正行動隊のひとたちに世話になりながら見て廻ったのだが、その前に、以前書いた柳田國男翁のことに、もう一度ふれておきたい。

というのは六一年には柳田さん最後の著書『海上の道』が出版され、六二年一月早々には同書を含む『定本柳田國男集』の第一回配本もあったのに、その八月の八日、翁は心臓衰弱のため死去したのであった。享年八十八歳。

その年に亡くなるなどとは、当り前のことながら、つゆ思わず、私はその頃新聞コラムに何度か柳田さんについて書いていた。

よく知られてきたようだが、例の「名も知らぬ遠き島より」の藤村の詩のもとになったのが、明治三十年（事実は三十一年）夏、伊勢湾伊良湖岬に打ち寄せられた椰子の実を「三度まで」目撃した東京帝大二年の柳田が、友人の藤村にその話をしたことであった。

このいささか感傷をそそる詩とは別に、柳田のうちには壮大で遙かな世界が胚胎していた。八重の潮路の彼方の土地、国々を思い、調査を重ね、構想は練られていった。

戦後になって、昭和二十五年の「宝貝のこと」二十六年の「みろくの船」二十七年の「海上の道」二十八年の「人とズズダマ」三十年の「根の国の話」三十五年の「鼠の浄土」等が書かれて、三十六年にまとめられたのである。

珊瑚の海の美しい子安貝(宝貝)、稲伝播の足どり、ネズミの渡海、沖縄方面で海上他界を意味するニルヤ(ニライカナイ)と日本国内で言う「根の国」との関連、首飾りのズズダマの話等々、われわれの想像を限りなくそそる民族渡来譚が、綿密かつ放胆に展開される。南の海の艶やかな照りさえ伴って。

数年前、翁を訪問したとき、翁はヒマ?だったのか、機嫌よく、さっきの椰子の実のことや『海南小記』にも出てくる私の郷里の「海部《あまべ》」の話など、一時間半も相手をしてくれ、帰りぎわに最初の著書『後狩詞記《のちのかりことばのき》』復刻本を贈られたのであった(このあたりのことは「六」にも少し記しておいた)。

もう一つ。――会話の中で八・一五直後の感想をたずねたとき「きみ、この成城の向うの崖に立ってみたら、飛んでいる飛行機はぜんぶアメリカじゃないか。あのときは、涙が出た」と語った言葉も、強く記憶にある。

無知の相続――翁の死

喜界島では鼠が「猫のをらなだ、わ自由く」と歌って踊っていた。猫が居らぬならばわが思うまま、といった意味だ。正直爺さんが招かれて行ってみたら、鼠が「猫さへをらねば世の中チャンカラコ」と機《はた》を織っていたとかいう話にもなっている。こういう異郷訪問譚の「以前の形、又は今有る形をこの位にも著名にした原の力があるならば、それを何とかして明かにして見たい」と柳田國男は力を傾ける。

その『海上の道』一冊は、右の鼠、どこからか海を渡ってきて暴威を振うこの小さなゆゆしきものたちの隠れ里に関して西南洋上に伝わる理解や、宮古島周辺の広い干瀬に産する黄に光る宝貝や、その他その他の、かすかな手掛りによって「島々の史学」を探索する晴朗な情熱に満ちている。

柳田翁は学風として「確実なる無知無学の相続」を切望している。それは「根本理念などと称して、是だけは先づ論争批判の外に置いて、其の残りで仕事をしようとするが如き学風が、何か新しいもののやうな顔を」することの唾棄である。

「茫洋たる学問の世界に於ても、待つ者の楽しみ」があると愉しく語る翁も、さすがに自身の高齢を慮ってか、この書の至るところに、自ら「はかない思い付き」とか「夢想」とか称するものを書きとめている。—開拓者先達の心遣いであろうが、そのみずみずしい情念はどうだ。「証明を要しない原理」とか妙な既成概念とかに囲いこまれることのない、さながら浦々に散乱した破片を拾いものして行くような執拗な実証と、めざましいばかりのイマジネーションの働きが、そこにはある。

この著者が追い求めているような、海中に黄に光る宝貝が陸上のわらべ遊びのズズダマにつながり、そこにこの列島住民の歩みが映されているといった関係は、われわれの心の内部のありようにも、幾重にも見られるのではなかろうか。

そして、八二年の八月八日が来て、私は追悼の言葉をコラムに記さねばならなかった。翁は満八十七歳で世を去った。七十過ぎのころの翁に接していた私の妻が、その報告をもたらしたとき、思いもかけぬうろたえの感情に衝かれて絶句した。せめてもう一度会っておきたかったという思いが、身勝手にも、死をいたむ気持よりも強く湧いた。

『海上の道』にふれたとき、「…翁もさすがに自身の高齢を慮ってか」云々と書いたことが口惜しく思い返された。妻が言うには、「もう老人で、自分では歩き廻れないから、人の話をたくさん聞いておきたい」と七十歳のころもしきりに言っていたそうだが、実際には老齢を感じさせぬ稀有の人であった。いまは八十歳のころ、八十三歳のころの何度かの印象を持ちつづけるほかはない。闊達でのびやか、話し好きといってもいいその話しぶりは、対座している間は至極当然な感じで、さて辞去した後に、改めて驚きの念を起させるていのものだった。

話の内容も、ふるい漁夫、農夫、海浜、山林から現代の社会、思想にわたって、微視、巨視、底が知れなかった。いつか座談会の相談で訪ねたときも、花田清輝、鶴見俊輔、安部公房たちを論じたりしていた。戦後すぐの一九四六年（昭和二十一年）に中野重治との対談が行われた（筑摩書房『展望』誌）ことも意味深い。それは重厚な保守と日本の特質への目配りある革新と、相互に認め合っている実感に満ちたものであった。

中野だけでなくマルクス系もリベラリストも、少なからぬ人たちが柳田に関心をもち、また接触した。橋川文三も秀れた柳田論を書いたし、竹内好も四九年（昭和二十四年）に会っている。

家内の縁で『後狩詞記』を頂戴した帰りの電車の中で、ほくほくしながら、あの晴朗な長い序と蒐集された奇妙な狩りの言葉の数々を読んだことが、いまも鮮やかに甦ってくる。

後に来るただの物好きの手でかきまわされない限り、翁の築いた世界が、無縁とみえる現代の青年も含めて、われわれの内面に、何ものかを開示するときがあろうと予感される。

十

（道標32号　二〇一一年三月二一日刊）

野上弥生子のミカン

柳田翁の縁で何度か行った成城という地域にはもう一人、野上弥生子さんがいた。夫の英文学者で能楽研究家の豊一郎は一九五〇年二月に亡くなっていて、この人に会ったことは全くない。夫妻とも私の故郷大分県津久見の北隣り臼杵の人で、豊一郎は旧制臼杵中学の第一回（明治三五年）卒業生である。

ついでに——私の父は第八回（明治四二年）卒、前にこの連載で触れた西郷信綱は第三二回（昭和八年）卒、そして小生は第四一回（昭和十七年）卒。

その弥生子さんに私は一九五八年（昭和三三年）の初冬だかに会っている。

宮本百合子にも会ってエッセイをもらったことがあるのだが、にこやかな顔つきで奥からころころという感じで出てきた姿ははっきり覚えているのに、それがいつであったか、あの家がどこであったかなど、全く定かでないのだ。

弥生子さんは何やら忙しそうで、玄関先での立ち話になったのだが、私が津久見の出であること、臼杵中学へは五年間の汽車通学であったことなどをしゃべったら、「アラマア、アラマア、津久見の方なの、ミカンの津久見よねえ！」と。そして「ホラ、まだあのおミカンあったでしょう」と女中さんを大声で呼んだ。原稿は承諾してもらえなかったが、郷里のミカン四つ五つをポケットに押し込まれて、つい嬉しくなってしまったのだった。（津久見はミカンどころである。）

弥生子さんは明治十八年（一八八五年）の生まれだから、この時は七三歳くらいだったろう。

豊一郎は一高時代から漱石に師事していたから、その彼と結婚した弥生子も自然に漱石門下となった、といういきさつのようだ。一九八五年（昭和六〇年）百歳での死後、臼杵の生家小手川酒造のあとを利用してできた野上弥生子文学館には、漱石からの手紙なども展示されている。

中野重治と窪川鶴次郎

私は文学関係、特に作家との関係がうすい方であり、だから〝戦後という時代のはなし〟を言うのにも、片手落ちであろうと自分で感じているのだが、そういうなかでも、中野重治と一度も言葉を交わしたことがなかったのが、一番の心残りなのである。何度も機会はあったと思うが、この人には面と向き合ってモノを言うのがためらわれるのであった。竹内好に初めて会うとき抱いていた一種の「怖じる」気持と同じようなものがあったように思う。

「汽車の罐焚き」「茂吉ノオト」「歌のわかれ」などを身に沁みて読み、「お前は歌ふな……すべての風情を擯斥せよ」や「雨の降る品川駅」などの詩に感動し、戦後まもなくの作「五勺の酒」には、この連載第三回（25号）で、この作品は「政治の言葉と文学の言葉、或いは文学の言葉による政治批判の問題を考えはじめる機縁となった」と書いた感銘を得たのであり、五四年（昭和二九年）の「むらぎも」では、たしか大正末年の共同印刷大争議と東大新人会の学生中野重治とのかかわりに於て、小石川—谷中—本郷と歩き廻る主人公にくっついてまわって、あの一帯の地図を手づくりしながら熟読したのであったが。——

中野は福井中学から進んだ四高（金沢）で「二度落第し」その「落第のおかげで窪川鶴次郎…などとも知り合った」（「文学的自傳」）。またその一九二三年に初めて室生犀星とも会ったのだ。そして二六年（大正十五年）四月、東大独文時代に、ともに犀星のもとを出入りしていた窪川、堀辰雄らとともに同人誌『驢馬』を始めたのである。

中野重治とは遂に会わずじまいであったが、この窪川鶴次郎とはわずかな縁で、しばしば接することとなった。それは私のいた日本読書新聞で、社会思想・労働運動・文学運動等の近現代の歩みを跡づける連載物を企画してわりと長いこと続けた時—正確なことは後日調べてみるが、五〇年代の半ば頃—文学の分野を窪川氏に担当してもらったという関係であり、それは親しくしていた社会経済史の浅田光輝静岡大学教授と相談してのことだったと記憶する。

のちに、一九六四年（昭和三九）中野重治は神山茂夫とともに共産党を除名されたのだが、浅田教授も、そのいわゆる〝神山派〟と言われていたようだ。私はもともと、右だろうが左だろうが、何党の何派とかいうハナシについては「そうですか」程度のことであったが、何となく気が合うところがあったし、たまたま住居も目黒区内の近いところだったし、私は自転車でよく行き来していた。

昭和二十八年十一月十八日のメモにこうある。

――夕刻、自然園下の浅田家より自転車での帰途、雑誌評の原稿紛失。側溝などで半ペラ二枚は見つけたが、取って返して奥さんと一緒に下書き・メモの類を屑籠等から収集。ご当人はすでに静岡だ。そこで翌十九日（木）朝八時半東京発で十二時半静岡着、バスで大学へ。持参の〝残骸〟類を点検しつつ原稿まもなく復元した。

窪川鶴次郎は金沢の四高いらい、中野重治と行を共にしてきた。犀星の門、『驢馬』同人、プロレタリア文学運動、戦後の新日本文学会。佐多稲子は『驢馬』同人と知り合って文学的出発をなしたとされ、窪川と結婚、文学運動も共にし、党にも入ったが、のち離婚。そういった経緯について、私は窪川さんにたずねたことが全くない。

原稿は毎度たいてい遅れるから、しばしば催促に出かけた。駅は千葉の稲毛だったか。広い習志野の原野の一隅の粗末な小さい家だった。窪川鶴次郎氏は家ではステテコ姿なんかが多

左から窪川さん、巖、しのぶちゃん、奥さん、浅田夫人

かった。赤土の土間の七輪で湯を沸して、先ずお茶を振舞ってくれるのだった。それが大いに時間がかかるのだった。原稿は遅々として、時には私は泊りがけとなることもあった。「さて、泊ると決まったんなら、先ず風呂に」と、彼と並んでかなり歩いて銭湯に行ったこともある。

中野重治に話が及んだとき、窪川さんの言ったことがおもしろかった。「中野はねえ、そりゃ才能があるんだよ、例えば万葉の歌百か二百読んだら、それだけで大した万葉論がブテるんだなあ。あれは四千五百首くらいあるんで、私なんかもっと律儀にたくさん読み込まないとダメなんだがねえ。」

連載が終ってからかと思うが（そのことはメモに記してないので分らない）昭和三十年の六月二十六日のメモ。それは私の家内が書いている。

――千葉稲毛の窪川鶴次郎氏を訪問、浅田光輝氏夫妻と。広大な松林、杉林は窪川先生のお庭も同然である。彼はここで庭木の苗を養成している？

これは習志野の野や林。鶴次郎氏は苗を「養成」しているのではなく、ここで適当なやつを「入手」するのである。この時の写真数枚があるが、出来が悪い。ボンヤリしている。さらに同年十月に「ふたたび稲毛のおやしきへ」とアルバムに書きつけてある。「おやしき」はオドケである。当時のわが家と同程度の、まあ陋屋と言っても決して「卑下」「謙遜」ではないような「おやしき」で、われらは談論風発した。この時は私ら夫婦と浅田夫人とであった（写真参照）。

世界にオレは七人いる

谷川雁に話を戻そう。あれは六二年か六三年の真冬だった。また東京に来た雁さんと連れだって寒い街の暗い小路の角の、というのはお定まりの新宿の、ツタのからまった小さなバーの戸口まで来て、ふと見上げたら星あかりに七、八枚の干し物が動かぬ影となって頭上にあった。それは、この店の階上に住む女主人の洗濯物だ。

いいのかなあ、あの大事な下着類はおそらくガチガチに凍っているだろうが、布地が痛むんじゃないのか、この寒気では。あれらの洗濯物は童話風のシルエットでうす白い銀河に浮かんでいるけれど、などと私が女主人に注意していたら、「思いやりがあるんだなあ、あんた」と雁さんが感心して言った。「どうして、下着の干し物なんか見るんだ」と女主人シーちゃんが、半ば抗議がましく述べているうち、黙って飲んでいた雁が「思いやりで思い出したんだが、人間は自分とそっくり同じ顔かたちのヤツが世界中に六人はいるんだそうだ」と語りはじめた。

それは彼がある数学者から聞いた話であった。——その六人は自分に「似ている」のではなくて「同一」なのである。つまり、オレは世界に七人いる。この説は人間は大昔の大昔に別離した自己の半身を忘れられないという話や、はたまた「七人の敵あり」とかいうコトワザを、裏から説明することにもなろうかと思う。

彼がなぜこんな話をしたのかは知らないが、彼とて熾烈な文学的・政治的・労働運動的な多岐にわたる活動中の何かの瞬間に、あの、しばしば体毛を抜いてフッと飛ばして己れの分身を繰り出したキント雲の戦闘者・孫行者を想うこともあっただろう。

ともあれ、「七人のオレ」という推理的学説は、人類という想念の基礎づけに役立つかもしれない。奇妙な楽しさだ。世界のあちこちで、オレとの同一者が何かしながらメシを食ってる図を思い浮べることは。——ツンドラにトナカイを飼うラプランドの民の中に、光りと風の広大なポリネシアの島々に、或いは天山ぞいに絶えず土埃を上げているウイグルの町々に、ボスポラス海峡のほとりでトルコ軍楽の鼓を打ち鳴らす兵のなかに、またはアンデスの山を古タイヤで作ったサンダルをはいて笛を吹いているインディオたちの間に、オレがいるのか。

しかし…いざ実際に出くわしたら、お互い、水の如き交りで別れた方がいいのかどうか、などと話しは尽きなかった。

筑豊炭鉱地帯を歩く

六二年（昭和三七年）の春、私は北九州の筑豊炭鉱地帯にはじめて行き、谷川さん、森崎和江さん、大正行動隊の坑夫の人たち、にあちこち連れ歩いてもらった。

当時のメモ。——四月二〇日夜七時発「ハヤブサ」21号朝十時半門司下車、八幡を経て、西鉄電車で中間《なかま》へ。谷川・森崎氏と「家」へ。

「家」というのは、縮小・切捨て相次ぐこの炭田地帯の寄るべなき者どもに一宿一飯の便を、という趣旨で当地労働者グループが発起し、各地有志の合力によって、さきごろ完成した十五坪ほどの木造。「手を握る家」と称する。

干した坑夫の猿股の間に西日が沈んで行くのを絶景かなと眺めながらメシをすませて、雁さんたちの案内で歩き廻った。至るところボタ山が高く三角形に空を截り、廃坑の坑口はゴミ捨て場となって、芥が詰め込まれ、至るところ土地が沈みつつあり、陥落池が澱んでいる。

昨年はまた当地で大惨事が起った。その時、十年近く炭鉱で坑内作業をしていた友人に聞いてみたのだが、その事件—コンプレッサ—の火事が原因で七十二人もの人間が窒息死するなどとは、常態では考えられもしないことだそうで、どんな保安施設がしてあったのか疑わしい限りだ。

そのまた前の年の、突然地底の坑夫の頭上に川が流れ込んだ水没惨事のあと、被害家庭の子供たちが通っている中学校の先生が事件について生徒らの文集を作ったところ、その炭鉱経営者への気がねから校長が口を出し、文集はただ、悲しいとか可哀想とかいう文章しか残らない骨抜きのものになってしまった。

新聞も当初は鋭く責任追求をおこなったが、数日後には沈黙してしまった。この大量窒息死事件の炭鉱経営者も同じ一族で、県下に絶大な勢力をもっている。そんなわけでその責任追求の点は、現地の事情に詳しい人たちはあまり期待していないのであった。

歩き廻って行くと、お宮のある小山全体も、登り口の石鳥居を抱いたまゝ沈みつづけている。「遠賀《おんが》土手行きゃ雪ふりかかる」の遠賀川の風光は広いが、釘で打ちつけた無住の部屋のまじる炭住には、夜が早く来るようだった、若い坑夫連中の猥雑陽気な歌に先導されてたどりついたボタ山は、暗い空にさらに黒く暗い三角形を際立たせていた。

ボタ山の夜の息吹

その稜線をトロッコの小さなシルエットが裾の闇から上ってきて、頂上で石を吐き出す、と同時に無表情に下りて行く。すると闇の中を落下するボタのやさしい音が聞えてくる。丘の上から、ポーッと燃えるボタ山を眺めた。あれは二十年三十年と燃えつづけているとのこと。その赤茶けた火は積年の怨念のようにも見える。「有機物だから燃えますよ」と谷川さんが言う。「人間と同じですな」と私。「人間は三十年も燃えつづけますか」とまた谷川。

ヤマの闘争はどうかというと、坑夫長屋の糞尿を会社が汲み取らないといって頑張るので、さし当り汲み取り闘争が行なわれている由。

さて私はこの「家」に泊らせてもらうことになり、三、四人の合客に、ボタ山を案内してくれた谷川さんや若い坑夫たちも加わってホルモン鍋と安酒、タカナの漬物で暫く賑やかにやったのだが、旅の疲れでそのまゝ眠ってしまった。翌朝、宿泊料三十円を支払ってここを去ったのだが、準備されていた会社の〝再建案〟は約三百名の首切り、賃下げ、出炭能率増大の要求、退職金、社内貯金の切捨て同様の措置、三年間の労資休戦、といったものであったとのこと。あの夜、一緒に酒を飲んだ彼等が、充満する糞尿の向うに、来るべき徹底的な抗争を望見し肚を決めていたのは明らかであった。

中間《なかま》から長崎へ出たのだが、中間の一夜で同行の家内が撮った写真のフィルムを、フィルターや化粧具、手帖などの小物も入れた袋ごと盗まれた。駅の待合室のベンチでうっかりしていたのに宿で気づいて、駅公安室に飛んで行ったのだが、ダメだった。世話になった谷川雁さんや坑夫の人たちに写真をあげることが出来なくなり、後日この事情を谷川さんに報告したら、彼は「技術がヘタで夜景がうまく撮影できなかった言いわけをしているんだろう」と軽く笑った。

ジョーダンじゃない、うちのカミさんはカメラはセミプロなんだからと〝反論〟ないし陳弁これつとめたのだが、われらのポカで、筑豊のボタ山の夜の息吹や坑夫連とのモツ焼きの宴の写真がフイになってしまったこと、かえすがえすも口惜しい限りであった。

五島列島のはずれで

東シナ海の波のかがやきの中にいる。水は浩蕩として果てがなく、や、日の傾き加減の向うに上海があるらしい。頼山陽だったかが「雲か山か呉か越か」と感慨深く吟じたのは天草灘あたりの眺望だが、それよりずっと西の五島列島、その最西端の大瀬崎で春の日を浴びている。

昨日せっかくの筑豊炭田地帯の夜の写真をうっかりなくしてから、朝の船で四時間、福江港に着いた。長崎から海上約百キロ内に集まる三十余の有人島、百余の無人島から成る。ふるい歴史を言うなら、遣唐使船の最後の泊地、朝鮮半島・中国大陸の沿岸を襲った「倭寇」の根拠地でもあった。山と入江、瀬戸と断崖が入り交って、しかも大きい眺めである。

二日前に通ってきた炭田地帯のうす黒く重い色合い。朝日のわずかに射す泥水の陥没池では、群れているアヒルの雄が雌に激しく乗りかかり、雌が泥水に完全に顔を突っこんで、バタバタやりながらまた浮く、雄がまた押し沈める、見ていて心配になる難儀な泥中の所行が続いていた。五島の西のはずれのこの岬の、水天の境も見定め難い景と重ねあわせてみれば、妙な日本風景論ができそうであった。

井持浦天主堂、1962（昭和37）年４月23日

島に上ってから、島とも思えぬ山また山の遠くへバスで走り、さらに小さな渡船で約三十分、その漁港からまた磯伝いや山の杣道伝いで八㌔近く歩いて辿りついた岬である。バルチック艦隊が遙々とヨーロッパから回航してきて、あの沖を対馬の方へ北上して行ったというあたりに、いっそう日が傾きだしたのに気づいて、杣道を急ぎ引き返した。急傾斜を滑り下りて小聚落に出ると、そこにカトリックの天主堂があった。白い鐘楼と褐色の礼拝堂、わきに聖母の岩窟がしつらえてある。（井持浦天主堂）

この列島のそちこちの何万かの信徒の中には、江戸幕藩体制下の宗教弾圧を逃れひそんだ「隠れ切支丹」の裔ともいわれる人々もいて、そういった時代にも関係ある教会も幾つかあるという。

「御降生後〇〇〇〇年」

薪を運んできた堂守らしい婦人と挨拶を交わし、

堂内の喜捨箱に五十円を入れただけで、残念ながらこの教会の因縁や現状を聞く時間もなく先を急いだのだが、部落のはずれの海添いの丘に、十字を形どる墓石が無数に立つのが見えて、そこへ上ってみた。磯の美しい丸石を敷きつめ、白石を十字に並べたまだ新しい仮の墓（だろう）が点々とあり、なお進むと大小多数の、形もさまざまながら概して仏教ふうと混合した形の十字墓、土葬時代のふるい様式をのこしている（らしい）全く仏教臭のない寝墓石も。その十字はこまかな砂石を練り固めてつけたものだった。

それらの墓銘を読んだとき、私は思いもかけぬ感動を覚えた。「御降生後一千九百二十九年マダレナ永尾ヨシ之墓」……テレジャ、ペトロ、マリヤ、ヨゼフ、ミカエルなどの名を冠した出口なにがし、真首なにがし、山下なにがし。死亡年はほとんどみな西暦、なかには大正などの元号を併記したのもあったが、「御降生後何年」というのが最も多かった。

キリスト教信者の墓に西暦が刻まれていたからといって、驚くことはないかも知れないが、しかし、さて俺の育った山ふところの、ここと似たような海を望む丘の仏教墓地に、例えば法然、親鸞、日蓮、あるいは釈尊ら始祖たちを基準とする「御降誕（御降生）後何年」と記した碑銘があったか。それはなかった。

一人の人間がこの世を立去るに当って書かれる記念の符号も、国家の元号。——宗教意識をも含めて個人人生における価値基準と国家の価値基準との区分の曖昧さ、といったことについての思いが、島の十字墓を見ながら対比的に湧いてきたのであった。

村の墓地、福江島にて。御降生後一千九百二十九年

ここに眠る島の人生が、そのようなことを充分自覚した人生だったと、必ずしも思うわけではないが、ふるい昔から、「紀元は二千六百年」的に押しつけがましいあの時代をしのいで、「御降生後」という一つの別基準を死者の記念に刻みつづけた心の営みを、僻遠のこの地に推察したのだ。

「セバスチアノ　陸軍々曹永尾……」

わずかに山の頂のあたりを染めていた余光も消えて、夜がこの墓地をも浸し、なお仔細に碑銘を読んで廻ることも覚束なくなった。宿のあるらしい漁港への近道を尋ねながら急いで磯伝いに歩いたが、その間も頭の隅を去らなかったいま一つの碑銘は「セバスチアノ　陸軍々曹永尾昇墓」という文字であった。

「隠れ切支丹」にもならざるを得なかったこ

の地の先祖が向きあった「権力」は、形を変えながら、その末裔の上にも働いて、半農半漁のこの入江の信徒「セバスチアノ」の島の人生に「陸軍々曹」を付け足していた。

国家に対して独立する一人の生、それは無論、交錯し浸し合うものではあろうが、両者の葛藤の質は、われわれの内面で必ずしも激烈なものでなかったかもしれない。永尾なにがしその人の内面も、うかがい知ることはできないのだが、「戦争」を含めて「国家」、「権力」と「人間」との問題を、どの時代よりも切実に顧みるべきこの「戦後という時代」の中で、「陸軍々曹セバスチアノ永尾…」の碑銘は、やはり尖鋭な象徴でないだろうか。

十一

（道標33号　二〇一一年六月三〇日刊）

相撲好きの安田武

安田武という人は根っからの東京人、というか江戸粋人ふうな気分の持主で、そのうえ無類の相撲好きだった。それでいて日本戦没学生記念会（わだつみ会）の常任理事であり、思想の科学研究会の会員。そういうおもしろさもあり、編集者出身ということもあり、私は親しくしていた。お互い酒好きでもあったが、一緒に飲み歩くということは、それほどはなかった。

相撲のことはちょくちょく話題にのぼって、私はわが郷土・豊後の大横綱双葉山についても、関脇の頃（つまり昭和十一年、私が小学六年生）から夢中になっていたこと等々しゃべったが、安田氏は三つ年上であり、東京という地の利もあって、当然、力士の〝情報〟には詳しかった。

双葉山は昭和十二年に大関、そしてまもなく綱を締めたのだが、その頃、くにの家でもラジオが聞けるようになって、大相撲の場所が始まると、私の父のことを「大将」だの「先生《しえんしえい》」だのと呼んで出入りしていた近在の蜜柑百姓衆ら十数人が集まってきて、耳を傾けた。ピーピーガーガー鳴る箱型のラジオを調節するのは、小学校の藤野先生だった。お目当ては当然のこと双葉山。固唾を呑む緊張のうち、結局双葉が左上手を取った、と分ると、皆々破顔して「もう世話ァねえ（心配いらん）」と言い合う。知っての通り、双葉の上手投げは絶品だったのだ。

さらには、豊後の海で漁船を漕いで育った彼の、いわゆる二枚腰がまた強靱・柔軟で、小結・関脇くらいまでしばしば見せていた打っちゃりは鮮やかそのもの。あれは窮余の技というよりは、前向きの投げ技ですなぁ、などと言う私の話に、安田さんも乗ってきたものである。

璽光尊事件と双葉山

むろん双葉は四十五年（昭和二十年）三十三歳で引退していて、八・一五を挟んで戦後の何年かは羽黒山の時代になっていたのだが、相撲どころではない總饑餓的社会情況のなかでも、双葉山は時どき記憶に甦るのであった。近年はまた現横綱白鵬が双葉山を理想としているとかで、また俄かにその名が或る程度の人々の口に上るようになって、あの有名な電文―双葉が七十連勝を阻まれた時に恩人に打った「未だ木鶏たりえず」が云々されたりした。

しかし、このかつての大横綱を語る人が、今は全く話題にしない（忘れ去った？）「璽光尊」事件というものに、私は多少こだわる気持がある。それは四七年（昭和二二年）一月に金沢で起った。まさに終戦の年、しかも八月十五日の前、五月に興ったとされる新宗教・璽宇《じう》教が、当時の食糧管理法違反に問われ、教祖（璽光尊）ほか幹部が逮捕された。信者農民が「供出」

すべき米を教団に献納、これを教団が隠匿していたという、まあ事件としては単純なものだが、警察が踏み込んだとき、元横綱双葉山と囲碁の天才呉清源の二大信者が体を張って応戦したから、けっこう大きなニュースになった。警官隊ともみ合う双葉山の写真など、私もまだ覚えている。

璽宇教は天皇の皇威は璽光尊に移ったとして、独自の憲法の施行、呉清源・双葉山をメンバーとする内閣、紙幣の発行等を宣言、さらに来るべき天変地異を予言。璽光尊の神示をマッカーサーに手渡そうと米大使館とGHQに乗込むという事件まであり、同教団は警察関係に警戒されるようになっていたのである。双葉山は昭和二十一年の秋場所で引退披露を終えた直後の十二月、金沢で璽宇に合流していた。

新宗教の出現・復活

同じ一九四五年の、璽宇より少し早い一月元旦に北村サヨが「来年は紀元元年、神の世じゃ」と歌い始め踊り始めた天照皇大神宮教のこともあるが、ここでは省略するとして、共に終戦敗戦前後の時代背景、人心の動向のなかから立ち現われた、見た目よりは意味深い運動と見なしていい。「戦前の大本《おおもと》からつらなる土着主義的な世直し運動の系譜に位置づけられるべき」（対馬路人氏）との意見もあるという。

そう言えば、璽光尊事件の前年、昭和二十一年の一月には「南朝の直系」を名乗る「熊沢天皇」なる人物が名古屋に現われた。それまでタブー視されていた南朝・北朝論、そこへ、われこそが正系だと天皇家の権威に文句をつけたのだ。一九五〇年の朝鮮戦争頃まではけっこう人気があった。

同年二月にはあの出口王仁三郎が大本《おおもと》教を再興した。戦前戦中の二度にわたる苛烈きわまる弾圧。教主・幹部・信者の検挙だけでなく、本部と地方の全関係建造物を爆破までされて、消滅したかと思われていた。かつて多数の知識人や海軍将校などの入信で注目され、それだけにその「立替え立直し」論が国家による非常な警戒感を招き、主として不敬罪と治安維持法違反とで弾圧されたのだ。皮肉というかめぐり合わせというか、同じ二十一年の年頭、天皇が「人間宣言」をしている。

新宗教、新興宗教に関する報道、論評には、既成の諸宗教―仏教、神道、キリスト教などを扱うときとは明らかに違って、どこか揶揄的で、からかいの気分が流れている例が少なくないが、時代と人心の省察をよくよく合わせ考えるのが肝要だろう。

相撲のこと、双葉山の記憶、それから戦後すぐの頃の新宗教と、はなしが飛んできたが、双葉山について少し補足すると、彼は璽光尊事件のとき、心配してくれた朝日の記者に説得されて、教団を離れたのだが、後年、璽宇の幹部勝木氏が、双葉山は離脱したのちも璽光尊を慕っていたこと、璽宇側でもさまざまに接触を試みたが、そのつど邪魔が入り果せなかったこと、を記しているそうだ（これら璽宇教や新宗教関係の記述は井上順孝著『新宗教の解読』筑摩書房刊や『サン写真新聞』全15冊・毎日新聞社刊等に拠るところが多い）。

千秋楽と君が代斉唱

安田武氏に戻る。六三年（昭和三八年）の私の書いたコラム・メモに相撲がらみで安田さんに触れたのがある。それに添って再構成してみる。――

大相撲秋場所も柏戸の優勝で千秋楽。十五日間の激闘の末のめでたい幕であるが、さてあれは困るんだなあ、表彰式の前の君が代斉唱というやつ。場所ごとにあそこに来ると、スイッチを切ることになってしまったのも悲しいならいである。安田武氏の『戦争体験』（未来社）にもこれと似た話が出てくる。しかしそれはスイッチを切るなどよりも、もっと「緊張」した行動についてなのだ。

君が代が始まった。館内を埋めた善男善女はいっせいに立上っている。そういう中で、安田氏はヤケクソになって、サジキに寝転んでしまった。その時は二人の友人と一緒だったので多少気強かったようなものの、もし自分ひとりだったら、僕は立ったり坐ったり、狼狽して醜態をさらしたにちがいない、と想像するたびにまことにイヤな気持になる、と著者は述べている。それ以来、彼はどんなに観たい一番が残されていても、千秋楽の相撲場には行かないと言う。

実はこの話は、以前にしゃべり合ったこともあって、私も同感の旨、及び何であそこで「国歌斉唱」がなされなきゃならんのかという疑問を述べたのだった。大相撲だけでなく、何かと言えば国歌、というのは奇妙なことである。オリンピックでも、あれは国家対国家の争いなんじゃなくて、本質的には個人個人の力と技の競い合いだろうに。だからこそ気分爽快なんだが。国歌が鳴りひびくとせっかくのいい気持が半減するのだ。

まして今の日本大相撲で横綱・大関その他上位のモンゴル人やらブルガリア人やら、エストニア人などが日本人力士と力と技をぶつけ合って、これは実に豪儀なことであるのだが、その末に「君が代」などというわけの分らんウタで「チヨニヤチヨニ」とか「サザレイシノ」とか口をパクパクさせるのは、奇態な眺めなのである。

安田さんは国歌斉唱に加わるのが意地でもイヤだからサジキに寝っころがった。何もそんなこだわらなくても、という意見は必ず出るだろう。けれども、こういう一種の肉体的反応ともいえるような、どうにもならぬ気持というものは、人それぞれの内に、切実な条件によって形成されているのであって、簡単に笑い捨てるわけにはいかない。

ついでながら、安田氏と鶴見俊輔氏は六〇年代の数年間、八・一五が来ると髪を刈って丸坊主頭になっていた。戦中の苛烈な生まの体験を内に甦らせる一つの演技であったろう。またも兵隊にされるという恰好なのだ。あの時代、すべては天皇の名に於て施行され、それに服さぬものどもは抹殺された（私はこの〝丸刈り行事〟を記事にして、鶴見さんから丁寧な手紙をもらったことがある）。

その天皇の治世を寿ぎ祝う「君が代」を、大好きな大相撲の優勝者を称え、千秋楽を祝う時に、声を揃えて唱えますか。――と、われわれには自明のことを、投げやりに言い合ったのだった。

大阪の君が代条例案

イヤなものはイヤだと一応言える時代はまあ幸いなるかな。しかし、人の心は大して当てになるものではない。そのことは、戦争の時代から戦後にかけて味わい尽したはずだが、なおも限りないのだ。キリがない。何かの悪状況に囲まれたとき、人はそこに日常的に埋没するか、どす黒い恥辱を噛みながら傍観の立場を保つか、戦闘に踏み切るか、なのだ。――

最近（この原稿を書いている二〇一一年五月）大阪府議会に、君が代斉唱時に教員の起立を義務づける条例案が提出されようとしている。全国初の条例という。府内の公立小中高校の教員を対象とするらしい。教育長は職務命令を教育長名で出して現場指導で対応する考えを表明しているが、知事はあくまで条例化をめざす姿勢。その知事が代表者である地域政党が議会多数派になっているので、このまゝだと成立しそうな情勢であり、さらに不起立教員を懲戒免職する処分条例案も次に提出する方針のようだ。

条例で人の心を縛るのは乱暴ではないか、と感じる教員は少なくないが、威圧的条例に困惑というのが大方であろう。新聞記事によると、二十数年前の調査では、入学・卒業式で君が代を斉唱した高校は0だったのが、現在では殆んどが教委の指導に従っているようだ。「心情的には反対だが混乱させたくない」と。起立しない人がいても「先生も人それぞれなんやなあと、子どもに伝わるくらいがちょうどいいんじゃないか」と言う教師もいる。

戦争を想起させる「強制」は「おかしい」と、式でも国歌斉唱時に遅刻したり、起立を拒んだりしてきた人も。「公務員なんだから条例ができたら従わなあかん」と校長に説かれたが、「理窟は分るが納得できん。」「このままでは教員も生徒も、自分の頭で考えるより周りに違和感のない振舞いをすることが大事と思うようにならないか」と思っている。

府知事は「僕の立場で号令をかける」とまで主張し、「起立しないのなら府民への挑戦ととらえる」とむき出しの姿勢を示したと報道にあるが、事実とすれば、これは驚き呆れるばかりの神経である。と、そう言うしかない。知事は何でそう昂ぶるのか。

五月二三日の声欄（朝日）に、「時代錯誤だ」と書いた五十代の牧師が「教育公務員であっても思想信条の自由があり、教員だからこそ守りたい理念がある。それは歴史に学ぶ者にとって当然の帰結」と言うのはまっとうである。「歴史に学ぶ者にとって」という言葉が重い。

またぞろ「それでも日本人か」

君が代条例案は五月二十五日、府議会に提出された。新聞が、今春の府議選挙でその会派に票を入れた人たち三十人に、あらためて条例案の賛否を聞いている。（朝日26日記事）知事選でも府議選でも、この条例のことはこの会派のマニフェストにも何にも掲げられたことはなかったから。当然、「国が国歌と定めてるんだから」といったふうな賛成が多い。そして、不起立者に対しては「おまえら日本人か、イヤなら出ていけ」（電器店主・63歳）と、この言い方がやっぱり飛び出してきた。

知事は、言論・思想の自由の問題ではなく、公務員の規律の問題なのだ、と強調していて、スジを通したつもりらしいが、不起立は「府民に対する挑戦と見なす」とか「僕が号令をかける」などという権力的発言が、いま見た「おまえら日本人か」という、戦前戦中からの型通りの低俗な言い方を、大いに呼び寄せる事態となるのは、「歴史」をナマ身で踏んで来た者にはすぐ分ることである。

昭和初期の思想弾圧にまで遡らなくても、戦中の日常で、「それでも日本人か！」は、例えば在郷軍人会や壮年団・青年団のオジサンやアンサンたちが何かといえば、口にするセリフだった。教師にも多かった。〝叱責〟の対象にされるのは、まあ、ダラシナイ人もいるにはいたが、まともにものを考える人間が少なくなかった。

条例案が次に企図しているらしい不起立者懲戒免職の考えについて反対を表明した声の中で「人間が人間に対してやってはいけないことの領域のように思う」（会社員女性27歳）というのがあった。前に紹介した牧師の「歴史に学ぶ者にとって」発言とともに、というか、それ以上にこれは大事な観点を示すものだろう。

権力者はより多くの権力を望み、支配される民衆の側からは権力者と共に、或いはそれ以上に、つけ上る人間が必ず出てくるのだ。「人の心は大して当てになるものではない。そのことは戦争時代から戦後にかけて味わい尽したはずだが、なお限りないのである。」と前に書いたが（それも実のところ六三年＝昭和三八年に）、かなしいかな、〝またぞろ〟妙な状況がせり上ってきた。

学園から兵営へ――「至幸の者」

「歴史に学ぶ…」について、また、安田氏にも関連する或る時代の「資料」を掲げておきたい。一九六〇年十二月五日付で私が書いておいた一文を端折りながら。――

十二月に入った。風の冷たさがひとしお身にしみる。「冬枯れの営庭に凛然たる陸相の訓示が響き、身動き一つない学兵の整列の中には、敵撃滅への沈黙の雄叫びが沸り立ってゐた」というのは、昭和十八年十二月一日の夕刊紙の記事である。この日、〝緊急勅令〟による法文系学生の徴兵延期制度撤廃で、全国の学生が学園から兵営の門をくぐったのである。

自分の経験（私は徴兵検査一年繰上で昭和十九年十二月に令状を受け二十年一月初めに入営した）から言うと「沈黙の雄叫びが沸り立って」などいなかった。環境の変化に対して人間誰しもが抱く、言うに足りない日常的感慨を持っていたにすぎなかった。齢も十九だったし。

少し年長でより繊細な人びとは哲学と文学を思い、己れの生をいとおしんでいただろう。それは『きけわだつみのこえ』一冊をみても分ることだ。或いは、さまざまに入り組んだ悩みを、強いて単純に死の想念に結びつけて〝解決〟をはかり、もはや自己の人生観を確立しおうせた

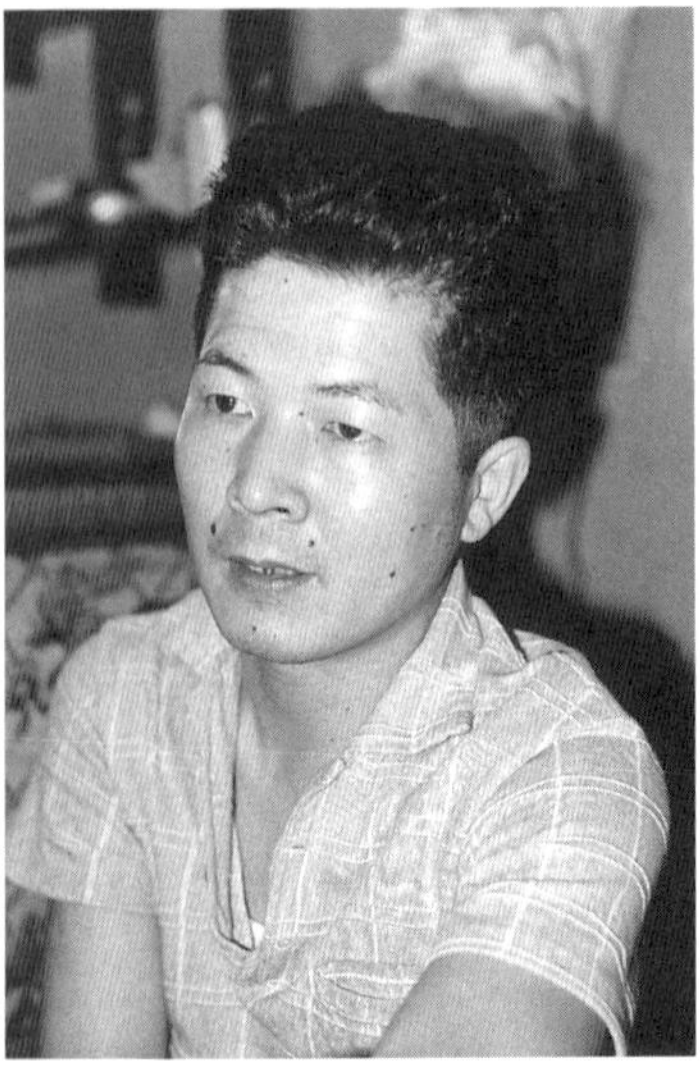

同年夏頃の橋川文三氏

1962年５月グアム生還の伊藤氏・皆川氏に安田武がインタビュー。
終了後、中央・安田氏、左・巖、右・伊藤和子（読書新聞スタッフ）

と考えた人たちもいただろう。そこに次のような憎むべき〝社説〟などが入り込んで行った。

「祖国永劫の発展は諸君五尺の短身を要求してゐる。……諸君は固より生還を期しないであらう。然しながら人生僅か五十年、長くとも七十、八十を超ゆることはない。如何にして死所を得るか、これこそ古往今来…人生第一義の問題であった。これを思へば、諸君こそ誠に選ばれたる至幸の者といはねばならぬ」

これは日本戦没学生記念会（阿部知二、山下肇、橋川文三、安田武氏ら）の機関誌「わだつみのこえ」の〝不戦の誓い〟特集号に収録された資料の一つ、昭和十八年十一月二十九日付朝日新聞社説〝学徒兵士に栄光あれ〟の一部である。同じ資料にある東條首相の演説とみごとに相呼応している。そして彼等の上に、すべてに命令しすべてに責任を負わぬ奇態な存在たる「天皇」というものが在った。人びと、特には青年は、いつ巧妙に駆り立てられるか分らないのだ。「機構」と「心理」にわたって、戦前・戦中の道程を見つめ、戦後の今日を照す必要が増大している。

安田武さんは一九八六年十月に六四歳で亡くなった。その時、私は奈良に移住、沼津以来の労務者生活をつづけていて、そのことを知らなかった。

くにの幼な友だちの悲しみ

もう一つ、これもこれまで述べてきた趣旨にいささかかかわるだろうと思う私の一文で、翌六一年三月二十日付のもの。同じく部分的にとばしながら。――

川の堤の薮の下を雉が歩きまわりながらしきりに鳴くのは、春さきだったか秋ぐちだったかなどと、くにのことをちょっと考えていたら、その郷里の幼な友だちが労働省に用があるとかで上京し、昨日、われわれの新聞の印刷工場にまでやって来て夕方までいたのだが、当方の仕事ぶりについての彼の感想は、「なんと、せわしいことよ、裁縫職人か何かのようじゃのう」というのだった。的確な表現だった。われわれは週の四日間は、思想だ、学問だ、文学だ、理論だ、とやっているが、二日間は活字と紙面づくりの全くの手職人であるのだから。

さて仕事を終え、晩めしをと一緒に出た。「その前に靖国に詣っち来にゃならん」というので、戦死した彼の兄貴の、がっしりとして且つ温和な顔を思い浮べながらついて行った。戦争が長びいていたら、一人残された彼自身にしても戦死していたかも知れない。

彼は途中で宮城（今は皇居というのか）を眺めながら「大けなもんよのう。まあ東京も富士山麓に疎開した方がいいど。それこそテンノーさまを奉戴してのう」と笑った。靖国で彼はおふくろさんから頼まれていたお札を四十円出して二つ買った。「おふくろの代参よ。こん札《ふだ》は詣った証拠じゃ」。小さな、しかし丈夫な老百姓、あの八十近い年寄りはさすがに近頃弱ってきたという。

思えば、終戦の年、九月中旬に軍隊から〝復員〟した私は、老母との二人暮しとなったこの友人の家の農作業を翌春まで手伝ったのだが、そのとき、この小さな体のおふくろさんが「おりょう！ヒロちゃんな（は）百姓仕事、じょうずじゃなァ」などとニコニコしていたあの顔も、鮮明に覚えている。

友人は〝鬼をもひしぐよう〟な見かけに似ず酒はダメで、ボタ餅なら今でも一度に十は喰うというやつなので、私もつき合って、すぐ食事にした。終って彼はとつぜんこんな話を始めた。

ソ連で抑留されていたアメリカ航空兵が釈放されて帰ってきたとき、「ケネディは嬶《かか》といっしょに出迎えたろうが。天皇は、なし（なぜ）ああいうことができんのか。十五年経ってグアム島から兵隊が帰ったて（帰っても）ケローッとしちょる。のう、非公式でもいい、なんで食事にでん（でも）招《よ》んでやらんのか。」

彼は学業にもすぐれ、陸士を出た男なのだが、八・一五以後の天皇の振舞いにあきたりない思いを深くし、ときに腹立たしく感じつづけてきた人間である。察するに、その立腹には、どこか悲しみの影が落ちている。

きだみのると武田泰淳

きだみのる氏は社会学者であり作家である。終戦一年後の四六年、疎開地でのさまざまな風俗、騒動を描いた『気違い部落周遊紀行』で有名だが、本名は山田吉彦、早くはレヴィ＝ブリュールの『未開社会の思惟』の翻訳があり、ファーブル『昆虫記』の林達夫との共訳もある。

私は五八年（昭和三三年）の秋、新聞できだ氏と作家武田泰淳氏の対談を企画した。以下はそのこぼればなし。泰淳氏は竹内好の同志、この連載でもこれまでに「司馬遷」などをめぐって言及している。

対談中は主にバーボンウィスキイだったが、武田氏のためにきだ氏がペルノとかいうのを注文した。「うん、これなら味が分る。僕は酒は飲むばっかりで、味なんかさっぱりの方だけどね」と武田氏が喜こんだ。

この店のフランス人だかの美人の女主人が現われて、にこやかに挨拶した。きださんも立上ってフランス語（だと思う）で応答。そのきだ氏の丈高く雄偉な体躯と〝くずれ型ジャン・ギャバン〟的容貌（開高健の言）がひときわ立派に仰がれた。

対談が終って、かなり空腹を覚えた。何しろほとんど飲むばっかりだったので。きださんの案内で築地河岸《かし》の小さな寿司屋へ。おやじが生きえびのカラだけむいたのを差し出す。きださん、その百姓的・猟師的な太い指でいきなり頭と尾をまるめこんで、ガブリ噛みついた。明治二八年生れの欠け歯をのぞかせ、莞爾たるものがあった。この分だと恩方村（気違い部落）のお宅ではマムシを出されるかも知れぬ。

二日後、きだ氏は対談の速記録を見に村から国立《くにたち》まで出て来た。約束の喫茶店前にご自慢のフォード48が止っていた。ドアにどぶねずみの絵。これで日本縦断もやったのだ。店内で氏は赤い運動帽、ジャンパー、ゴム長といういでたちで、柿をたくさん食っていた。電気が暗いので、じゃあ八王子に行こう、となって光栄にも「どぶねずみ」号に同乗、夜の雨に光る甲州街道を西へひた走った。八王子のソバ屋の座敷で二時間。きださんは再びハンドルを握って村へ帰って行った。

そのあと、もう十一時近く、武田家のドアを叩いたが、泰淳氏は睡眠中とのことで、奥さんと戸口でヒソヒソ明朝の打ち合わせをして別れた。

対談中、泰淳氏は「森と湖のまつり」（55～58年）後のゆっくりした気分に浸っているらしく、ひたすらに酒を吸い込み、ひたすらに魚を賞味していた。

これとは全く別のとき、私は武田泰淳に〝貸し〟をしたことがある。なーに、ささやかなことだが、私が武田さんに頼んだ中国革命・紅軍がらみの本の書評で、それが何の本だったたか、著者名も忘れてしまったのだが、仮にそれがE・スノーならむろん男性、A・スメドレーなら女性。そりゃ当り前だ。その時のその本の著者は男だったのだが、泰淳さん何だかウッカリしていたらしく「彼女は、彼女は」と何度も書いていたのを、私が気がついて、直しておいた。あとでこうこうでしたよ「あれは男ですよ」と連絡したら、「いやー、おかげでハジかかずにすみましたよ。」と書いた葉書をくれたのだった。

神島二郎・イギリスこぼれ話

神島二郎については前に、丸山（真男）学派のなかでも、基本的に民俗学を踏まえたところのある人だから親しみを抱いていた旨、述べたことがある。さらには、この人が橋川文三を紹介してくれたのであった。

神島さんがイギリス・ヨーロッパへの留学の旅を終えて帰国したのが六二年（昭和三七年）の早々だったと思うが、私は早速お宅に駆けつけて旅のはなしを聞いて、日本読書新聞二月十二日号に掲載した。後年、神島さんはこのインタヴューの文も含めて『常民の政治学』という本を、私の伝統と現代社から出した。あの時のインタヴュー記事に盛りきれなかった二、三の話をひろってみる。

神島氏はまあ小柄な方だが、それでもヨーロッパを歩いていてそれほど劣等感を感じるほどではなかった。それよりもセムシが多くて哀れに感じた。それで懸命に日光浴をするために公園が発達しているようだが、日本じゃむしろ陽から逃げなきゃならないこと。ヨーロッパ人は大小便を同時にはできないと、かねがね聞いているが、それはマコトなりや、とイギリスで下宿のおばさんに質問したら、ゲラゲラ笑って「それはできる」と答えた。「やっぱり、できるか！」と沈思する神島教授におばさんいわく。「プロフェッサーはそんなことを研究してらっしゃるの？」

アイルランドは貧しかった。木がなく森がない。ごつい体つきのこの国の人々は、あけっぴろげで親しみ深いが、イギリスが木も何も第二次大戦で切ってしまったと言って憎んでいる。そもそもこの国の言語は英語とは異質の語族に属している。カトリックで統一されていて、労働組合の賃金交渉などでも「どこそこの教会の牧師の意見はこうだ」と坊さんの言が引証されるほどだという。

ここに日本の或る電器会社の社員が六人いる。荒れた野にその建物があり、数十人のアイルランド人が従事している。日本人は三十代、二十代。故国への転勤なんか考えたこともないくらい元気だ。どうしてかといえば、一定時間に物を作るとか約束は守るとかいう習慣の未熟なこの国の社会を何とかしたい、という気概に彼等は燃えているからだ。昔、大陸浪人というものが、「シナにゃ四億の民が待つ」と中国大陸に出かけて行ったが、そういうのとはどこか違うさわやかさを、神島さんは感じたらしい。

帰国の途中、インドネシアの「からゆきさん」墓地に立ち寄って、ねんごろにお詣りしてきたよ、と言ったとき、神島さんの或る深い感慨が察せられるように思った。

念のため。――「からゆきさん」は「唐行き」であり、明治～昭和初めにかけ、主として九州西北部の地方から東南アジアに出稼ぎに渡った女性たちを言う。

〈追記〉**君が代斉唱起立問題**

先に記した大阪府の条例案は六月三日夜、府議会で知事が代表者である大阪維新の会により可決成立。また都立高校元教職員13人の不起立に係る訴訟の最高裁判決が六日にあり、校長の職務命令は憲法に違反しない旨の裁判官四人の判断に対し、一人が反対意見を示し「改めて憲法に適合するか検討するため、二審に差し戻すべきだ」とした。条例の件とは一応別ながら密接な関係にある問題だから、ここに最高裁宮川光治裁判官の反対意見要旨を抄録しておく。（朝日新聞6月7日記事による。）


憲法は少数者の思想・良心を多数者のそれと等しく尊重し、その思想・良心の核心に反する行為を強制することは許容していない。

「日の丸」「君が代」を軍国主義や戦前の天皇制絶対主義のシンボルとみなし、平和主義や国民主権とは相いれないと考えている人々が相当数存在し、そうした人々はともすれば忘れがちな歴史的・根源的問いを社会に投げかけているとみることができる。

多数意見（今回の判決）は、起立斉唱行為をいわば多数者の視点で評価している。およそ精神的自由権に関する問題を多数者の観点からのみ考えることは相当でない。割り切って起立斉唱する者、面従腹背する者、起立はするが声を出して斉唱しない者もいよう。そのように行動することを潔しとしなかった場合、その心情や行動を一般的でないからとして過小評価するのは相当ではない。

起立斉唱を義務づけた都教委の2003年の通達がある。卒業式に都職員を派遣、監視していることや処分状況をみると、通達は式典の進行を図る価値中立的な意図ではなく、前記歴史観を持つ教職員を念頭におき、それに対する強い否定的評価を背景に、不利益処分をもって、その歴史観に反する行為を強制することにある。

合憲性の判断にあたっては、通達や職務命令をめぐる諸事情を的確に把握することが不可欠だ。

十二

（道標34号　二〇一一年九月三〇日刊）

政治が教育に大きく介入

前回、大相撲好きの安田武の六十年代のエピソードに関連して、まさに現在二〇一一年の大阪府の「君が代条例」にも言及した。――それは府議会で多数を占めるに至った会派、知事自身が代表をつとめる維新の会とかいう地域政党によって提出され、六月三日可決成立した。「君が代」斉唱時に教員は起立すべきことを義務づける、という全国初の条例であるが、さらに府知事とその会派は追っかけて、不起立教員を懲戒免職できる処分条例案を九月議会に提出するという雲行き、と。

その通りいま八月下旬、府・市が教育分野に大きく介入する「教育基本条例」の素案をまとめたようだ。これまた全国初の条例案とのこと。知事・市長が教育目標の設定などに大きく関与する。その基本の理念には「愛国心、郷土を愛する心にあふれる人材」の育成ということもあるらしく、首長が教育委員の罷免権を持ち、校長は「マネジメント能力の高さを基準に多様な人材」を登用し、教員の管理を強めようというもの。

戦前戦中、あの無思慮を極めた乱暴な政治の、教育への関与、というよりも教育への全面的侵蝕を反省した上で、教育における政治の中立を確立すべく教育委員会という制度は発足したはずなんで、むろんその運営の官僚化、形式化などへの批判はあって然るべきだが、今回の条例案は、それこそ教育委を行政機関の単なる下部機関におとしめる短絡的な考えに立ったものと考えられる。

マス・デモクラシー状況

君が代条例案のとき、それに従わない不起立者に対して「それでも日本人か」というこれまた〝案の定〟で〝またぞろ〟の声が出ていることも見たが、「マネジメント能力」の高い学校管理者・校長のもとで、「愛国心あふれる」生徒をつくろうと、「君が代」を起立斉唱する教師たち、そんな図を思い描くだけで、マジメだが気の弱い人は萎えてしまうだろう。

教育行政や公務員の世界の弛緩した、「戦後レジーム」を大阪から変えるのだという意気込みも、あんまりせっかちな権威主義でやると、マス・デモクラシーの現在状況下で、とんでもないおぞましい結果を生むかもしれない。そういう権威主義を歓迎する「大衆」というものが、政治のプロセスに大きく立ち現われて、本来の議会制・代表民主主義も、市民的自由も、消し飛ぶような事態を、かつての日本もヨーロッパも体験しているのだ。マジメでしたたかな主体が、あちこちに突っ立っていないと、困ることになる。

戦争の記念日に思う

春から夏へかけて、われわれは毎年、かずかずの「記念日」を迎える。先の大戦の最末期、一九四五年。三月九日深夜〜十日早暁は東京の焼夷弾無差別大空襲。沖縄戦全滅終結の六月二十三日という深刻な日もある。八・一五目前の大阪大空襲もある。そして無論、広島八月六日・長崎八月九日は世界初の原爆投下。

これらの「記念日」が、今年は特に三月十一日に現実に起った東日本大震災と重なって、意識されることとなった。殊に大津波の恐るべき惨禍は無差別大空襲に等しく、原発事故の広汎で不気味な災厄は、まさに原爆禍と原理が同じだから、人間の世代をわたる生命と国の政治とに特に深く係ってくる問題である。

八・一五を私は阿蘇外輪の丘陵で迎えた。大隊砲を扱う陸軍一等兵であった。熊本方面へ出撃する行軍の途中で、引っ返せの大隊命令があって、またも山坂を砲を押したり引いたりして、シラミとノミだらけの臨時兵舎に戻り、アメリカ空挺部隊に備えて陣地を構築していた最中だった。天皇のラジオ放送があるから、と整列して聞いた。ガーガーバリバリ雑音が多くてよく聞きとれないが、戦争が終ったようだ、とはどうやら分った。現人神《あらひとがみ》＝天皇の声というものをはじめて聞いたのだが、何やら奇妙な発声と抑揚だなあと思った。

八・一五の頃の様子は、この連載の第二回（24号）の始めの所でもちょっと書いたが、私の『歌文集・浪々』（弦書房刊）の「兵隊暮し」の項で軍隊生活全体にわたって、短歌と共に記述がある。

ほんとに僅かな順序のずれによって、死なずに済んだ（死にそこなった）私だが、十九才から二十才にかけてのたかだか九ヵ月の体験だったとはいえ、軍隊の日々はいまだに身心に刻印されている。そして、幼な友だちや少し年長の人たちの中にも、少なからぬ戦死者がいる。長崎の学校に進んだばっかりに原爆死した同郷の先輩も後輩もいる。

天皇と戦争責任

それにつけても、強く印象づけられた一件をまた思い出した。昨年二〇一〇年十月三十日の朝日夕刊。「元中国放送記者秋信利彦さん」が九月十五日に七五歳で死去したその「惜別」記事である。

秋信氏は一九七五年（昭和五十年）十月に「会見で昭和天皇に聞いた」とある。どういう「会見」なのかを私は知らないのだが、それはともかく質問は「原爆投下の事実をどうお受け止めになったか」というものであった。「やむをえないことと私は思っています。」これが昭和天皇の回答であった。この回答は「論議を呼んだ。」当然だろう。

秋信氏は実は、土壇場で質問を変えたのだった。そのことを二年前、浅井基文・広島平和研究所長（69）に語ったという。原爆投下をいつ誰に聞いたか、核兵器の現況をどう思うか、を問うつもりでいたが、「答えに窮されたら…」とためらったのだと。秋信氏の人間性が推しはかれるはなしだが、浅井所長は「天皇の戦争責任をタブーにせず、日本のジャーナリストの矜持を示した」とたたえた。「仕事の話をせぬ父が、あの日だけは、会見に行く、と言って家を出た」と秋信氏の長男（48）は語っている。

記事は続く。——その重圧を乗り越える力は、母親の胎内で被爆した原爆小頭症患者たちがくれた。直後の労組機関紙に「彼らに対して（原爆投下の）責任を明らかにすることはすべての人間の務め」と記した。

秋信氏は広島市出身でラジオ中国（現・中国放送）入社。六十五年、胎内被爆女性が自殺したことから、医学界でのみ知られていた小頭症に着目。奔走して九人を捜し出し、ルポを発表。患者の母の「あなたは本を出せば終わりでしょう。だが私たちは人目にさらされて生きなければ」という言葉に、この人たちを支える側に立つと決意して、患者と家族が集う「きのこ会」結成に尽力、六十七年には患者への手当支給を勝ち取った。九十九年常務で退任。死の前年の三月、患者たちの合同誕生会に姿を見せたのも、この時が最後だった。

元首であり大元帥であった

天皇の戦争責任については議論があるが、「象徴天皇」しか知らない人たちは、まあいいじゃないの、やかましいこと言わないでも、という気分なんだろうが、さっき見た一九四五年の八・一五までは、明治憲法によって天皇は大日本帝国の元首であり、統治権を総攬する絶対権力者であったのだ。また明治建軍以来、陸海軍統帥者としての天皇の称号は「大元帥陛下」であり、現に「軍人に賜わりたる勅語」で「朕《ちん》は汝等の大元帥なるぞ」と明言している。

われわれ兵隊どもが持つ銃器、その部品、みなこれ大元帥陛下から賜わったもの。ちょっと失くしたりしたら、分隊あげての騒動となり、夜でも探しに狩り出され、どうしても見つからぬ時は、やむなく他の隊から盗んででもとなる。これを〝員数合わせ〟という。他隊からくすねるのは、見つかったら半殺しものである。巧みにひそかに敏速にやらねばならぬ。また支給されるタバコ。ゴールデンバット級のまずい品だが、一本一本に菊の紋が付いている。これまた御下賜品である。何かにつけ陛下の賜わりし物、天皇の軍隊、――大元帥陛下に申しわけ無いぞとブンなぐられる日常、いやはや。そして何百万の死者。

その天皇が戦争責任を何となく問われないままになったのは、占領政策をめぐる国際的な計算、おもわくによるものだろうが、心ある天皇側近の重臣の中には、十五年戦争が国民・国家に巨大な犠牲を強い、敗戦という重大な結果をもたらした責任は元首として当然あるのだから、ここは退位されて然るべき、さもなければ禍根を後に残すおそれあり、と進言した者もいたと聞いているが、その「御退位」は遂になかった。翌四六年の年頭には天皇人間宣言が行なわれたのだから、それならなおさら、退位は自然な行為だと思われたのだが。

東京裁判のことを言っているのではない。あれは戦勝国が敗戦国を裁く国際政治上のことであって、その〝戦争犯罪者〟なるものの判定の正否も、にわかに論断できないだろう。そのことではなくて、ほかならぬこの日本国自体の問題である。

同年春に林達夫は「天皇がもし人間として人倫的世界の約束のなかに立たれるなら」裏切行為は許されない、と懸念を表明したし、中野重治の「五勺の酒」（四七年一月号『展望』）の主人公は「どこに、おれは神でないと宣言せねばならぬほど蹂躪された個があっただろう」と、天皇制からの天皇の救済の問題を提出していた。せめてあの時、天皇が「退位」を実行していたら、中野の思いも少しは開かれただろうに。

林達夫は戦争の終ったその「余響」のなかの、相も変わらぬ安直な紋切型の言論にうんざりして、そこから「民族的習性の旧態依然たる固陋さ」に目を向けて「天皇崇拝」という「心理的習性」の他愛なさを言った。「漠然とした遺制的気分」を「積極的な信仰告白」と思い違いしている、と。

そして「五勺の酒」の天皇のはなしのところには、「天皇を鼻であしらうような人間がふえればふえるほど、天皇制が長生きするだろうことを考えてもらいたいのだ」ともある。両者は一つのことの両面を衝いている。

山口昌男――王権研究へ

ここに山口昌男の回顧談めいた談話がある。彼は日本史研究から文化人類学へ進んだ人。私は一九六〇年代半ばに、アフリカでこの人に世話になったことがあるが、それはまたの時に話すとして、五〇年代前半に学生だった山口氏が当時の天皇制への意識について述べているのである。（「王権研究の現在」『どるめん』七六年七月号）

「この頃、天皇制はまったく飾りで過去のものであるという楽天的な考え方が若者の間に支配的でした。」日本史の学生だった山口は「こんなに天皇制の影響力が簡単にけし飛んでしまうなら、どうして、それが私達の前の（世代の）人達の心を呪縛することができたのだろうか。」そのことは「天皇制の影響力を軽視する考え方の反面で、対をなしているのではないだろうか」と考え始めた。それは外在的な権力というだけでなくて、「われわれの精神の内側にも根を持つ」ものだろうという疑問。

こうして山口氏は天皇制＝王権に対する関心を通じて、人類学そのものへ導かれていった。同一趣旨の山口氏の一文がある。（「天皇制の象徴的空間」のあとがき『中央公論』七六年十二月号）「天皇制の分析」は「自己解剖のような行為を強いるところがある。」「私は昭和六年の生まれであり」「私たちのすぐ上の世代のように直接肉体的被害者ではない。」「私が学問形成を始めた頃は、天皇制は牙を抜かれた無害無益な制度であるというムードが支配していた。昭和二十八年頃である。」

「当時、人は権力とイデオロギーの結合形態としてのみ天皇制を見ていたから、そうした支配形態がくずれたことによって天皇制は形骸化した」と。しかし「天皇制を支えていたものは、むしろ、日本人の生活の隅々まで支配していながら意識されない行動様式・思考形態であったのではないか。」

しかし「当時の実証主義・マルクス主義の歴史学が、天皇制と日本人の精神構造のかかわり合いを究明するための概念装置もモデルも持ち合わせていない」と見た山口氏は、「英国のマルクス主義者の人類学的王権論に導かれて、日本研究から誘い出され、人類学の王権研究に移行」、六〇年に修士論文「アフリカ王権研究」を仕上げた。「当時出遭った故花田清輝氏に、天皇制というのは過去の遺物だ、と断定されて反論したのもこの頃のことである」とも。そして山口氏は六三年～六五年、西アフリカ・ナイジェリアのジュクン族の調査も続けたのである。

その六四年の三月、私は短い間だったが、ナイジェリアの山口家にずうずうしくも、お宿をしてもらった。

天皇制に関しては、早く竹内好が「一木一草に天皇制がある。」と言い、のちに「日本の国体論から出発して、そこに埋没して、それから出ていくのでないと新しいものは出てこないという感じがしている。」とも語った。（『状況的』七〇年刊）その時の対談相手である鶴見俊輔が、天皇制発生の古いもとの形とシャーマニズムの関係についてのヴィジョンを述べていたことなど、大いに惹かれるところだ。

この連載で以前にも紹介したことのあるこれらの観点が、山口昌男氏にかかわって、思い返されてきたのである。

大阪府の教育界でのあやしげな政治的雲行きについては、知事とその地域政党会派が「全国初めて」と意気ごんで提出するらしい教育行政の条例案、そしてその議会運営には、困惑・恐れ・反撥も起っているが、ほんものの人間教育とはどんなものか、と考える上で、戦前戦中の東北地方で苦労を重ね、戦後、民間にあって、ねばり強くまた謙虚に生活綴り方を中心に運動を進めた国分《こくぶん》一太郎氏について、次章で触れるつもりだ。わずかなつき合いと知識ではあるが。

国分さんは今年生誕百年とのこと、「生誕」なら百年くらいは当り前だが、そう聞いたら国分さん、あのはじらったような独特の笑い顔を見せ、小さな笑い声を立てるだろう。それから、右に少し書いた山口昌男氏のアフリカ挿話なども。

十三

『昭和史講座』復刊

（道標35号　二〇一一年一二月三一日刊）

六月の中旬、保阪正康氏から便りをもらった。前月の末に、しばらく休刊していたこの人の個人誌『昭和史講座』が復刊されて、私は一冊贈られたので、その礼と、前から少し気になっている健康のこともおたずねしていた。

氏の便りによると『昭和史講座』は彼の集めた証言や資料を残すべく、年二回の刊行。あらためてナショナリズムをテーマに昭和史を見つめるべく書きすすめているが、腎臓の手当、心臓の定期検査など、「とにかく何とか健康というべき状態を維持しておりますが、明日は考えるけれど明後日は考えない、の精神での日々です。」とある。

また、かつて私が70年から84年まで発行していた『伝統と現代』誌には、この保阪さんも何度か執筆したのだが、便りにはその『伝統と現代』から「多くのテーマをいただいたことを感謝して」いるともあった。この連載第二回にも触れたように、氏はその伝統と現代社から『東条英機と天皇の時代』（上・79年　下・80年）を出版し、以後の軍部史・戦争史を含む本格的昭和史検証の気運の先駆となった。そしてこの「昭和」が、戦前・戦中はもちろん、戦後さえ「歴史」となろうとしている現在、生きた人間の真実を伝えることに、「明後日は考えない」身心をかけていることが察せられる。

軍人・兵士の手記・回想録

保阪氏は「軍人・兵士たちの手記・回想録をどう読むか」について、先ずその人の当時の軍における「ヒエラルキーの位置」を考え、また戦後を時系列に五期に分けてみる（『検証・昭和史の焦点』文芸春秋）。もちろん占領期が最初にあり、上級・中級・下級の指導層の違いの影響もある。通算約八百万といわれる兵員の圧倒的多数が一般兵士（下士官・兵）であるのに、その手記や記録が乏しく、それがしかし、定年となったとか経済的余裕が生れてきたとかで自らの体験を綴り始めたなどの事情もあるだろう。また、誇大な豪語を弄する全く信用のおけない記述も、痛切な自己指弾を含む貴重なものもある。

さらに、より一般的な傾向としては、戦場で当り前に戦闘を命じられ、黙々と戦って、死んで行った一般兵の遺稿、記録などは、「とくに戦場の異常な様などを書いていなければ、出版メディアも刊行しない。読者を獲得できないことが明らかだから出版されづらく、私たちにもなかなか入手できないのが現実」なのだ。〝平凡な非日常としての戦場での日々〟への関心の稀薄、これが戦後社会の問題でもある、と保阪氏は述べている。

昭和天皇死去の影響

同時に、私は次の記述により強く関心がある。「平成に入ってからを第五期とすれば、そこには明らかに幾つかの特徴がある。昭和天皇の崩御によって、心理的な束縛がとれたのか、兵士や下級将校の間からは、戦争そのものを正面からとらえる回想記がでている。とくに平成七年が戦後五十年にあたり、戦友会は会員たちの死によって自然消滅するところもでてきたほどで、回想記それ自体が誰に気兼ねすることなく自らの[illegible]書けるようになった。」

こういう例も示されている。大本営陸軍情報部・堀栄三の『大本営参謀の情報戦記』。——敗戦時に三十二歳、すぐに故郷に戻って原稿を書いたのだが、「陸軍内部にいた自分の反省を刊行するにはためらいをもった。それが四十年余を経て刊行された」のだ。保阪氏はその内容は「軍人（Cグループ＝上級指導層非作戦部門）の著した回想記のなかでトップレベルにある」と評価しているが、一方で、「読者の世代も変ってきて検証能力が落ちてきたのをいいことに、いささか誇張や虚偽を交えての回想記」が出ていて、こういう書が歴史に残ることは「私たちの世代の恥である」とも。

『マンガ水木しげる伝』

さて、私はいま高名なマンガ家水木しげるの『水木しげる伝』（上中下・講談社漫画文庫）を見ているが、これは戦前・戦中・戦後の三編が二〇〇五年（平成17）一月に揃った。

水木さんは一九八八年（昭和63）に自伝漫画の集大成『コミック昭和史』の刊行を開始しているし、二〇〇一年（平成13）にはその「昭和史」や「カランコロン」等々に加筆して再編した『ボクの一生はゲゲゲの楽園だ』全六巻を刊行開始、さらに「八十歳を過ぎていつお迎えがきてもおかしくないお年頃となり」先の「昭和史」は昭和天皇の崩御のところで終わっているが、今回は平成十三年あたりの近況まで入れて、「歴史的事実は大幅にはぶき、その分自分史を増やし」て、つまり『ゲゲゲ』を改題再編集して『完全版……』とした、と自分で述べている。

水木氏は一九二二年生れで、いま八十九歳。この三巻本は自伝だから無論、生い立ちから始まって、この人の特異というか、「万物は食べられると思っていた」などという子供時代とか面白いキャラクターが存分に描かれるが、二十歳で陸軍に召集されてから、南方野戦の補充兵として渡ったニューブリテン島（台湾と同じくらいの面積。北東端のラバウルは大戦中、日本海軍の飛行隊基地が置かれていた。）での数年の過酷な日々、負傷、片腕切断、瀕死状態からの奇跡的回復、原地の〝森の人〟たちとの交流など、悲喜入りまじる描写（漫画とセリフ）が精細である。

それから終戦前後、戦後の苦労——紙芝居の絵かき、貸本マンガかき等々、そして戦中、死にかかった原地を、霊に招かれるかのように何度も訪ね、心たのしく交流した懐しい〝森の人〟々と再会したり、また水木氏独特の〝妖怪〟をたづね歩く〝南方病患者〟ぶりは、パプアニューギニアだけでなくメキシコやらオーストラリア先住民のアボリジニやらにも及ぶのだ。

天皇崩御でボクも平静に

前に見た保阪正康氏の『検証・昭和史の焦点』の中で、例えば「玉砕」とか「壮烈な戦死」などという言葉のもつ、奇妙でほんとうは恐るべき虚飾についての回想・手記類も点検されているが、その個々の兵に強いられる実話が、水木氏自伝マンガにもしばしば出てくる。これはたしかに、戦争を最も心身に刻みつけた水木という一兵士の真剣な記録である。ときに独特のトボケた口調で事態を語っていようとも。

さてしかし、私はこの三冊本の自伝の下巻・戦後編の中で、次の件りのセリフが気になっている。

「昭和六十二年九月、天皇は慢性すい炎で手術をされ、十月七日宮内庁病院を退院、国民はまさかガンだとは思わなかった」「その頃ボクは近所の寺に自分の墓を建てた」「よく出来てるねえ」（墓の両サイドに鬼太郎とねずみ男の彫刻）「ボクは生まれつき墓好きなのだ」「だがすぐにこの新居に入る予定はないネ」「できるだけ長く生きてボクの知ってる人達が死んで、一番最後に入るつもりなのだ」

「昭和六十四年一月七日午前六時三十三分天皇陛下は崩御された、ご在位最長の六十二年、八十七歳だった、死因は十二指腸がんだった」「昭和天皇の柩は新宿御苑で大喪の礼が行なわれ八王子市の墓地へ遺品と共に埋葬された」「これで昭和は終わった」「昭和から平成になってなぜかボクの心も平静になった」「それはあの戦争へのやり場のないいかりから解放されたような気になったからであろう」「戦争中はすべて天皇の名ではじめられ、兵隊もその名でいじめられたものだから、ついやり場のないイカリを」「天皇には悪いけど、なんとなく無意識に〝天皇〟にむけていたのだった」「それがなくなってしまったのだ」

「ボクはとくに〝自由を束縛〟されるのが子供のころから大きらいだったから、戦争に対する奇妙ないかりは人よりも大きかったようだ……」「戦争中腹すかして死んだやつが一番かわいそうだという考えをもっていたから」「腹いっぱい食っているいまの人には同情をあまりしない。これというのも人一倍胃がいいから〝空腹〟の人を人一倍同情するのだろう」

戦中の怒りからの解放？

戦中はすべて天皇の名ではじめられ、兵もその名でいじめられ、という点は私もかなり実地に経験し、前号でも触れておいたが、水木自伝中にも、兵舎内で床に落ちていた新聞をうっかり踏んだところ、その新聞にあいにく白馬に乗った天皇の写真が出ていて、「この不忠者」とばかり、気絶せんばかりにビンタを喰らわされたとか、「陛下からお預かりした銃をサビさせ

ると は！」とめし抜きの捧げ銃《つつ》をさせられたとか、何でもかんでも「天皇陛下から賜《たま》わったもの」「お預かりしたもの」で、それが暴行に当っての口上になる話は、しょっちゅう出てくる。ただ、そのような存在だった天皇が病没したことによって、片腕まで失った戦中の「怒りから やっと解放された、怒りを天皇に向けていたということがなくなった」というあたりには、めんどうな意識の問題がまだまだわだかまっているように思うのだ。

天皇責任論をめぐって

関連して次に昭和天皇関係の新刊書を上げておこう。とはいえ、これは私はまだ実際に手にとってはいない書物であって、いずれ入手するつもりではあるが、とりあえず、その紹介記事を適宜はしょりながら紹介しておく。（朝日・十月三日13版・村山正司編集委員）

古川隆久・日大教授（49）の『昭和天皇』（中公新書）、伊藤之雄・京大教授（59）の『昭和天皇伝』（文芸春秋）、加藤陽子・東大教授（50）の『昭和天皇と戦争の世紀』（講談社「天皇の歴史」第8巻）、この三書が五月、七月、八月に発売となった。ともに戦後生れの歴史学者による一般向け書き下ろし。それぞれ内容の特徴としては、思想形成の検討、成長する天皇という視角、政治的人間として捉える、といった枠組みが見えるという。

著者三人が共通して言及するのは昭和天皇が戦争指導したこと（例えば沖縄戦）であるが、では戦争責任をどう考えるのか。

古川教授は「天皇には実権がある以上責任もあるという認識が一般的であっただけでなく、昭和天皇本人も同様の認識を持っていた以上、いわゆる戦争責任に代表される昭和天皇の政治責任を無理に否定する必要はない」と書いた。

伊藤教授は戦争責任には否定的だが、天皇は亡くなるまで道義的責任を自覚していたとみる。だが退位しなかったことで「日本人の責任観念を明確にする好機を失い、責任観念が曖昧になり続けるという負の遺産を、日本にもたらした」と記した。

A級戦犯として訴追された最後の内大臣、木戸幸一が、巣鴨拘置所から天皇に退位を勧めた話はよく知られている。加藤教授は、木戸のこの言葉を紹介し、沖縄、広島、ソ連抑留などの犠牲について一般人の談話を数多く引用しているという。

前号で私が「天皇に退位を進言、さもなければ禍根を後に残すおそれあり」とした「側近の重臣」と書いたのは、右の木戸内府であった。

「退位」がなかったから「昭和」は、歴史的敗戦の一九四五年で終らずに「在位」の最長記録にまで達した。

〝無責任の体系〟と〝無限責任〟

二つのことを考えてみる。一つは、さっきの本の紹介記事にも出ていた「責任観念」における曖昧さ。それは丸山真男が早く、一九六一年に論じた天皇制に見る「無責任の体系」と「臣

民の無限責任」という問題であろう。(『日本の思想』岩波新書など)

「無限責任」の例として、丸山は大正十二年(一九二三年)末の「虎ノ門事件」についての或るドイツ人教授の話を上げる。当時の摂政宮(昭和天皇になる裕仁親王)を無政府主義者難波大助が狙撃した事件である。そのドイツ人教授がショックを受けたのは、難波の行為そのものよりは、〝その後に来るもの〟であった。――山本権兵衛内閣総辞職、湯浅警視総監、正力警務部長の懲戒免職、さらに道すじの警官にいたる一連の「責任者」の懲戒免官。それだけではない。「犯人の父は衆議院議員の職を辞し、門前に竹矢来を張って一歩も戸外に出ず、郷里(難波は山口の名家の生れ)の全村はあげて正月の祝を廃して喪に入り、大助の卒業した小学校の校長ならびに彼のクラスを担当した訓導も、こうした不逞の徒をかつて教育した責を負って職を辞した。」

このような「果しない責任の負い方、それをむしろ当然とする無形の社会的圧力は、このドイツ人教授の眼には全く異様な光景として映ったようである。」(丸山前掲書)もう一つこの教授があげているのは、「御真影」を火事の中から取り出そうとして死んだ学校長たちのことだが、これは小学校の「奉安殿」を知っている私なども何度か聞いた話である。

丸山は言う。「日本の天皇制はたしかにツァーリズムほど権力行使に無慈悲ではなかったかもしれない。しかし西欧君主制はもとより、正統教会と結合した帝政ロシアにおいても、社会的責任のこのようなあり方は到底考えられなかったであろう。」「どちらがましかというのではない。ここに伏在する問題は近代日本の「精神」にも「機構」にもけっして無縁でなく、また例外的でもないというのである。」

天皇・元号・時代

もう一つ気がついたことがある。水木しげる氏が自伝マンガの戦後編で、昭和天皇の崩御でボクの心も平静になった、と語った。たしかにあの時、「平成」と墨書された色紙を小渕首相（官房長官だったか）がおだやかに両手に掲げてわれらに示した。—たしかに一人の人間（天皇）が死ぬと「時代」が変るのだった。そのことをわれわれは大して気にとめてない日常ではあるが、考えてみると、ヘンなのではないか。天皇が替れば元号が変る、時間軸が変る。それは、歴史の現実にかかわるわれわれ主体の、意識に作用する問題ではないのか。

昭和から平成に移ろうとする頃、歴史家の網野善彦が、発達を遂げた近代資本主義国で、王サマの代替りで時代が変るという「習俗」を持っているのは日本だけじゃないか、と語っていたのを思い出した。古い王国や部族社会的な規模の国ではありえるこういう習俗は、網野さんによれば、「研究すべき一個の文化財」かもしれないが、そういったものに国民生活の基本のところを縛られていることの自己認識が乏しい。どころか、これこそが日本のすぐれた「国体」だと、日の丸・君が代でバンザイして威丈高になる動きさえ感じられるのである。

まさかこの現代でそんな、とおだやかな良識派は思うかもしれないが、つい最近十一月にやっと十数年の裁判を終ったあの「サリン事件」に、少なからぬ知識青年、いわゆるエリート的な青年たちがイカれていた生ま生ましい事実を、よくよく観察して思いめぐらせてみれば、妙な宗教まがいの心情的遺制、習俗の力というものを軽視することはできない（さっき出た「国体」というのは、現代のスポーツの祭典の国民体育大会ではありません。――念のため）。

網野氏は日本を、閉鎖的な島国、単一民族、単一国家、稲作第一などの論で規定する考えや、海は人をへだてるといった考えを次々に破ってきた歴史家で、その点を谷川健一氏が「日本解体株式会社の社長」とおもしろがったらしい。「友人で先輩でもある」谷川さんにそう言われたことを「そのとおりでよろしいので」と網野氏が言う。「スクラップにして、解体したあとでビルドする。もう一度考えなおし、新しい日本史像を」と。

網野善彦・谷川健一の縁

さて、前号でみたように山口昌男氏は、戦後、日本人の意識されない行動様式・思考形態にこそ天皇制を支えるものがあったのではないか、と日本史研究から文化人類学へ進んだのであり、私は縁あって一九六〇年代、この人に西アフリカで短時日ながら世話になったのだ。

そのことは、或る小さな同人誌に書いたが、これは読者の範囲がごく限られているので、内容はダブるが当誌にも記録しておきたい。

その前に、私が西アフリカくんだりまで出掛けたいきさつを、全く黙っているのは不自然だから、一応ふれさせてもらうが、これには実はさっき網野善彦さんのところで名前が出た谷川健一さんがからむのだ。いろんな縁があるもんだとつくづく思う。

一九六三年（昭和38）頃は谷川さんは平凡社で雑誌『太陽』の創刊準備をしていて、編集長であった。私は週刊の日本読書新聞をやっていたのだが、その或る日、谷川さんから連絡があり、マグロ船に乗って大西洋に行ってみないかと言う。『太陽』に日魯漁業社から、西アフリカ海域でマグロ漁をやる延縄《はえなわ》船に同乗してルポ記事を書く仕事を打診してきたのだと。その漁撈航海は横須賀の久里浜から出航、南シナ海、東南アの海を経てインド洋、それからアフリカ南端ケープタウンを廻って大西洋に出る、というコースである。――久里浜？あゝ幕末にペリーがやって来たところじゃないか。東九州の豊後水道育ちで、海はごく親しい私だ、谷川さんの話にすぐ乗った。

六〇年安保の一、二年前から起こった出版界の或る騒動の渦中で、私のいた日本読書新聞に分裂が起こり、大多数の先輩方と袂を分った私たち七人のみで、倒産必至といわれた情況を一年また一年と切り抜け、その間、スタッフも少しずつ補充が行われ、マグロ航海の話があった年の後年に、私は自分で数年つとめてきた現場編集長の任を降りていたし、本当なら組織のてっぺんに立った責任は重いのだが、例えば当時編集には、私の右腕以上に活動した定村忠士、雁の末弟谷川公彦あり、三木卓、渡辺京二ありで、私は危機の期間を乗り切ったという安心感も手伝い、まあ、気楽にしていたと思う。

生来の野放図さもあって、私の気持はすぐ大海と船旅と漁撈とアフリカの、とりことなっていた。

十四

（道標36号　二〇一二年三月三〇日刊）

縄船アフリカ行の挨拶

大西洋で展開されているマグロ漁のルポをやってみないか、という谷川健一さんからの打診を一も二もなく承諾したのだった。

が、私がそう應えることができたのも、60年安保前一、二年の頃からの業界トラブルでわが新聞が消滅の危機にさらされたのを、何とか乗りきれたのは、読者の変らぬ支持、それをもたらした執筆者各位の協力を得たおかげであり、その頃は一應の安定を取り戻せていたからであった。

その謝意をあらわすことを、ちょうど新聞の現場代表である私という人間が、ちょっと変った海外への旅に出る挨拶の場を設けて、そこで行なおうとの発意が内部からあって、十一月だったか、その会を市ヶ谷の私学会館で開いたのだった。

竹内好、神島二郎、橋川文三、宗左近、安田武、その他数十人の人たちが来てくれた。安田さんはその頃名を上げつつあった琵琶奏者の女性を連れて来た。神島さんはドル紙幣を三枚だったかくれた。何ドルだったかは忘れたが、彼がイギリスに研究留学した時の餘りものだったらしい。

「さあさあ、酔っ払わないうちに、ちゃんとご挨拶しなきゃ」と橋川さんがふざけながら私に言った。たしかに少し酔いかかっていた私は「いいですか、今度の旅はですねえ、マグロの延縄《はえなわ》船に乗って、ペルリ来航のあの久里浜を出て、はるばるインド洋から大西洋と魚をとりながら、三ヵ月後に西アフリカに上陸するというものなんすよ、ちょいと飛行機でとんで行くってえもんじゃないのよ、みなさん！」などとしゃべったのだが、竹内さんが代表で

「なんだ、そうだったの、あっし（竹内さんの〝私〟はそれに近いのだ）はまた、アフリカに行くったってどーってことないじゃないか、と思ったんだが、そんな旅ならいいよ、ではイワオさん元気で行ってらっしゃい」と送る言葉を述べてくれた。会場に来ていた女房の瑠璃子なんか、何やら感動したらしく、少し涙ぐんでいたのをまだ覚えている。彼女も時どき新聞を手伝っていたから、感慨があったのだろう。

〝臨時漁夫〟を決めこむ

一九六三年十二月七日、神奈川県の三浦半島東南岸の久里浜、ここは横須賀の一地区だが殺風景な港。午前十一時、別れの曲ホタルの光と勇ましい軍艦マーチの鳴るなかを出航した。第

38黒潮丸、四七九トン。延縄船は漁師コトバで縄船《なわぶね》という。

船長31、一航28、二航30、甲板長(漁撈長)43、操舵手35と27、冷凍手25、一般甲板員25〜18十二名。機関長36、一機30、二機29、操機長32、一般機関員27〜19七名。通信長(局長)29、同助手23。司厨長30、司厨員(ボーイ)16。合計三十四名乗組み(算用数字は年齢)。出身地は東北(特に三陸沿岸)十五名、神奈川五名、房総と四国各四名、北陸と九州各二名、静岡一名、鳥取一名(三ヵ月後に私が転船した二六〇トンの旭洋丸の二十八人は九州と四国、東北各七名などだった)。

この乗組員名簿の末尾に私の名前が載っていて「便乗者」とある。便乗ねえ、いやなひびきだねえ。この〝汚名〟をそそぐべく私はまる九十日の漁船暮しの日々、大いに働いたのであって、みんなから「ブンヤさん、ハタラキがいいなあ、ブンヤなんかやめて、うちに来ませんか」とまで評価されたた? のだ。

私のもう一つの肩書きは「取材記者」というのであったが、私は「取材」などする前に、『白鯨』の主人公のように「一介の水夫になる」ことを心がけた。何しろ、この連載の第二回(24号)にもちょっと述べたように、兵隊から復員した四五年秋から翌年春まで、友人の家の農作業を手伝うかたわら、かねがね父のことを大将とか先生《しぇんしぇい》とか呼んで出入りしていた親しい沿岸漁民の誰彼に頼んで、漁業に携われないものかと、まあかなり考え込んでいたこともあり、もっと遡ればうちの湾に入ってくる外国貨物船に五、六人で泳いで行って、裸んぼうで船内の珍しいものや黒人やシナ人や白人やを見てまわった小学生のときもあり、この漁船航海を、言うならばそんなむかしの夢想の思いがけない実現と、少しは思っていいのじゃないかと、いうような気分があったのだから。

私は「記者」ではなく、臨時漁夫だと自分で決め込んでいた。名簿にならって念のため言い添えれば、出身地は東九州大分県南部、豊後水道西岸・海部《あまべ》郡、38歳9ヶ月。

二段ベッドのハウス

わが〝部屋〟は二段ベッドの上段である。ワラのマットに白シーツ、毛布二枚、頭の方に小網棚と蛍光灯、足の方に開き戸棚、手前に小机、スタンド、スピーカー、扇風機、鏡。小机は共同使用で、下のベッドの住人は平塚君。各々のベッドの右側に丸い船窓。平塚は宮城県女川《おながわ》の産で27歳、操舵手の一人である。中学を出て土地のカツオ船などで三年ほど、石巻の延縄船、北洋などで約五年。昭和35～37年、つづいて37～38年と各一年半の大西洋延縄、これが本船の前航海であり、そして今回となったとのこと。

この住居の向いが「サロン」という名の小部屋で、レコードなどが備えてある。「スイッスイッと旅に出て、スイスイッとあの人を忘れて……」と女のキンキン声の歌が船内に流れる。誰かがレコードかけたようだ。

平塚君に持参のウイスキーをすすめたら「ビールは飲むけんど」と自分の荷から半分残っているジョニーウォーカーを取り出して、こっちに注いでくれた。「どうです、おいしかね?」

と私を見て言う。今度は私が食べかけの羊カンを差出したら「じゃあ半分」と折って食う。

レコードがまた変った。「はだか一貫バチンといけば……」日記を書いている頭の上でガンガン鳴る。

小雨が陽に輝いている。海上、夕闇の気配が漂うなか、石廊岬沖を南西に航行。五時半、最年少の司厨員今野ボーイが「晩めし」を告げまわる。「今日は昼がおそかったからパンだけだ」と。行ってみると甘いミルクの薬缶と酒の一升ビン二本が置いてあって、勝手にやる。この食事場は船尾の下の炊事場の隣り。今日は出航後、二時間ほど甲板を洗ったり、装具にグリスを塗ったり、マストに巻きついた別れのテープを取り払ったりして、二時半頃の昼食になったのだ。その昼食は黒い丼めしにトンカツと刺身、輪切りの密柑だった。飯は何杯食ってもいいので、ヘンな夕食は、酒と甘いミルクを交互に飲んでパンを食うことになったのだ。そばに切りイカあり。近くに坐った機関長がチーズをくれた。

イルカがついてきてる、と聞いて舳先に行ってみると、薄暗い波間に踊り上り踊り上りして船首をかすめつつ、先へ先へと案内するかのように泳ぎ進んでいる。十年選手で大西洋は三度目、南太平洋数回の操舵手の及川さんが一緒にイルカを見ながら、私のくにに大分県津久見の保戸島のウミタという人を知っていると言うので、よくよく聞くと「梅田」だった。

及川は35歳、宮城出身。この保戸島は柳田國男が『海南小記』の旅のはじめのところで、二泊した島として名が知られるが、ながくマグロ漁業の基地でもあり、戦前から遠く「南洋」方面にまで出漁する伝統があった。特にこの島の男たちの、カジキの「突きん棒」漁法は、千葉の外房、相模湾の一、二の漁村のそれとともに、全国的にも有名であって、及川もその突きん棒のことで話しを切出したのだった。

暗夜の海上。マストと舷側の灯、操舵室の計器の微光。満天の星である。七時すぎベッドに上って横になる。下段の平塚と話すが、ところどころ分りにくい。暫くは宮城弁のヒヤリングの練習もこころがけるか。海水の風呂・洗濯になるらしい。彼は背はやや低いが厚味のあるがっしりした体躯。天井、と言っても床から身長一杯の高さだが、頭のところに黠いている丸い蛍光灯を消して「さあ、ねますか」ということになる。平塚が「ハウスの電灯つけるといいです」と言う。

あ、「ハウス」か。この各々の小区画は単なるベッドではなくて、一年二年の海上生活を営む「ハウス」なのだ。——機関のひびきもさして気にならない。船はわずかにローリング（横揺れ）しているようだ。丸窓を閉める。

さすがに今日はくたびれた。ここ二週間ばかりの東奔西走、不眠。殊に昨日の昼すぎからの突然の連絡で、最後に横須賀の出入国管理事務所やら検疫所やら、夕方五時まで歩き廻ってやっと手続をすませ、横浜で中華めしを食って目黒の家に帰ったのが夜九時。それから荷物を詰めたり、髪を瑠璃子に刈ってもらったり、風呂に行ったり。さらに彼女に言われていた「遺言」を仕上げるやら、手紙を五、六通書くやらで、寝たのが一時半。そして今朝六時に起きて七時半品川、九時半久里浜。日魯漁業講堂での乗組全員の別れの乾杯儀式、谷川、高野、小林たち新聞の連中の見送り人たちとの話や乾杯……。せめても昨日、瑠璃子と〝最後〟の横須賀、横浜を一緒にしたのがよかったが、ゆっくりくつろいで、ということは全く遂にできなかった。

航海当直当番

八日午前三時半、目が覚めた。腹這いで日誌を書きながら、ベッドにカーテンが引けることに気がついた。カーテンをすれば、なるほど、これは「ハウス」だ。下の机に手をのばしてタバコを取る。甲板に出てみると左舷高空に半月。五時頃、再び眠ろうとしていたら、パッとカーテンが開いて「ワッチ交替……」と耳もとで大声。ワッチ（見張り・当直）……はて、俺も早速、試しにやらされるのかな、と思ったが、すぐ間違いだと分った。この「ハウス」には前は一航が住んでいたのだ。「あれえ？　チョッサー（一航）はどこですか」と行ってしまった。

八時朝食。飯、大根の実の味噌汁、小エビの佃煮。「ワッチ交替」とやられた話に、皆々大笑い。操舵室（船橋―ブリッジ）に行くと及川と三浦がワッチについていた。「航海当直厳守事項」が貼り出されている。当直は各二名で九組、二時間制、針路・風向は360度式で交替時に航海日誌記入、腰掛け当直は厳禁、計器故障は二航に、不審事・危険等は船長または航海士に連絡、等々。当直二人というのはベテランと若手が組合わされているようで、この三浦は本船二番目の年少者、18歳、新潟出身。この春に佐渡の水産高校を出て、北洋漁業で鮭鱒を数ヶ月経験、大西洋は初めてだと。おっとりとした大柄、ウイスキーは飲むと言っていた。
斉藤一航と及川が「酔わないか」と尋ねるので「これから先で荒れたりしたら酔うんじゃないだろうか」と言うと、「今までに酔う人は酔うはずだが」とのこと。バシー海峡・バリンタン海峡（台湾とフィリピン間）から南シナ海がよく荒れ、マダガスカルから先、ケープタウン沖あたりがまた荒れる海域とか。

船尾で一つ妙な箱型の物が、海に飛び出して固着されているのに気がついて、何だと聞いたら「便所だ」と四、五人が笑う。なるほど、そのように穴があいている。その下二メートルは泡立つ波だ。波が高ければ尻を直接洗うことになる。水洗便所だ。人が見るなど何でもないことだ。だが、ここに乗っかって排泄する気には、今はまだならない（これを初めて使ったのは二十七日の朝であった）。〝正式〟の便所は下の方にある。ここで用を足していると、丸窓からザブリと波が飛び込むこともあったが。

船長があれこれ説明してくれた。船首部分はオモテ、船尾部分はトモ、操舵室と船首との間の甲板《こうはん》＝メインデッキは胴の間と呼ぶ。商船と違って、漁船でも特にマグロ船は日本で発達したので、日本式のふるい名称が今でも通用しているのだと。また「潮が東流する」のは「東へ」流れることだが、「東の風」とは「東から」吹く風、逆です、とも教えてくれた。この船の速力は11〜10マイル（sea mile・海里）。一海里は一八五二メートルだから時速約二〇キロである。魚三五六トン積める。一九六〇年（昭和35年）に一億七千万円で建造、当時のマグロ延縄船では中流の上クラスらしい。

戦後の深刻な食糧難のなかで、政府主導で「一三五トン型」マグロ漁船が多く建造されていった。先に、保戸島のところで触れた「南洋」は旧日本の信託統治領であったのが、敗戦でアメリカ軍政下の海域となっていた。しかし当時の食糧事情への理解もあって、遠洋漁場の制限緩和が進んだようで、五〇年（昭和25年）には母船式マグロ漁業許可区域が南洋海域にひろがったとある（田辺悟『マグロの文化誌』慶友社）。そしてその数年後にはインド洋へも出漁、さらに大型化された漁船によって、五七年頃には大西洋へも進出、漁場は拡大した。

新婚すぐ遠洋船に乗るとは

某日。オモテで甲板長（ボースン）と平塚が日除けカバーの索具類を調整している。ボースン43歳、やはり宮城の牡鹿の人、二十年以上の遠洋経験者だ。平塚をからかう。「だいたい新婚ですぐ遠洋船乗るなんてのはバカだっつうんだ、俺は全然乗らなかったんだから。」平塚が「やかまし、やかまし！」と手を振り苦笑い。

ではボースンはどうしてたのか、と私。

「結婚してすぐ船乗りやめて、くにで定置網を三年ばかりやったね。それがうまくなくて、また乗るようになったんだけんどよ、カーチャンにかわいそうな思いはさせずにすんだ。」

平塚さん、結婚後何日で乗ったの、と私。

「五十日くらいだった。」どの海へ?「大西洋」そん時は何年?「一年半だった」と笑う。ボースン「かわいそうだよ、バカだよ」平塚「そんでもな、見合いならなんだども、俺、恋愛だもんな」はー、レンアイだから諒解ついてんのか、分ってたんだね。「そう、俺、親から反対されてよ、縁切られるくらいだったもんね。」

平塚のこの話は翌々日にも続いた。――結婚したとき、間もなく一年半の大西洋航海に出ることを親族一同に打明けた。「だけんどよ、大西洋つったたってわがんねえんだから。それ何ですかっつうんだから、ハッハハー。女房が説明してさ、それから皆、ヘッと言ったね。びっくらしてよ。帰ってから休みの間に、叔父さんがよ、もう内地航海にしろ、カツオ船にしろってね、ハイハイそうですねと言ったけんどよ、金がねくてどうなるかね。ねえ、そんで今度は二年航海だ、叔父さんブツブツ言うけんどよ、スカタねえよなぁ。」

彼、平塚君の話をもう少し加えると、インド洋西のレユニオン島を過ぎ、南回帰線付近での新年正月の宴も終え、一月八日のケープタウン入港が近づくにつれて、同地から日本に郵送する手紙を書き始める者がふえてくる。その頃、平塚が女房の手紙上手なことをわたしに喋ったのだ。平塚がせっせと書いて出しても親きょうだいや親戚は何も言ってこない。だから手紙はオッカー(女房)とばっかりだァ、ヘッヘッ…とのこと。

「女房はね、そりゃよく書くだよ、船のもん、皆おどろいてるだ、平塚さん、よく来るねーってね」「カカはね、船が外国さ行ってるときは、どーんどん書いてくるけどね、どっか内地の港さ入ってるときは、くれねえんだ。帰ってそう言うと、もうそこまで来てんだから安心してるんだ……なーんてね。」

そうだ、三十日に平塚に妻君から電報が届いたのだった。それも見せてくれた。彼がどこかで打ったものに対してらしい。「アリガトウアナタモカラダニチューイシテネ」とあった。「ネ」までつけてくるんだから、へへへ…と嬉しそうだった。航海中いつも三通は寄越すらしい。「女房の手紙、すげえんだから、文章うまくてね、こんなこと書いてゴメンね」なーんてね、エッヘッヘ……と平塚は相好くずしていた。

延縄漁の仕組み

十一日、宮古島東南180キロ、北回帰線を越えたあたりで、ワッチに立っていた鈴木ボースンから延縄漁の仕組みを解説してもらった。

簡単に言えば一本の長い幹縄《みきなわ》（主縄《おもなわ》）から数本の枝縄（ブラン）を垂らし、その先端に頑丈な釣針がつく。この幹縄・枝縄のひとまとまりを一枚とか一山《ひとやま》、または一鉢《ひとはち》と呼び、これが四百―四五〇枚連結されて投縄《とうなわ》され、また揚縄《あげなわ》される。一枚に枝縄は五本づけか六本づけ、餌はサンマが多い（イワシはコスト高とか）。投縄は船尾で朝四時、五時頃から43～49マイルにわたって約四時間半ほど。午後一時から船首付近で揚縄開始、これは十二時間以上かかることもしばしばなので、操業がはじまると、眠るのは三時間くらいになる。それが何日か続いて、水域を変える（適水）ときに眠りに眠るのだ。

ボースン boatswain は甲板長・水夫長の意だが操業とともに漁労長となる。彼は延縄の説明のほか、昭和十四年頃からの軍隊生活についても、舵輪を握りながら話した。満州、外蒙にも居て、敗戦翌年の昭和二十一年五月に上海から復員。私が察した通り、やはり軍曹だった。野砲を扱っていたとのことで、私は大隊砲の一等兵で終った旨をしゃべった。

ルソンの海峡から南シナ海に入る頃、十二、十三日とひどいシケで、船橋《ブリッジ》から見ていると、船首は谷底に突っ込み、次いで呆れるほどのけぞり、船尾を見れば丘陵のような黒いうねりが船を追うように覆いかぶさり、膨れ上りつつ鮮やかな瑠璃色に変って崩れてゆく。一航（チョッサー）が波の方向、大きさ等に細心に気を配って舵輪を操作している。私は危険なのか安全なのか、ほとんど分らないのだから、揺れますなあ、凄いですなあ、とそこらにつかまりながら海を眺めているばかりだ。「おれは以前やられた経験があるから、ちょっとこわいよ」と一航。ルソン島南西海上、「十四人乗組みの漁船」についてのＳＯＳ（シンガポール無線局からの）も受信した。

一航とルーブル美術館

十四日は晴れた。その夜、一航を呼んでウイスキー。話をしてもらった。私は「取材記者」であるのだから、二ヶ月くらいの間に乗組員のほとんどから話を聞いたのだが、これらは「取材」というよりは、お互いのおしゃべり、と言った方がふさわしい性質のもの、と思っている。

斉藤一航は酒類は大いにやるそうだが、沖へ出たら抑制すると言う。新潟の家は父、兄、弟が国鉄職員。半農半漁とか養殖、船乗りなどの系統の多い乗員の中で、まあ珍しい。水産高校は出たが船がいやになって、池袋や浅草、北海道、とまるで違う種類のバイトなんかしたあと、千トンクラスの大型漁船でインド洋、太平洋を経験、一年半の大西洋を終って甲二の資格を取って二航《セコンド》で再び大西洋へ。その途中、アフリカで社命により転船、一航としてこの夏に帰港していた、という経歴である。今、28歳だが35歳まで乗ればいい、と思っている。

さらにこういう話。―パリに一度だけ観光バスで行った。「ナントからです」と言うので調べてみると、ナントはフランスの西部、ビスケー湾に注ぐロアール川の最下流の工業都市・貿易港で、その外港がサン・ナゼール、湾のやや北寄りにあって大西洋に面する。そこまで詳しく聞いたわけではないが、多分そこに寄港した時のことだろう。「朝の三時に出てオペラ座前に10時に着いた。とにかく短時間の日帰りだったから何ともいえないが、ルーブル美術館だけはもう一度ゆっくり行ってみたい。私は絵なんかよく分らないけど、あそこだけはね」と言うのであった。

夜の明けぬ間から七時間かけてルーブルに行って、またトンボ返りした日本の縄船漁夫の憧れ、その情熱がこちらに伝わって、印象が深かった。

アパッチ少年・熊公

一九六四年（昭和39年）一月一日の宴。前夜の忘年会のつづきのようなもので、少々フツカ酔い気味で鯛や蒲鉾、キントン、鶏の唐揚げなんかを食い、二合瓶の酒を飲む。歌と踊りでは東北の人間が多いので、あちらの民謡がしきりに出る。機関の阿部や伊藤たち若いのが大変上手、「大漁うたいこみ」とか「秋田船方節」などが殊によかった。ボースンは潮風に乗る感じの声、なかなかの本格派だ。

四時〜六時、ハウスで眠り、何か夢を見ていたら、誰かに起された。とっさに夜明けか夜中か分らなかったが、私がアパッチの少年と称している機関の熊ちゃんだ。「トモでやり直してるんですよ、来てよ、来ますね、来なかったらハンマーでぶんなぐるから」などと言う。アパッチというのはアメリカの先住の一民族。勇猛と機動力で知られる。熊ちゃんは笑うとけっこう可愛い感じにもなるが、一方で剽悍の気が漂う愛媛出身の二十歳。「ブンヤさん」と言ってはちょくちょくやって来る。浮標灯の扱いがうまいらしい。これは揚縄の時、夜に入ってからの目印となる重要なもので、単に「ランプ」ともいう。

どことなくまだ子供らしいその頭を撫でて「おう、行くよ」とすぐ起きてトモへ。ガソリンスタンドの異名のある土佐の岡崎20歳が「いやー、ブンヤさん、オレより、これ好きだな。」熊が「毎晩酔ってるもんなー」、これはオーバーだよ。熊はこの前「ランプ長」というのに〝二階級特進〟したそうで、普通のヒラ機関員とちょっと違うことになったらしく、年上の人に対して気苦労がある、と。この航海が終ったら神戸の海技大学校に行きたいとも言う。

「帰ったらうちに遊びに来い」と私。「酔って言うんじゃなかろうね」と熊、目をむく。「ほんとに行ってもいいかね、俺ガラわりいから、え？」

「来いよ、電話書いとくからよ、武蔵小山だ」「へー、おれ日吉だよ、近えな」「だからよ、必ず来い、お前、ちっと人見知りするなぁ」「へ、へ、人見知りはする方だね、だけどよ、たずねて行って冷てえ顔なんかしたら、ただじゃおかねえ……」。飲み始めた頃はまだ夕映えの明るみがあったが、とうに暮れた。熊に桃缶を食わせる。熊、それを食い終ったら「さて、終りにするか」と呟いて海へ小便放水を始めたので、私も「おれは寝るよ」とハウスに戻った。

熊ちゃんがうちに来た

熊は目黒の私の家に来たか。その後、私は皆に別れて三月に西アフリカに上陸、さらにカナリア、ポルトガル、トルコを経て、四月に東京に帰り着いた。六四年の春である。翌六五年八月、大西洋から無事帰った熊ちゃんから電話があり、その月の十五日、武蔵小山の私のところにやって来たのだ。ふだん無口で利かん気な表情の彼とたまに言葉を交わすと、一種の満足感を覚えたものだが、「来いよ」と言っておいたその彼が、ほんとに来たのだ。

私は目蒲線西小山駅に出迎えた。瑠璃子も大いに喜び、愉快がり、歓待した。「冷てえ顔なんか」するどころか、部屋で、庭で、酒をあおり合い、共にした航海と漁撈の日々を喋り合った。また私が他船に移乗して皆と別れたあとの黒潮丸の詳細をもっと聞きたいと私が頼んで、熊は十月三日にまた来てくれたのだった。

そのときだか、六七年（昭和42年）の三月、太平洋近海の航海を切上げて、再び大西洋へ出発するのでと言ってやって来た時だか、定かでないのだが、彼を新宿の親しくしていたバーに連れて行ったことがある。

十人くらいで一杯になるその店の常連客は、モノ書きや編集者や何となく漂っているふうな青年なんかである。いたずら気を出して、熊公一人を先に店

大西洋から帰った熊ちゃん（右）がうちに来た（巖の庭で1965年10月3日）

に入らせた。たしかその時、彼は雪駄履きだったと思うが、あまり馴染みのない、全くガラの違う、潮灼け顔の若いモンの突然の出現で、ママも客も一瞬黙ってしまった様子。それをニヤニヤうかがいながら、一分後に私が入って、熊に声をかけ、皆の衆も「ナーンだ、お連れなの」と安堵した次第だ。

旅渡り船渡り

さらにそれから五年後の、晩春初夏の候、二十八歳になった熊ちゃんが大西洋から静岡の焼津に帰港、「ナポレオン」一瓶を携えて現われた。考えてみればもう八年来のこと、遠洋操業から戻ると現われるのだった。その時は白い背広にサングラス、南米のどこやらで喧嘩してと、顔に小さな顔の傷あともあったが、まあ、〝貫禄〟になっていた。

去年はミクロネシアの港で巡査をなぐって豚箱に入れられ、南京虫に食われて顔がふくれて難儀したとか。「おい、もう喧嘩はやめろ、命を落とすぞ」と言えば「そう思うけど、オカに上がると、ついどうもねえ」と笑う。

縄船乗りには、自らを渡り職人とする気風があった。会社員化の傾向は既に明らかに現われていて、主流になってきてはいたが、それでも連中は何かと言えば「旅渡り」「船渡り」の自慢ばなしに打ち興じたり、半農半漁の出身が多いのに、しぶきの散る甲板などで「この百姓！」と悪態ついて哄笑し合ったり、また、「オカのやつらは」というセリフもよく耳にした。

「世に三方《さんかた》あり、土方、馬方、船方、これなり」というのを私に教えてくれたのも、この縄船の人間だった。〝三方〟は基本的に無宿であり、渡りの者である。自由な「渡り」と縛られた「定住」という定式はすぐ思い描けるが、「自由な渡り」も実際には不自由だらけなので、ましてや「オカ」に上がればなおさら、熊ちゃんならずともケンカしたくなるだろう。「オカ」

に対する戸惑いと苛立ち、どこかにひそむ羨望も？

だが、それでも私は「渡り」の気性の根もとのところを、大らかな不羈《ふき》の心だて、となお信じている。

西アフリカ上陸へ

十日朝から始まった漁具の整備作業、その数々の種類、操船上の技術のあれこれ、機関員の仕事、大西洋上に散開する僚船の数々、それらとの〝会合〟、そして何より漁労─投縄、揚縄、漁獲物の処理の実際、魚の種類、等々、この漁船航海の実地について書きはじめたら、キリがない。ケープタウン上陸のこともあるし、壮大な自然の変化もさまざまだ。ズブのシロートの私が毎日何かを教わりながら知ったこと、曲りなりにも出来るようになったこと、など僅かではあるが、それさえ、キリがない。それらは別の小さな同人誌に多少詳しく記述しもしたが、それを本誌で繰返しても趣旨から外れることになるかも知れぬし。乗組みの面々の話は、海に落ちて死にそこなった話とか、外地の女との〝悲恋〟とか、長期航海手当てや歩合いのことなどの金の仕組みとか、まだまだ意味のあるおもしろいものも少なからずあるのだが、この辺で止めておく。

三月に入って二日、西アフリカの巨大な瘤が張り出すギニア湾、西経６度、赤道線のわずかに南のあたりで僚船旭洋丸二五九トンに移乗し、そのまま東北進して、六四年三月五日、偶然にも私の39歳の誕生日に、独立ガーナの港に入って上陸。以後、ガーナから東へナイジェリア、そして同国のイバダン大学でアフリカ王権の研究を進めている山口昌男氏を訪ねることとなる。

十五

（道標37号　二〇一二年六月三〇日刊）

アフリカの黒い星

六四年の三月五日に西アフリカの大湾、ギニア湾に面するガーナに上陸した。この湾に沿う地域は、かつてはヨーロッパ植民国から穀物海岸、象牙海岸、奴隷海岸、黄金海岸などと呼ばれたところであり、ガーナはその「黄金海岸」、一部「奴隷海岸」であったが、二十世紀に入って独立運動が興り、会議人民党（CPP）は即時自治のスローガンを掲げて一九五一年総選挙で勝利。イギリスの当地総督は、前年から獄中にあった指導者ヌクルマ（エンクルマ＝Nkrumah）を釈放して首相の地位を与えざるを得なかった。

そして、このアフリカ人首相とイギリス人総督との六年間の〝協力〟の後、五七年、ゴールドコーストはブラック・アフリカの最初の独立国ガーナとなり、「アフリカの黒い星」と賞讃されるに至り、六〇年共和制移行とともに、ヌクルマが初代大統領となったのだ。

私が上陸した翌日三月六日はその独立記念日 Independence Day で、ヌクルマの演説がある、と知ったのだが、まる三ヵ月ぶりの動かぬベッドで眠りこけてしまった私は、せっかくのヌクルマの姿も見ず声も聞かなかった。それがあとで後悔することになるのだが、というのはこの時から二年後の六六年二月、ヌクルマの中国訪問中にクーデターが起こって、大統領はギニアに亡命するという思わぬ悲劇に見舞われ、さらに数年後の七二年、ルーマニアの病院で癌のため客死したのだった。六三歳。

ヌクルマはアメリカにもイギリスにも長期に留学し、その学生時代から政治運動に投じた人物で、「汎アフリカ主義」の思想と運動を推し進めようと力を尽くした。独立の熱気がアフリカ各地にひろがっていた六〇年代当時の指導者のなかでも、最も期待されていた人であっただけに、心残りなのである。

コブリソ村にて

十日間のガーナ滞在中にコブリソという小さな村を知った。ガーナ大学経済学部研究員の身分でこの村をしばしば調査している細見氏が、連れて行ってくれたのである。細見さんは四谷のアジア経済研究所のスタッフ。コブリソは首都アクラの北方約90マイルの地。濃い緑に輝く闊葉樹林のなかの人口約四百人の聚落で、細見さんは big man であり、その客人である私も大いに歓待された。

ヌクルマの党のこの村の責任者や長老連がしきりにすすめる椰子酒、大樹の下に据えられた樽から柄杓で汲んで次々とお代りする私に、取り巻いて〝注目〟している村人がその度に歓声を上げたりして実によろこぶ。愉快であった。この印象は深い。私は「コブリソ村とその小学校のために」と一ポンド寄付し、二十二歳のアコム校長に言われるままに〝奉加帳〟に署名もした。私も big man に列しただろうか。ともあれ、私の名も学校の〝書類〟に一応、残されはしたのだ。

コブリソ村でもう一つ。広場で二十歳前後の美しい娘を見た。感銘した私が「あ、あ、彼女……」と口ごもりながら何か言おうとしたら、近くにいた数人が私に向って「ユー ライク?」とにこにこ顔で声を上げた。頭に桶を乗せているその娘はちらりとこっちを見て目で笑い、ゆっくりと向うへ歩いて行った。どっと皆がはやす。「彼女はこの村の三美人の一人だ。あんた今晩この村に泊まるのなら、何なら…」と長老の一人が笑顔で言いだした。

美人の基準は別にかけ離れてはいなかったのだ。均衡のとれた肢体、小動物めくやや小さめの顔、土を踏む素足の伸びやかな形が、今も目に浮かぶ。とっさに写真がとれなかったことは、残念であったが。

一つ気になることがあったのは、この村に向かう時、車窓に次々と現われる勿体ないほどの、ただの原野。ガーナは世界一のココア産出国で、それはこの国の輸出総額の六〇%以上を占めており、国立のココア研究所とその広大な整然とした付属実験農園もあって、私は別の日にそこも見に行ったのだが、いま、車窓からの景を目にしていると、政治的には独立して共和政体を達成したこの黒人国家が、まだ根強く残る植民地型のモノカルチャー経済を早く脱してくれることを、切に願わずにはいられなかった。

なお色んな話は語ればたくさんあるし、挨拶に立ち寄った大使館の人たちが、西アフリカの中でもガーナ人は優れているので、三十年くらい経ったらこの国はだいぶ変わってくると思うと語ってくれたことも思い出すのだが、私の目の中には、首都近郊の漁村の腹のでかいまっ裸の幼い子、石を投げるダビデの異母弟、とでも言ってみたいような少年、街頭でふと立ち止まって私の前に並んで微笑した三人の姉妹、闊達にさざめいていたミッションスクールの女生徒たち、オレを撮ってくれとばかり自分を指さしながら浜の小舟の上に飛び上がって胸を張ったやつ、村々の乱雑な市場を走り廻っていた多くは出ベソの黒蟻のような子供の群れ、等々がいまだに生き生きと浮かんでくる。

ナイジェリアへ飛ぶ

三月十五日、アクラからラゴス空港まで一時間十五分くらいだったたか。切符代9ポンド5シリング、出国税10シリング、計約九七五〇円なり。イバダン大学の山口昌男助教授の手紙のコピーなどのおかげで、ガーナから出国するビザもとれたのだった。その山口さんに電報も打っておいたのだが、空港に彼は来ていなかった。西も東も分からない。私、税関であれこれ調べられ、大騒ぎの末にやっと乗ったタクシーで、途中省略するが、イバダンへ。

盆地に密集した大きな町が見えてきた。それと正確に知るわけもないが、時間と町のひろがりの規模で、これに違いないと思った。夕暮れ近く、見渡すかぎり赤サビ色のトタン屋根。水牛ふうの角の長い牛がいっぱい道ばたにいる。ユニバシティは?と二人ばかりに聞いて、いよいよイバダン大学の門を入った。実に立派な建物である。まわりの街の家並みや汚ない市場などとは全く対照的な、これはヨーロッパである。

小ぢんまりしたフロントで社会学部助教授山口昌男氏の住居を聞く。すると十四、五の女の子が「山口さんなら知ってる」と言う。その子を車に乗せて案内してもらおうとしていたら、向こうから東洋人らしき婦人が赤ちゃんを手押車に乗せてゆっくりやって来た。女の子が「ミセス・ヤマグチだ」と叫んだ。私はそれまで山口夫人は未見だったのだが、「オー!」と声を上げて、けげんな顔つきの奥さんに挨拶した。彼女は郵便物を受取りに偶然来たのだった。電報はついてないとのこと。山口氏は数日来、東部州に調査に出かけていて、明後日帰宅の予定だという。

「しかし、お待ちしてました、どうぞ」というわけで、ホッとして、車に赤ちゃんと手押車も乗せたのだが、運ちゃんが何か「ロキ、ロキ」とか言うのがよく分からず、山口夫人に尋ねるとyou Luckyと言ってるらしい。で私も嬉しいので「そうだ、オレはロキだ」と答えたら運ちゃんも大ニコニコであった。

イバダン大学

城館のような三階建ての、二階に山口家。この建物は一フロア二家族、計六家族が入っているそうで、よく出来た住居である。大学職員は全員、構内に住居を与えられている。それはおっそろしく広大な敷地で、密林あり、丘あり、なるほど車なくしては構内といっても互いに遠くて困るのだ。キリスト教会も回教の教会もある。この大学のもう一人の日本人、解剖学の新島教授とそのお嬢さん、一人のインド人も来て歓談。新島氏が明朝すずしいうちに大学構内を案内しましょう、と申し出てくれた。

このイバダン大学はもともとはロンドン大学の〝出店〟的地位だったのが、六〇年の独立で、六一年以後の学生はイバダン単独の権限で学位が得られることとなった。ただ、現在はイギリスよりもアメリカの影響力が強くなっているらしい。

新島教授の基礎医学教室は学生が一年七〇人、二年四〇人。三年からは付属病院で学習する。大むね真剣で出席率もよいらしい。冷房のきいた解剖実習室をのぞくと、ずらり並んだ解剖台、頭蓋、手、脳などの標本類も立派なもので、今は休暇中なのだが志望して実習している学生が、黒人男子三人、女子一人、白人男子一人が組立人体二つ三つに取組んでいた。四月の学期試験にそなえているのだという。ほかにも眼鏡をかけた男女黒人学生が、多数読書したりメモをとったりしていた。

アフリカの王権研究

学内案内のことはひとまず省略するとして、その翌日の三月十七日午後、昼寝しようとしてよく眠れぬうち、下で自動車のラッパ音。山口氏が帰ってきたのだと直感したが、なかなか上がって来ない。

山口さんは東部州でのフィールドワークの帰途、車を道路わきの砂利の山に突っ込んで胸を打撲、同行のボーイのベンジャミン18歳もおでこを打ったとか。二人ともたいした怪我ではないが、だいぶ疲労の様子だし、車はかなり破損している。

夜、山口さんの胸にトクホンを貼りまくった。これはサロンパスと同じ鎮痛コーヤクで、私がまる三ヶ月の漁撈航海にそなえて、横須賀の久里浜を出港する際、買い込んでおいた品だが、柔術《やわら》と労働で鍛え上げていたわが身にはほんの三、四回ほど使っただけで、ずいぶん残品があったのだ。それが尊敬する山口氏のためにいささかでも役立つことになろうとは。――いや、その効能のほどはどんなものだったか？　ともあれ、山口助教授、神妙なおももちで、打撲した胸を差し出していた。

このとき、山口さんは三十三歳のはずである。それから数年後、私のやっていた『伝統と現代』六九年二月号に「王権の象徴性」50枚を書いた。既に彼の修士論文（六〇年）が「アフリカ王権研究序説」というもので、私がトクホンコーヤクを貼ってあげた六四年当時も、この王権研究の一環として、西アフリカ・ナイジェリアのジュクン族の調査を続けていたのである。ジュクン族というのは、西アフリカの北西から来る大河ニジェールに北東から流れ込む、ベヌエ川の上流地域に住む民族で、ナイジェリア北東部に於て一人の神聖王を象徴とする集合体。複雑な王権儀礼が発達しているようで、一夫多妻が基本という。

石母田正、西郷信綱と

実は山口氏を知ったのは、五〇年代の終わりから六〇年代のはじめ頃、私のいた日本読書新聞に大小の書評や小さな紹介文をしばしば書いていたこの人のどこかに惚れこんだ私が、もともと同氏と親しく接していた編集スタッフの稲垣喜代志（現・風媒社々主＝名古屋）を担当者として、文化人類学の連載ものを始めたことからであった。主としてフレイザーの「金枝篇」に触れながらの連載だったと記憶する。

稲垣さんの回想談によると―彼は法政大学出身なのだが―同大学の歴史学の石母田正氏から「なかなか個性的なやつ」として山口昌男の名を教えられたそうで、当時、東大の国史を卒業後、転じて都立大学の大学院で文化人類学を専攻していた山口氏に接触しはじめたのだという。

そのことはさっきの「王権の象徴性」等も含む山口著『天皇制の文化人類学』（岩波現代文庫）の「解説に代えて」の記述とも照応している。省略を交えて紹介すると、山口が大学三年のとき始めた学科研究室の雑誌に書いた「ヴ・ナロードということについて」という文章。

《若書きであったが、私の論旨は、天皇制を外在的な権力として捉える方法には限界があるというものであった。歴史家石母田正氏は葉書で反論、一度会って話してみたいという趣旨のものであった。私も「先生の天皇制に対する考え方は間違っていると思いますので、お会いできるなら嬉しい」と返事。小生意気な小僧だったのだ。間もなく法政大学で会った石母田正氏は私を大学の近くの食堂に導きビールをおごってくれて、「君は批判において鋭いが、自らに突き刺さるところがないという欠点をも持っている。竹内好に似ている」という助言を与えてくれた。そして私を生涯の友として扱い、他に青木和夫、石井進、大隅和雄を相手に万葉集の購読会を数年、氏の自宅で行ってくれた。》

同解説には続けてこうある。

《石母田氏と同じ頃、私に影響力を及ぼしていたのは国文学者西郷信綱氏であった。氏は昭和三十年（一九五五年）から二年間私達若い日本史の研究者達と『マルクス・エンゲルス文学芸術論』（大月書店）を読む会を行ってくれた。西郷氏は古代天皇制と文学を核心的課題としていたため、私には氏の文化史に対する向き合い方は納得の行くものであった。》

西郷信綱については、この連載の早い頃にも触れた。彼は私と同郷の町の出だから、よけいに思いも動くのだが、七三年の『伝統と現代』一月号ではこの西郷と山口との二人で対談「夢と神話的世界の構造」が行なわれている。

そんないきさつがあって、私は向こう見ずな漁撈航海のあげく、折角のことに、何にも知らない西アフリカでしばらく見聞したいから、数日のお宿をお願いしたいがと、厚かましく申し入れていたのだった。

〝サバナのほとり〟の雑踏

十八日、山口氏は診療所で簡単な手当を受け、午後、破損した車に私も同乗して自動車会社へ。修理に五日かかるそうだ。次いで保険会社で事故の状況など記入、一万五〇〇〇円自己負担で、あとは支払ってくれるとなった。それから、或る店で私は何かの木の堅果の殻を数十個連ねた〝腰鈴〟を七シルで買った。乾いたいい音が賑やかにひびく品だ。また書店で、山口さん選択によって、ナイジェリアの詩人の詩と画家のスケッチ集と作家の短篇集を買った。

この地域はもともとヨルバ族の中心地。「イバダン」はヨルバ語で「サバナのほとり」の意という。ナイジェリアでは黒人のつくった最大の町で人口八〇万とか（90年代には一二〇万超）。標高二百㍍の丘陵地に位置するが、中央部の低地を広範囲にわたって、バザールが占めている。無数の狭い通り、枝道、裏通り、びっしりと小店が並び、地べたの商い、露店がひしめく。ヘビ、魚、カタツムリ、牛、山羊の肉、衣料、金具、石鹸、米、野菜、果物、輸入缶詰類、ワケの分からぬ食べ物ｅｔｃ。ガーナでぺぺと言った赤い香辛料を石臼の上でゴシゴシこすって、どろどろにしている女や子供もよく見かけた。

それに伝統的な呪術用の〝品物〟類。—これは猿、犬、山羊、ヘビ、リスらしきものの頭、猿の真黒な手、禿ワシやコーモリの全身、ムササビらしきものの串刺し、そういった生きものの乾物である。もっとも〝呪術〟も今ではごく形式化しているそうだ。

大変な雑踏である。商いの主導権はオバチャンたちが握っているようだ。ガーナでもそうだったが、彼女たちはマーケットマミィと呼ばれる。彼女たちと値段の掛け引きで叫び合うのは、根気のいる仕事である。

果てしなき議論……

ヨルバ族の中年男に議論をふっかけられた。私はさっき買った堅果の殻の〝腰鈴〟を楽しみながら歩いていたのだが、そのオッサンは突然寄ってきて、こう切り出した。

「それをお前は何に使うか」「知らん、教えろ」

「おれは知らないから聞いた」「しかしお前はナイジェリア人だから知ってるだろう」

「いいや、ナイジェリア人が知らないものをナイジェリアで持って歩くのはケシカラン」「では、そんなものをなぜ売ってるのか」

「おれも何に使うか知らないものを得意になって持って歩くな」と、まあ果てしなき議論の末に、当方「分かった、分かった」と行こうとすると、「いいや、お前はまだ分かっていない」と追いすがって来る。

――このヘリクツの議論好きは面白かった。向こうだって楽しんでいるのだろう。こういう〝民族性〟なんだろうか。もっとも、右の会話のやりとりは、半ば山口さんの〝協力〟によるものであり、また、ヨルバ族だ何族だと、私が直ちに分かるはずもない。

少し行くと今度は白い衣服のハウサ族の五十男が「インディアニ？」―黒人、白人以外の者を彼らはこう呼ぶのだそうだ。面倒だから「そうだ」と答える。

「いまお前は写真をとった。写真を送れ。」その男を撮ったわけではなかったのだが。山口さんが〝理路整然〟とこう言った。

「ナイジェリアでは残念ながら写真技術がまだよくない。だが、おれの国インドでは焼増に六シリングもかかる。それにインドは遠い国だ、郵送料に十シリングもかかる。これで送れるとお前思うか」

「なるほど、そりゃできない、無理だ。」ことの道理をナットクしたハウサ人は、柔和な微笑とともに別れの言葉を投げて去った。

ヨルバ族の古都で

ハウサ族というのは、主にこの国の北部にいる有力民族で二〇〇〇万人以上といわれる。宗教はイスラム教。フラニ族＝フルベ族も。また、その前に触れたヨルバ族というのは、最大の都市ラゴス（一九九一年まで首都）を中心とした同国南西部の地域から西隣りのベナンの東部、トーゴの北部一帯にかけて推定二四〇〇万が散在。この民族の聖地である宗教都市イフェ、最大の人口をかかえる大商業都市イバダン、のちに軍事的権力の中心的拠点となったオヨ、これらがヨルバ族の古都である。なお、ヨルバ商人は西アフリカ全域で有名とか。

そのオヨという町に、またの日、山口さんに誘われて一緒に行った。白人は絶対に乗らないらしいトラックとバスの合ノ子のようなマミー・ローリーに揺られ、時に低い天井に頭をぶっつけたりしながら北へ二時間くらい。一人三シリング（約一五〇円）だったか。

先ず自転車屋に行き、一時間一シルで借りたのだが、その店の時計が故障中で、有効時間は私の腕時計で、ということになった。泥で固めたパラス（王宮）や広い前庭、同じく泥づくりの「旗本屋敷」など見て歩くうち、一人の青年が近づいてきて「オー！　私の友だち！」と山口さんに親しげに呼びかける。山口さんの方は記憶があいまいらしいのだが、彼の方はしきりに「友だち、友だち」と言い、どういうわけだか、熱心に織物屋へ誘う。しかし山口氏は顔馴染みらしい彫り物屋へ入った。そこのオヤジさんは英語ができないとかで、その青年が通訳する。私は天然痘除けの祭事に使う銅鈴を買った。

自転車を返し、青年に礼金三シルを渡し、帰りのローリーの出発を待っているところに、さっきの青年が仏頂面でやってきた。またもや議論が始まったのだ。

山口昌男先生の舌鋒

「私は公認ガイド（official guide）だ。その仕事をなぜ評価してくれないのか。」山口氏が応答する。「評価したから、三シル渡したじゃないか。」

「少なすぎる。私はオヨの善良な市民であり、かつ立派なガイドだ。その仕事に対する報酬としてあまりに少なすぎる。それにあんたは私のフレンドだ。フレンドの贈りものとしては十シルくらいはと思ったのだが、三シルとはひどい。」

「友人に尽して金を要求するなどという習慣を、われわれはもたぬ。また、もし君が公認ガイドなら最初に料金を示すべきだ。」

「そうか、それはすまなかった。しかし要するに少ない。」

山口先生、ここで声をはげまして叱咤した。

「行け！帰れ！私は以後、君を友人と思わない！」

「オー……」と青年は困惑の面持ち。

「はるばる日本から来た私の客人、この紳士は、ナイジェリアについて不愉快な印象をもったろう。金、かね、金、もう沢山だ！」

するどい山口先生の舌鋒。――ここで私の出番である。日本式にマアマアと制しながら、ズボンのポケットから一シルを取り出して、〝公認ガイド〟氏に渡したのだった。

帰りのローリーは、ここへ来る時の車にくらべて座席も軟らかくて少し楽だった。「こういう車でなら、東部まででも行ける」と山口氏も感心していた。「東部」というのは、前にも少し触れた、山口氏のフィールドワークの主たる地域である。日本人の内面に根深く、ふだんほとんど意識されないほど深く横たわっている「天皇制」というものに、「日本人の自己解剖のような行為」として人類学的に迫ろうとして、六〇年に「アフリカ王権研究」を書き、さらに山口氏は六三～六五年にも調査研究をこのナイジェリアで継続していた。

十六

（道標38号　二〇一二年九月二八日刊）

「椰子酒飲み」爺さんと人形

西アフリカのナイジェリアで山口昌男さんに厄介かけていた間のことで、なお書きとめておきたい話がある。

或る日、広大な大学の庭を歩いていたら、太い木の下に椰子酒売りの若い女が坐っていた。そばで一人の爺さんが、足を投げ出した恰好で大きなコップで飲んでいる。「俺にも一杯」と私が注文したのだが、あいにく売り切れたところだった。すると、ホロ酔い気味のその爺さんが、飲みかけのコップを私に突き出した。「それはあんたのワインだからわるいよ」と遠慮したが、「いや、わしはもうたくさん飲んだから」とすすめるので受け取った。

私が飲みほすのを満足そうな表情で見ながら、爺さんが「明日もここに来るんだが、あんたは来るか」と言う。「多分」と答えて別れたのだが、私は翌日そこに行けなかった。

ついでに言うと、私はガーナのコブリソ村などでこの椰子酒がすっかり気に入ってしまって、

〈上〉イバダンの路上で赤ちゃんを抱く山口昌男氏と夫人
〈下〉自動車修理について談合中。イバダンにて山口氏。上下とも1964年３月

ナイジェリアに来てからも、山口さん（彼自身はあまり飲めない人なのだが）が手配りしてくれたなかなかいい椰子酒を、ズーズーしくいただいていたのだが、その山口さんに教えてもらった小さい人形—A Palm Wine Drinkard—を買った。その人形は、根方に腰をおろしてハダシの足を投げ出し、片手にかかえこんだ大きなヒサゴからパームワイン—椰子酒を汲んでいる黒い男。土産品としては味わいのある出来である。私が大学構内の木の下で出会った爺さんよりはるかに若いこの「椰子酒飲み」は、酒に陶然となっているというより、むしろ思いつめたような鋭い表情をしている。

イバダンで買ったこの木製の人形を、帰国してからもずっと大事に持っていたのだが、その後の度重なる引っ越しの間に、いつしかなくしてしまった。つくづく残念に思っている。この人形と関係があるのかないのか、イバダン大学の学生たちが「椰子酒飲み」という芝居を上演したことがあるとも聞いた。それは何かデスパレートな気分に満ちた、民衆の物語りだったようである。

ともあれ、私はあの飲みかけの椰子酒のコップを私に突き出したヨルバ族の爺さんを、時どき思い出すのだ。あの翌日、あの木の下にもう一度行って、あれこれと話をしてみたかった。

ケニアのソロモン君

もう一つの話は、ケニアからこのイバダン大学に留学しているソロモンという学生に、彼の専攻している森林学とケニアの政治・社会情勢とを話してもらおうと思いながら、互いに都合が合わずに果たせなかったことであるが、彼を知ったいきさつはこうだ。

山口さんが「実は私は夜のイバダンをまだ十分には徘徊していない。あなたが来たこの際、その方面に詳しい連中に案内してもらおうと思って」と言うので、「そりゃいい、ありがたいですなあ」と応じた。その夜、専攻の如何を問わず何かと山口助教授のところに寄ってくる学生たち、特にケニアの連中三、四人が来て、いっしょに夜の街に出た。二十二、三歳くらいの青年たちであった。

立ち寄った野外喫茶ふうの広いスペースの所で、ビールを飲んだりダンスを踊ったりした。「日本から来たあなた、酒好きだとプロフェッサー山口に聞いたのだが、どれくらい飲むんですか」といった質問も出て、それこそ「椰子酒飲み」顔負けの私の飲みっぷりに驚く学生君もいた。ダンスでは私はそこらをうろうろしていた黒い美女と組んだ。彼女は娼婦であった。学生連中が、ユーはgood dancerだとはやし立てた。

なかの一人がソロモンで、その夜別の場所で彼がこう言ったのを、私は痛切に覚えている。「私の国、ケニアでは、まだ誰もが安んじて〝専門家〟になっているわけにはいかないのだ」と。さまざまな一般的困難とアフリカ特有の社会的・政治的困難のなかでの、自分自身の国家の創出・造形という仕事。――私は清末、明治三十年代の日本に当初は医学を学びに来た魯迅や、彼を第一期生とすれば、続く民国以後、革命期の中国人留学生たちや、その大方の歩みをも思い浮かべた。

生活綴方の国分一太郎

国分一太郎にはじめて会ったのが、五〇年代だったか六十年代に入ってだったか、覚えてないのだが、東中野駅から大久保の方へ数分戻ったお宅に上って「コクブじゃなくてコクブンさんですよね」と念を押したのは覚えている。「花は霧島、煙草は国分《こくぶ》」なんで、はじめはコクブさんと思ってたんです」と。さらに「私は鹿児島県に少し縁があったのですが、あそこ（国分）には大隅の国分寺が置かれたようで、そこから来た地名なんですかねえ」などと、〝不急不用〟のはなしもあれこれとした。

国分さんは一九一一年生れで、私より十四歳も年長であるし、三〇年（昭和五年）頃から生れ故郷の山形、東北地方を中心とした北方性教育運動・生活綴り方運動の苛烈な経験をくぐってきた人であるが、面と向ってみれば、ついノンキなことも話題にしてみたくなるような人柄を感じさせるのだった。

方言についてもしゃべった。方言のことは趣味的な、ノンキな、とばかりは言えないもの、生活綴り方運動のなかの言葉の問題でもあるが、そういえば私は国分さんにかかわって或る文章を、昔もむかし、五八年の夏に書いているので次に少し引用しておく。——

東北独立の〝野望〟

『言語生活』八月号の笑い話を一つ。信州伊那の某高校へ赴任した先生、ある晩、宿の風呂に入れてもらってごしごしやっていると、おかみが出てきて「お静かに」と言う。先生大いに恐縮して静かにこすっていると、湯加減を見にきたおかみが再び「お静かに」。いよいよ恐れ入って、あとで尋ねてみると「ごゆっくり」のことだった。

方言のよさ、面白さの面と実際上の困る面とをじっくり勘案してゆくことが、目前の共通語、将来の標準語を、より豊かに肉づけすることになるわけだろう。しかし東京語＝標準語とテンから思いこんでいるご連中はまだまだ多いし、これがもう一歩進むと、思考の内容までも、その話す言葉で評量しようという気持が出てくるのだ。

それも〝高尚〟な分野になるほどその傾向が強まるようで、岸がどうの河野がどうのと方言で論じても大したことはないが、ベートーヴェンを方言で語っては、とんと有難味が湧かない、といったたぐいの、バカバカしいことである。

さて、児童文学者国分一太郎氏は、時々〝東北独立〟という〝フオンな意欲〟を燃やすのである。「それはぼくたちの東北弁をあざ笑う人にでくわす時だ。」「講演をはじめるやいなや、聴衆のうちのだれかがニヤリとして、ズーズー弁だわね、なんて隣の席の人々にささやきかけるそぶりを見せる時だ。」——以上、大体の引用。（読書新聞一九五八・八・四コラム）

国分さんの部分の数行は、その頃の岩波新書、柴田武『日本の方言』中の挿話であるが、この連載第八回の梅棹忠夫氏のところでも、つい筆がすべって出している。

私は出身地の豊後（大分）や二年半いた薩摩（鹿児島）の方言についても国分家でおしゃべりしたりした。国分さんの言葉は特に分りにくいということは全くなかったが、「き」と「ち」が混乱したように聞こえることはあった。後年経験したのだが、マグロ船で西アフリカまで漁撈航海した時、同乗の漁船員に東北人がかなりいて、やはり「き」と「ち」が耳についた。

その点でまことに愉快なエピソードがある。国分さんは戦後、いくつかの民間教育運動にかかわっていたが、埼玉県浦和に拠点を置く障害者の教育権を実現する会（津田道夫氏ほか）の代表顧問には八二年春に就任。この会の「人権と教育」誌（二〇一一年・53号）にその愉快な話が紹介されている。国分一太郎生誕百年記念の特集・津田道夫講話のなかで。そのまま引用させていただく。——

ここで一つ、エピソードがあるのですがね、山形県の庄内地方ではふんどしのことを「けつわりきんかくし」という。そのものズバリの表現です。これをあるとき（国分さんが）講演で述べた。そしたらこれが「けつわりちんかくし」になって活字化されていた。

それを国分さんが編集者にたいして「こりゃあなんだ。きんとちんはあきらかにちがいます」というと、「先生、ちんもきんも似たようなもんでしょう」と。「ちんときんはあきらかにちがいます」と。これがまたその編集者には「ちんとちんはあきらかにちがいます」と聞こえたというエピソードなんかもあって、非常にユーモアのある人でもありました。

国分さんに教わっていたかも

国分一太郎が十九、二十歳の頃から、北方＝東北地方の社会的にも自然的にもきびしい条件の下で、時に検挙され監視されもしながら、小学教師の道にはげんでいた年月、考えてみれば、私などはちょうど小学生だったのだ。東九州の海添いの辺ぴな唐芋《からいも》地帯で。もし私がそのころ東北の住人だったら、国分一太郎に教わっていたかもしれない。

言いわけ一つ。――齢のせいだか、この夏の酷暑のせいだか、これまで頑健自慢であった身が不調を来たし、アタマも働きがにぶくて、今回原稿がとんと進まなかった。内容的に確かめるべき要素があるのに、そうする力が及ばず間に合わず、気楽なものばかりをつまんで示した。国分一太郎のことにしても、もう少しきちんと書くべき部分がある――。次回に努めてみよう。

国分さんは八五年（昭和六十年）二月に亡くなった。日教組、日高教の全国教研集会で助言者として札幌に行っていて、何度めかの発病、一ヵ月後に空しくなった。その頃、私は三十五年間の新聞と雑誌発行の東京生活から沼津へ逐電、全くの労働生活の浪々の境涯に入りつつあった。国分さんの死はあとで知ったのである。

十七

（道標39号　二〇一二年一二月二八日刊）

橋川の引越し手伝いで後藤総一郎と

橋川文三の最初の著作『日本浪蔓派批判序説』（未来社）が出版されたのが一九六〇年二月で、同時に橋川は「かなり晩い年齢で」の結婚をしたのだった。三十八歳である。彼はその本を私にも署名して贈ってくれたし、私はその結婚式にも末席に連なった。そしてあれは桜上水だったかのアパートから、夫妻は駒場の倉を改造した家に移った。

その引越しの手伝いに行って、そこで後藤総一郎と出会ったのだ。向こうから荷物を積んだトラックがやって来た。荷台の前面に、陽灼けしたような顔のガッチリ型の青年が一人立っていて、手を振っている。それから私といっしょにあれこれの荷物を運び込み、後藤くんだと紹介され、たしか軽く飲食を振る舞われたと記憶する。

その頃の後藤さんのことを調べてみると（『野の学びの史譜』梟《ふくろう》社刊など）、この六〇年（昭和35）には、当時既に明治大学で日本政治史の講義を始めていた橋川のゼミに入っている。二十七歳であった。彼は五五年に明大法学部入学、翌年政治経済学部に転じていた。そして橋川を知り、丸山真男神島二郎を熟読する。

もともと砂川闘争、勤務評定反対闘争、警職法闘争などに参加してきて、学生会中央執行副委員長も勤め、私が出会った頃には明大の学生会文化部長でもあったようだが、橋川の影響下、政治思想史の研究に打ち込むようになった。その過程で、日本の民衆史の大事さ、そこから柳田國男の民俗学の本質の把握へと導かれても行った。——そういう歩みがうかがえるのである。

歴史意識の問題——民俗思想史へ

橋川が八三年十二月に世を去った翌年、「思想の科学」は六月臨時増刊号で橋川文三研究特集を行なった。その中の後藤の文を飛びとびに少し引用すると——

〈橋川文三が六十一年の生涯にわたって、自らの肉体と精神を傾けて追い求めたテーマは、一言でいえば、日本人の「歴史意識」であった。〉〈ここでいう橋川の「歴史」とは、「歴史という学問のことでもなく、歴史の知識ということでもなく」、「歴史的個体への感覚を中心とする精神能力」としての歴史意識である。〉〈その「歴史意識」の形成を、自らもくぐったあの未曾有の悪魔的な戦争体験を内在的に検証する思想的作業を、なによりも己れ自身に課することから、橋川は展開していった。〉

その営みは戦後十五年に及び、しかも孤立的にまで独自な歩みであった。その果てに『日本

1996年 1 月28日、鎌倉柳田学舎最終講で後藤総一郎氏。『野の学びの史譜』（梟社刊）より

浪蔓派批判序説』が生まれた。

後藤は書き次ぐ。〈橋川は（略）「対象」と「自己」を同時に歴史的に検証することを通して、いいかえれば、特殊としての己れのかかわった歴史を普遍化する営為を通して、秀明な歴史意識を獲得しようとしたのだった。〉

〈橋川は、自らの戦中期の青春期に〉〈己れのパセティックな情念を包み解放してくれるものと信じていた、日本ロマン派の歴史意識を思想史的に解析することによって、なによりも己れ自身の精神史を「自己否定」するという厳しい歴史作業をまずは了えたのであった。

その上で、近代日本政治思想史における秀れた人々の発見とその検証作業を重ねるうちに、橋川はある開かれた歴史意識の存在に気づく。柳田國男の存在が（往々にして民俗学が趣味的なものに堕する次元ではなくて）深く大きく立ち現れる。橋川の業績を後藤は彼なりに受けついで行き、数年後から「政治思想史家」後藤は柳田民俗学論を精力的に展開するのである。

その最初の成果が私の始めた伝統と現代社から七二年（昭和47）に出た『柳田國男論序説』である。私は橋川文三より三つ年下、後藤総一郎より八つ年上であって、後藤が盛んにものを書きだした頃には前職の日本読書新聞を去っており、彼にしばしば原稿依頼をするようになったのは「伝統と現代」誌を発刊した七〇年（昭和45）以後なのである。

汨羅《べきら》の渕に波騒ぎ……

後藤さんの居住は鎌倉雪ノ下にあった。私はその家に行くか、どこかで待ち合わせるかして、しばしば彼に会った。ヘンな歌にまつわる思い出が二つある。二つともあの飲屋でだったと思う。そこは鶴ヶ丘八幡の通りと一筋わきの賑やかな街なか、客が自分で各人の席で酒のカンをするようになっていた。或る日後藤さんは青年を一人連れて現われた。

「ベキラの渕」知ってるでしょ、歌ってみてよ、と言う。かつては何となく口ずさむこともあった歌だから、私らの世代はまあ知ってる者が居ますよ、しかし久しぶりだなア、などとテレながら低く歌い出したのだが、いつのまにか、〝気合いの入った〟歌いぶり・発声となっていった。

汨羅《べきら》の渕に波騒ぎ、巫山《ふざん》に雲は乱れ飛ぶ
混濁の世にわれ立てば、悲憤に燃えて血潮わく……
（私の記憶の歌詞だから不たしかだが。）

これは五・一五事件（一九三二年）の三上卓らが作詞したとか聞いたことがあるが、もしかしたら二・二六クーデター事件（一九三六年）の時だったか。汨羅江は中国の湖南だったかにある川。古代の話、楚の大詩人にして政治家の屈原《くつげん》が失脚の末、憂国の情を抱きつつ汨水に投身して果てたという故事を踏まえているようだ。

しかし、巫山の雲、というのは、巫山の雨、とも言って男女の艶っぽい情をたとえる語というから、こんな世を憂うる慷慨の歌にはふさわしくないのじゃないか。私の解釈が間違っているのならいいのだが。ついでに—、私はこの歌で、「社稷《しゃしょく》」の語を調べたりしたこともある。

歌は続いて——権門上《かみ》に驕《おご》れども、とか、財閥富を誇れども、云々となり、民を憂うるこころ無く、社稷を思うこともなし、とかいう詞もあるのだが、この辺になるともはや正確ではない。節《ふし》、メロディーは確かなんだが。

飲屋の片隅でおとなしく始めたつもりの歌だったのだが、歌の性格上、少々力んだ感じにもなったか、じっと聞いていた青年君が突然「う、右翼だ、右翼！」と私に向って非難のうめきをあげた。私は「ホ、ホー、こんな歌を歌うと右翼ですか、君が代は歌わないんだけどね」と言っただけだった。後藤氏が笑いながら青年をたしなめて、そこはおさまった。

シトシトピッチャン

もう一つのエピソードはこうだ。その時期も忘れてしまったが、その歌はまだ少しは覚えている。あれはテレビで「子連れ狼」という連続ものが出ていて、そのドラマも、その〝主題歌〟も人気を博していた。私もこれはちょくちょく観ていた。拝一刀《おがみいっとう》という剣客が主人公で、一子、大五郎（三つか四つの幼な子）を手押し車に乗せて、放浪の旅。剣の腕を見込まれて、行く先々で殺人を依頼される。正義あり、大義あり、と判断すれば斬る。幼い大五郎の雰囲気がまたいい。感傷的でないのだ。明るい陽光の下、また乱れ降る雨の中、親子は野を山を城市を旅する。

「シトシトピッチャン知ってる?」と後藤。「だいたいはね」と私。「正確に、教えてあげるョ」というので、つつしんで教わったのだ。シトシトピッチャン　シトピッチャン　シトーピッチャーン」で始まって「チャーンの仕事は刺客ぞな」途中、どんな歌詞がまだあったんだったか、「あゝ大五郎まだ三つ（四つだったか五つだったか）」というのはたしかにあったが、そのほかは忘れた。後藤氏は熱心に歌ってくれた。

前の方でその書名をあげておいた『野の学びの史譜』（梟社）は、後藤さんの年譜などを調べるのに参照しているが、この本は彼の語録集でもあって興味深い編集ぶりの本だ。そのなかに、この「子連れ狼」の歌の話も一つ出てきたので、後藤さんよほど好きだったんだなァと改めて思った次第である。同書は彼が力を注いだ各地の「常民大学」に集まったメンバーが彼の死後、編集委員会を作って編んだもので、この歌の挿話を書いた高橋昭男という人もその一人である。

チャンの仕事はテロリスト

端折りながら次に紹介する。

〈先生はカラオケのマイクを手に唄い始めた。「子連れ狼」。（これは）あとにも先にもこの時だけであった。「シトシトピッチャン……」父、拝一刀の帰りを待ちわびる大五郎…そして最後のフレーズ「チャンの仕事は刺客ぞな」と来るところを、先生はここぞとばかり「チャーアーンの仕事はテロリースゥトー」と替えて唄われた。〉

〈酒席での戯れといえばそれまでだが、若い頃、政治の季節を潜り抜けてきた人間の独特な感性とでもいうようなものが垣間見られたのである。天下のご政道に叛旗をひるがえし、任侠の世界にある種の共感をもったであろう先生の暴れん坊時代が目に浮ぶようではないか。ロープシンの『蒼ざめた馬』やサヴィンコフの『テロリスト群像』が学生たちに競って読まれる時代であった。時は移り、愚直なまでに常民大学の運動にのめりこみ、東奔西走する日々。そして還暦を過ぎ、大学の理事として公務に追われる時期であった。唄い終った先生の胸中に去来するものは……何であったのだろう。〉

私は私で後藤さんが「シトシトピッチャン」を歌ったとき、「刺客ぞな」を「テロリストー」と言い替えなくても、彼の情動は察しのつくことであった。明治の末年、啄木の死後出版となった『悲しき玩具』にもこういうのがある。

やや遠きものに思ひし
テロリストの悲しき心も――

青崩峠から遠山郷を望む

これもその時期をよく覚えていないのだが、家内と一緒に、静岡県西部の山寄りの小さな町水窪《みさくぼ》に泊ったことがある。翌日、山道を十数キロ北東へ歩いて、長野県との境の青崩峠に立った。峠の北側に何か知らぬが青い岩石の崩壊した一帯が見えた。

たまたま数人の測量隊らしい人たちが来たので話を聞くと、ここは地質構造上で東日本と西日本を分けるフォッサ・マグナ（大地溝）の西縁、糸魚川―静岡構造線の上の一部とのことでフォッサ・マグナの語は知っていたが、わけもなく嬉しくなったものだ。さらに北の方に山峡の村落が見える。あれは南信濃村で以前の和田村、あの辺一帯は昔から遠山といわれてきたところ、と知った。それではあれが最近知り合った後藤総一郎のくにか、と感慨があった。

それから、これはほんとのごく近年知ったことだが、一九一五年（大正四年）の秋、柳田國男が天龍川沿いの飯田から東南へ小川路峠越えで遠山郷へ入り、そしてこの青崩峠を、私たちとは逆に北から南へと通って静岡県に抜けて行った、という。遠山郷、旧和田村の南信濃村は三〇〇〇メートル、二〇〇〇メートルの山々の立ちならぶ赤石山脈の南西端の山と谷の地帯、霜月祭りで知られる。

後藤はここで七七年（昭和52）遠山常民大学を始めるのである。以後いくつかの地で常民学習の拠点づくりの運動が展開されて行く。

十八

（道標41号　二〇一三年六月三〇日刊）

前章十七、私の思いちがいがあった。後藤総一郎との出会いとなった橋川文三引っ越しの件である。「あれは桜上水だったかのアパートから、駒場の倉を改造した家に移った」とき、と私は書いたのだが、これは時間の順序が混乱していた。――当時、『伝統と現代』誌の編集を担ってくれていた林利幸（東京の清瀬在住・出版社の梟社社主）が、39号を読んで指摘してくれたのだ。

「ぼくは桜上水の公団アパートには何度かうかがいましたが、駒場の倉を改造した家というのは知りません。とすると、引っ越しはそれ以前のことですから、駒場から桜上水へ移ったのが正しいのではないですか？」と。さらに「橋川さんはその桜上水から横浜市緑区つつじが丘へ移住し、そこでお亡くなりになりました。」

そうだった。その通りだ。私の記憶もやっと戻ったと、林君に礼を述べたのだった。

その橋川さんも後藤さんも、ともに既に亡い。さびしい思いが、時どき抑えようもなく突き上げることがあるのだが、さらに今年に入って、多少とも縁のある人たちが次々と逝った。一月十五日に大島渚、三月十日に山口昌男、四月十四日に三国連太郎。その三国を私になかだちしてくれた丸山照雄は前年の六月十五日に79歳で死去している。三国は91歳だった。ここでぜひ紹介しておきたい文書がある。『伝統と現代』73号（81年11月号）に出た三国連太郎インタビューである。『伝統と現代』は総特集主義をとっていて、その号のテーマは「日本宗教と部落差別」であった。三国氏のタイトルは《「ひじり」に帰る》

同誌は70年12月の「神話」で始まったが、84年春の79号「靖国」で終ったので、一般にはもはや見ることは困難、しかもこの秀れた俳優にこういう思想が根強く蔵されていたと知る人も少ないと思われるので、敢えてここに〝再録〟した次第である。インタビュワーは丸山氏。氏は仏教者国際連帯会議顧問で日蓮宗僧籍をもつが、広く宗教評論を展開、『反情況の砦から』『闘う仏教』等の著書あり、私の協力者であった。

＊三国連太郎インタビュー

「ひじり」に帰る

■ 政治のテクニクとしてある差別

——三国さんはずっと以前から法然・親鸞を中心として鎌倉仏教の研究に打ち込んでいらっ

しゃる。この号の特集テーマは「日本宗教と部落差別」ですが、ここでは、ひろく差別・被差別の問題についてのお考えを宗教とのかかわりの中で、おはなしねがいたいのです。

差別という問題はやっぱり古代から現代に至るまで、政治のテクニクとしてあるんだと思うんです。そのことで、鎌倉仏教があらためて差別の問題に取り組んでいった。それ以前にも最澄、空海なんかでも、おそらく初期の頃にはその部分に関する主題を前面に押し出したんでしょうけども、死後すぐ、やはり方向が変っていって、「王法」という形で仏教が貴族的なものになっていく、そういう段階を通しながら最後に親鸞に至る、という道筋を考えているんです。

差別関係の本がこの十年来いろいろ出ていますが、問題は種々提起されてはいても、結末がまったくない、というのが現状ではないでしょうか。たとえば原田伴彦さんにしても網野善彦さん、高取正男さんにしても、問題が見えていながらそれを表に出すことができなくて、それ以前で差別という問題を歴史学的に取り上げているというところに障害があるのではないかという気がいたしますね。それは何かというと、天皇制ということではないでしょうか。それはタブーとして論理の展開があるんで、つまりシリツボミになっているんではないかと感じるんですが、ちがうんでしょうかね。

賎視の思想ってのがどういう形で定着したかということが、大きな問題ではないでしょうか。釈尊がヒンドゥー教の階級性みたいなものに対決して平等思想を説きながら、釈尊そのものの教えがほろびて、ヒンドゥーが定着していくというところで、その流れを汲んで中国仏教になって、日本列島に渡ってきますが、しかしそれは本物の中味を忘れてしまって形骸だけが日本に残ってくる。それをそういう形にしてきたのが日本の法相家ではないかという気がするんです。

つまり「穢《え》」の思想、よごれの思想、あれが日本仏教独特のものではないか。王法ということで体制として並行しながら歩くなかで作り上っていったんではないかと思うんです。

卑弥呼なんかの「鬼道」という言葉がありますね。ああいうのはだいたいが中国の思想の足あとのようなものではないかと思うんです。つまり土着した信仰、太陽崇拝とか水信仰とかいろいろある原住民を瞞着する、まやかすということでしょうか——ごく少数部族によって日本を侵略していったわけですから、そこに大きな精神的なまやかしの武器がないと、多数の原住民から収奪することはできないわけで、そういう形式をふみながら民衆を愚弄していく。そこにふるい仏教が加担して、たとえば「きよめ」とか「穢」とかいう思想を作り上げていったのではないかと思うんです。

先程の網野さん、原田さんたちの著作によりますと、室町以降が完全に制度として定着していくようで、それ以前は、律令という形での差別、階級というのはあったようですが、しかし現在われわれが考えている差別とはどうも形として違う。それもいろんな操作をしながら本質的には同じ差別という問題を底流に流して、日本の政治ってのは連綿と続いてきたのではないかと思うんですけどね。

高取さんの本なんか読んでますと、米作りというのが大きな差別の根源になっているというんですね。つまり、自然を背景にして稲作をするんですが、稲作をしている人たちは移住者ですから原住者に対する人口比は非常に少い。けれども武力というものが陰にあって、稲作社会を保護しながら稲作を全国に広めていくその過程で、あくまで種籾《たねもみ》を自分のところで守りながら、流民たちを季節労働者のように使いながらやっていく。

そのうちに、たとえば荘園制度になったりして、律令制のときには国家の倉庫にあった種籾を在地地主みたいな者が確保して、それを貸し与えながら農耕する。それがどんどん増えていって、人口バランスにおいて農耕社会の方が大きくなったのが室町期ではないか。そこではっきり文献として差別というものが定着していったという解釈はそれほど間違いではないだろうと思います。

法然や親鸞とか日蓮とかが生きた時代は、認識として差別の対象があったけど、室町期ほど強く確固とした思想的な定着ではなかったんではないかと思うんです。つまり当時、京都の貴族たちにしても……米作というものが限られた人たちが京都でメシを食うだけの年貢ですんだわけで、「和名抄」なんか見ますと、米の年貢はそれほど大きな量ではないです。あとはほとんど織物とか鉱物資源とかの方がずっと多い。おそらく鎌倉時代もそうであったろうと思うんですけど、十世紀だけでなく十二、十三世紀頃までそういう状態が続いていたんじゃないでしょうか。
ですから、文献的に言いますと、差別という問題を拾えるのは十世紀までであって、十世紀から十三世紀以降まで三百年くらいが空白になってるようです。それが鎌倉仏教の一つの背景社会になったと、まあ、そんなふうに私は考えてるわけでして……。

■頼朝・後白河の二重政権下の大衆と浄土教

——親鸞も日蓮も差別の問題というのは自覚的にとらえてますね。出自の事実は実証できませんが、本人の自己規定、自己意識として被差別者であることを名のっているわけで、教理展開の主体的場をどこにおいているかが、そのことからうかがえるわけですね。

特に親鸞の場合は、はっきりとした認識をもって一つの体制を見つめていて、そういう目で教典の勉強もしているように思いますね。貴族批判を決定的にしているのは、親鸞ひとりのようです。戦争中に「教行信証」の中にあった「朝家の御為」云々とあるのを取り上げて、あれは天皇をさしているとかいわれましたが、西本願寺にある原典、と言われているそうですが……親鸞の筆ではないかと言われる部分の注記には、それは国民全体をさしている、というふうな傍註をしているそうで、あれにしても決して天皇家という意味にとるべきでないとしたらば、親鸞の場合は全く著作の中に片言一句も天皇という言葉を使っていないことになりますね。

法然より以上に差別という問題の上に立って人間を見つめている、一種の独自性があると思います。

差別の問題がむつかしいというのは、その時代時代によって、緩急自在に差別の対象を変えていってるという点ですね。

たとえば頼朝が関東で挙兵するという背景は、すべて後世において賤民と称された者のもとになるような人々の力が九〇パーセント以上あったんではないかと思うんです。しかし、頼朝はクーデター後に中央と手を切らずに彼等の荘園を認めてしまった時期があります。その過渡的な政治の方向は、鎌倉幕府の頼朝と京都の後白河法皇が、全く庶民の生命を手玉にとりながらのもので、民衆は解放されたと思ったのもつかの間に、今度は二重取りされていくわけですね。お前たちは奴隷社会から解放されたんだということで鎌倉幕府はできるけども、荘園そのものは依然として認められてるから、あっちにもこっちにも持っていかれるという形で、二重政権の中で、大衆はもう疲弊のどん底に落ち込んでいく。

そういう状況が、浄土教、念仏宗が弾圧される要因ではなかったかと思います。民衆の中に入っていって矛盾をひんめくっていくわけですから、とても危険で扇動者に映ったのでしょうね。しかし浄土教そのものを表立って切り捨てていくのは、すごく政治的に危険な部分があると当時の指導者たちは思ったぐらい民衆の中にふくらんでしまっていたんじゃないでしょうか、既に。……いまの役者も本質的には賤民あつかいですけど……。たとえば暴走族なんていうのも、最初は鮮烈な印象をわれわれに与えたんだけども、どんどん右傾化していきましたね。右傾化することによって暴走する何かを正当化する、彼等にとってのバックボーンにはさみ込んでゆくというふうに、運動というものを腑抜けにさしていくんですね。あらゆる運動を腑抜けにすることによって体制というのはアグラがかけることになるのでしょう。

——法然の死後、浄土教そのものも非常に急速な変質をとげたんじゃないでしょうか。法然殁後浄土教がどうなったのか、いまの浄土宗は法然からストレートにつながってきてるものではなくて、相当変質したものがシステム化されたものだと思いますが……。

法然が亡くなってもう数年しないうちに変質していくんじゃないんでしょうか。法然の高弟と言われた人たちの勢力争いの過程の中で、背景として力がないと自分を押し出していけないので、どんどんそういう背景に妥協していきながら変質していってしまったんですね。

——親鸞はそれを一方で見ながら、親鸞流の浄土教が芽を吹いてくる……。

関東での親鸞の仕事というのはある程度のところまで行きついていたのではないでしょうか。そのうちに中央で浄土教が分裂していく。京都で嘉禄に隆寛が関東に流される。証空、湛空、聖光といった人の裏切りといった事態の中で、浄土教再編の願いもあって京都へ六十数歳にして帰っていったんではないかという気がします。

■墓守り・ひじり・勧進ひじり――被差別者親鸞

ところで浄土真宗の人たちにおこられるかもしれませんが、「墓守り」と「聖《ひじり》」と「勧進聖《かんじんひじり》」は密接につながってるそうです。私の想像にすぎませんけど親鸞が三昧堂に仕えたということ。三昧堂というのはふるい社会の墓場なんだと言われますし、だから墓守りにつながる階級を想像するんです、三昧堂の堂僧になったということは。たとえば東大寺に南都の連中の墓場として特定の寺を作っています。そこは東大寺の直系になってるそうですけど、そこには必ず非人宿があって、ひじりの集会所があるという形ですので、「ひじり」の系譜というのが「僧侶」と全く関係のない所にいたという示唆をうけるわけですね。つまり「上人《しょうにん》」とも「聖人《しょうにん》」とも書きますけど「ひじり」は清目の仕事をすべてやって、墓守りにつながっていて、僧侶以外の職業をもった人たちで、つまり聖職にあるから死体にさわらないという僧侶たちの感覚の社会で、ひじりたちがすべてそういうことを全国にわたってやっておったと考えられます。

――その「ひじり」の一人である親鸞聖人、法然上人というのはそれ自体がすでに被差別者であったと見るのはボウトクかも知れませんね。

ただ、東大寺の再建について後白河が法然に頼んだら、法然は重源《ちょうげん》を推薦したという法然伝がありますが、ここにも法然ができない理由があるんではないですか。法然の場合は死ぬまで比叡山の僧侶としての籍をもってるわけでして、そうすると勧進ができないという理由になるんです。当然、重源がその任に当たる。重源の場合は全国に自分の輩下がいますしね。それを通して東大寺再建というアドバルーンをぶち揚げて勧進すれば、一挙に金は集まるじゃありませんか。

そういう時代ですから、当然、親鸞の場というのは……日野（の出自）とは全く関係がないとみても過言ではないだろうと考えられるし。もっとも日野氏がその頃、そうした差別を受ける対象にあった「氏」と言うこともありますわね。聖徳太子の夢告という伝承の部分にしましても、重源の差配で聖徳太子の墓守りとして親鸞がそこに行ったのではないかなんて、あきれた考えを私はするのです。ひじりというのはたえず移動していたらしいですからね、墓守りのために。それを統轄していたのが重源だったのではないですか……。

そういう当時の複雑な事情からパズル式に考えますと、貴族の血をひくと伝えられる親鸞が差別に対決したわけではなくて、つまり、もともと被差別者としての親鸞がたたかいを挑んだというふうに考えてもおかしくないと思うんです。

鎌倉期の差別語として扱われているものを少し拾ってみますと、「アジトウ」「阿弥」「柱女《カツラメ》」

「西面」「サキモリ」「三昧」「猿楽」「オンボウ」「夷《ヒ》」「医」「犬神《ツルメン》」「祇園《ギオウ》」「行者」「キヨメ」それから「ひじり」はこういう字を当ててますね――「非事吏」と。「新田」なんてのも「ニッタ」でなくて「エッタ」の転訛したものじゃないのですか？

といった具合で、当時は手をよごして物を作る職業を農民社会は「賤」と蔑称したようですね。

■〝下民〟が文化を生み出すという皮肉

戦後民主主義なんていうムードがありまして、われわれは河原乞食と言われてたものが、俳優などといって一種のエリート扱いをされるようになりましたけどね、まさにこいつは逆なんですね。つまり銀行なんてのはわれわれを相手にしませんしね。〝ブラックリスト〟にちゃんと差別の対象としてのってるわけですよ。

――出版屋もそうですよ。ランクからいけばＡＢＣのＤだそうですわ。

そうですか。徳川時代には出版屋さん、版元も賤民の扱いを受けておったようですね。ですから北斎だとか何だとか、いまでこそ外国の有名な画家が影響を受けたとか言って日本の宝みたいに言われてるけど、全くそうじゃなくて、逆に、下人の下、等外人間だったんじゃないですか。

しかし、おかしいことに、貴族社会からは文化というのは生まれてこないで、下民と言われた被差別者の中に、はじめて文化が生まれてくるというのは、皮肉な社会現象ですねえ。

ところで、文化が高度になってくると同時に、平和指向が強く芽をふいてくるわけですが、それは体制にとってたいへん不都合なことになるようでして、だから文化を徐々に弾圧すると き、どこからともなく「差別意識」が表立って湧き出してきますね。この図式はどうも千年前から繰り返されているように思いますよ。

ぼくらの社会でも、戦後の民主主義と言われる中で俳優っていうのが特別な生きものだみたいな錯覚をしましてね、何億円だなんて家を作ったりしまして、豚小屋にしては少々ゆきすぎじゃネエーかなんて笑われてるのも知らないで生活をしてるのがいますけどね、ああいうのが増えてくるんですよ。増えてくるというのはとても危険だということなんです。

まあ、被差別者という思想を作っていった農耕社会の人々は、いまもってそういう生活意識をもちつづけているんではないですか。ですから減反政策になっても旗振って国会に来ると政治家はブルッてしまいましてね、そして法外に米価を上げる。これは選挙票だけの問題ではなくて権力者の同族扱いではないかと、河原乞食の立場としては見えるんですよ。ぼくらが農村に行きましても、すごい白い目を感じますね、被害妄想かもしれませんがね。われわれには被差別集団としての伝統がありますから。

まあ、この差別というのは地球上どこでもあるようですけど、日本の場合は独特のようですねえ。独特というのは、それだけ時代時代に移り変る中央権力に利用されてきたということを申し上げているわけですが。

もう一つヨーロッパとか他の外国とちがって、日本の被差別者にはいろいろと「恩典」と言われるものがあったようです。たとえば兵役とか税金とか免除されたこともあるようですが、これを「恩典」として受けとめることは、ヤバイことです。

■ 蓮如・本願寺教団の形成・変節

――被差別部落の人たち大多数を門徒としてきたのが真宗両派で、ある意味では差別の構造の再生産になってきたわけであると同時に、またその中から解放運動の先駆者も生まれているんですね。今までのお話を補足しながらさらにうかがいたいのは、親鸞の生きざまと現代の宗教世界との関係についてのお考えですが……。

親鸞はいま地下で泣いてるんじゃないかと思うんです。現在の浄土真宗の在り方について。俺と全く無縁なところでお前たち生きているんじゃないかって。「解放」という被差別者に対する体質を『タテマエ』にしているということでしょうか、「タテマエ」にして被差別者を流動的に瞞着して寺門が生きているのが現実と見ては失礼かも知れませんが……。

このあいだ滋賀へ行きましたら、滋賀の解放運動の人たちの中に「うちの宗派は浄土真宗だけど、しかし俺は全く蓮如さんを信用してない」って発言した人がいました。つまりダマしたと言うんです。そういう現実が浄土真宗の中にあるのではないでしょうか。あの人たちの切実な叫びではないかと思うんです。

――やはり親鸞聖人の理念というものが、いま言われる本願寺教団という形で展開してくる中で、特に蓮如を通して教団が強力に形成されますが、その段階で大きな逆転があったと判断されるんでしょうか。

それはやはり蓮如を通して出てきた加賀一向一揆が第一回目の変節ではないかと思うんです。その次に第二次の一向一揆――石山を中心にしたあの時の変節、それから明治維新と、三回変質しているのが浄土真宗の体質だったと思われます。加賀の時は蓮如は裏面で体制への妥協があったように井上さんだったかが論じております。でも、このあいだ堅田の本福寺にまいりまして、例の吉崎に行く時期のことだと思いますが、法住のお孫さんになる人の怨み書きみたいなものがありましてネ……。当時の蓮如を含む一連の指導者達に対する〝一家宗〟への怨がいっぱいこめられていたような気持で読みましたが、これは私の偏見かもしれません。親鸞さんの文章の中にもときどき農民という言葉は出てきますが、あれは種籾を確保して農耕社会で主導権をもった農民ではなくて、自分が食うだけを耕す差別民だと思います。完全な農民ではなくて農民以外の手を汚して生活する庶民、そういう人たちだったろうと思います。親鸞にとってあの時代の矛盾、人間は平等でなくてはならないという矛盾の根源というのは、当時の天皇制にしぼられていたということは、はっきりした事実だったんではないですか。

そういう現実認識の中でやはり新潟に行って（そういう定説になってますが）やったことは、流人としてではなく浄土教の一人のひじりとして民衆社会の指導と言うか。——彼は加古の沙弥教信をえらく尊敬しておったようですからネ。その教信の仕事というのは、僧侶のかっこうはしていても渡守りをしながら営々として生涯を暮していたんですから。つまりいろんな生活指導をすることが、ひじりの仕事だったようなんです。そういう実践的な布教で庶民と接しながら、鎌倉幕府に期待をもったものが全く逆転していくという政治矛盾の中で、親鸞は関東という新天地に共同社会を作って人間が豊かに生活するという夢をもったんではないでしょうか。だから、数百人のはぐれ人間を越後から連れて行ったんではないかと想像してるんですけどね。

■ 現代の宗教自身が差別意識を作り出している

——現代の宗教、宗教者と差別の問題、体制とのかかわり、そういう点についてはどうでしょうか。いまの日本の宗教がはたして日本の社会に対してどんな動きをするんでしょうね。

宗教がたえず政治権力を補強する方向へより多く作用するという〝法則〟が、むかしからあるようですが……。

宗教セクトが温存できるのは、内面において差別を肯定して外に向って差別を不問にするという二面性が現在の宗教、宗教団体の姿ではないかという気がしますね。現代の宗教自身が差別意識を作り出している。そして、それを制度化するのは社会ですね。

日本の社会構造は終戦と同時に刷新されたと言われますけど、依然として軍隊と同じ構造で精神的社会が存在してるんですね。そこには大きく犠牲になる庶民がいるわけです。軍隊の場合はつまり兵隊という下士官以下の連中が対象になるのですが、現在やはり家をかかわりにして結束させられる宗門をかなめにした不特定被差別集団という存在が生れつつあるのではないですか。

奈良時代以降、宗教ってのはずーっと権力に利用され、権力の片棒をかつぐことによって大堂伽藍ができ、たくさんの荘園をかかえて栄耀栄華をし、そしてまあ鎌倉新仏教ということになって行くんですけども、鎌倉新仏教も忽ち崩れてしまって、ふるい時代と同じように、新しい力と密着して行くんですね。

――そういうなかで、手を汚さない聖職者・僧侶とちがう「ひじり」たちこそが精神を活性化させていく者であった……。

当時、体制べったりで全く貴族社会のものでしかなかった仏教というものを、民衆の中にかえしてくれたのが「ひじり」だと思うんです。それは僧侶ではなかったわけですね。現在の人たちは当時の官僧のように政府から月給はもらってませんけども、しかし庇護は受けてる。ですから現在の寺がそういうものと絶縁して本来の「ひじり」に帰って行くところにしか、やはり救いはないだろうと思うし、こぞって「ひじり」に帰ることを、いまの宗教者というのは考える時期にきてるんじゃないかという気がしますね。

——81・9・4（編集部）

同号の「編集後記」で私はこのインタビュー記事についても触れている。これも少しはしょって再録しておく。

■　編集後記

一昨年夏の世界宗教者平和会議で日本の仏教大教団の責任者が、日本には部落差別問題などない、一部の人間が騒いでいるだけだ、という発言をしていらい、「日本宗教と部落差別」は特に宗教界においてあらためて強く意識化されてきた尖鋭な問題である。おためごかしの言辞で逃げおおせるものではない。宗教界の体質をみずから抉る自覚的思念と行為が求められてきた。本特集は各派の代表的思想家・実践家を網羅してこのテーマに真正面から取り組んだ初めてのものだろう。

とは言え、本特集が関係諸問題を十分に具足したものとは思わない。部落差別の歴史と日本宗教史の関係はまだまだ欠落部分が多い。「業《ごう》」の思想＝差別宿命論といった仏教の教義上の課題も展開されつくされたわけでもない。さらには、社会制度の改革がそのまま現在の差別の解決に必ずしもつながらない、という深刻さもあるだろう。これはより根源的に人類的課題でもある。また、日本の場合、部落差別と天皇制との関係を抜かすことができないと思うが、今回はこの点も盛りきっていない。これについては別にある企画を進めている。

ところで、今回インタビューした三国連太郎氏は、もう十年も前から鎌倉仏教思想史を映画にする大仕事に取り組んでいる。源信から一遍に至るもので、中核は親鸞。その原作を自ら営々として積み上げつつある。うまく行けば来春、その第一部三分冊が刊行されるらしい。なぜ俳優三国連太郎にとって親鸞なのか。自己を被差別者の系譜に置く氏は、さまざまな思想と生活の遍歴を経た人のようだが、その全身的思考の末に気がついたら、鎌倉の祖師たちの巨大な姿が目の前に来ていた、ということのようだ。

しかし、その祖師たちをいつしか雲の上にまつり上げてしまった宗門、教団への怒りが、三国氏には激しくある。だから氏の厖大な研究においても、メシを食い、クソをひり、一日何リットルかの小便をし、海辺や野末をとことこと歩いて行く祖師たちの生身を抜きにしては、氏にとっていかなる親鸞もないのであろう。三国氏の大構想は氏自身の骨がらみの所産だと感得できた。(I)

三国連太郎と会ったのは、このインタビュー記事の校正ゲラを四谷の喫茶店で受け取ったその一回だけなのだが、彼の印象は三十年後の今に強く残っている。記事にもある賎なる〝河原者〟の強靭な精気について、また現代の芸能者の〝何億の豪邸〟とか言う愚、そんなことをおだやかなしかし皮肉っぽくもある口調で語っていた。

あの時からわずかな後であったか、三国監督の映画「親鸞─白い道」がパリの世界映画祭で賞を得た、と記憶する。私もこの映画は観た。むろん意欲作だったが、映画の完成度としては物足らぬ思いを覚えた。

「白い道」というのは仏教で言う「二河白道《にかびゃくどう》」のことだろう。燃えさかる火の河と溢れ押し流す水の河の間の細い白道を、真実浄土を求める者が必死に辿る。むかし田舎中学生だった頃、朝鮮や京都や四国などを歩き廻ってばかりいた変り者の伯父が、白道についての英文を私に示して、これを訳してみろと言った。辞書を引き引き訳文を作ったのだった。伯父はもしかしたら、「ひじり」をめざしていたのかもしれぬ。

全く別の後年、私が作ったヘタな歌がある。インタビューの内容に心情の上でいささか通じるところがあろうか。

歌比丘尼　ひじり　猟男《さつを》も急ぐ野にわれも交じりて真昼まを往く

犬さへが寒がる睦月　夜の底に　勧進ひじりの歩むまぼろし

十九

（道標44号　二〇一四年三月二八日刊）

かつてジャーナリズムの片隅にいた私が、仕事上で知り合い、或いは私の一方的な思い入れかもしれぬものも含めて、恩恵を受けた人々が次々に亡くなる。それがここ二、三年来あまりにも頻繁なと感じられ、生来は野放図なわれながら、時に空しさ、寂しさを噛むことがある。考えてみれば、ほかならぬそれらの人々によって矮小なこの私なるものも一應成り立っていたのだと、いまさらに思い至ることである。それらの死者たちをわが囲りから取っ払ってみれば、この身の実質に何程のものがあるというのか。

吉本隆明と天草の血？

私が沼津の白隠ゆかりの寺で労務者暮しをしていた時（一九八四年夏から）何度か親しんだ伊豆の海で、あの吉本隆明が溺れかけたのはいつの年であったか。私が奈良に移住してからだったと思うが、「吉本さんも何してんだよ、もう齢だのに」と、一九二五年男の私は、一つだか年上のはずの彼の身を案じたのだった。そしてむかし、御徒町《おかちまち》の彼の家にしげしげ通って、おしゃべりをしたり原稿を書いてもらったり、やっと妊娠した奥さんを吉本が大事に大事に、そーっと扱ったりしていたことを思い出していた。

あの頃、渋谷だったか恵比寿だったか奥野健男の家に時どき、若い文芸家たちの集りがあって、私は文芸方面にうとく文学知識も乏しいまゝに誘われて、吉本、橋川文三らも顔を出すその会にときどき出ていた。その会は村松剛たちのグループと反対の立場だった。「あんた文学関係はヨワイそうだけど、この会には来るんだよなあ」などと冷やかされたもんだ。

また、ある夜、吉本家から橋川文三と一緒に帰ることがあり、途中の道で猫が橋川の足もとにまとわりついてきて、それを橋川がヒョイと抱き上げて、タクシーを拾って猫とともに走り去った。それも思い出した。

五〇年代の終り頃から六〇年代にかけて、私は書評・文化を扱う日本読書新聞の編集長であったが、その頃入社してきた三木卓（詩人・作家）がこんなことを書いている。

当時の編集部は、編集長以下中枢部が、なぜか九州出身者だった。外地引揚者のぼくは、日本と中国の違いということはよく考えたが、国内での地域による人間の違いということには、それまで案外無頓着だった。……しかし、九州出身の編集部員たちはそうではなかった。かれらは九州の位置を日本の歴史の流れのなかで意識していた。この人たちの心のなかを明治維新がまだ生きていた。そして今もなお、中央に対して九州は力であらねばならない、という意識を抱いていた。

そのうちの一人が吉本隆明のところに行ってきて、「吉本さんには、天草の血が入っているそうです」と報告したら、編集長（大分の出身だった）が相好を崩して、

「そうか、そうか、なるほどねえ」

と、うれしそうにうなずいたのを覚えている。なんでそんなにうれしそうにするのだろう、と、ぼくは、不審に思った。

ぼくはここで、あらためて九州人の歴史意識というものに意識的になって相対したのだった。（三木卓『わが青春の詩人たち』岩波）

吉本、橋川、島尾、井上光晴

この挿話の記憶は私にはないのだが、実際にありうることだろう。そんな気分は少しは私にもあるからだ。それに関連して、橋川文三・島尾敏雄対談というのが「伝統と現代」47号（77年・8月号）と49号（同・11月号）にあり、西郷隆盛と彼が流謫された奄美の島々、作家井上光晴と九州辺境論などおもしろいのだが、長くなるので省略する。井上については他日、また少し触れることとする。

この吉本隆明が一昨年（二〇一二年）三月、死去した。八十七歳。彼の思想・言論について何か言いはじめたらキリがないだろうし、それらを深く理解する能力も私には覚束ないが、橋

川文三葬儀で彼が弔辞で述べた観点は印象にある。――「われわれの世代」が歩んだ思想と文学のあいだにある「国家・民族という断崖」と「階級・大衆という断崖」、この二つの受容と確執の中で悪戦するところに橋川もいた。……

ついでに言うと、その通夜では井上光晴が朗々と歌った。彼はしばしば「朝は早よからカンテラさげてヨ」と常磐炭坑節などいい声でやっていたが、そもそも戦中の長崎の崎戸炭鉱の労働生活で始めた人生。私より一つ年下であった。差別・搾取・権力の腐敗等を抉る数々の力篇を残して、九二年（平成四年）わづか六十六歳で逝った。

久々の谷川健一、私の本のことなど

三年前（二〇一一年）の一月末に私は初めての本を出した。短歌と短文の組み合わせでこの『道標』に連載したものをまとめたのであった。『歌文集・浪々』（弦書房）。それを谷川健一その他の人々に贈った。すると二月六日に谷川さんから署名入りで『谷川健一全歌集』（春風社）が届いた。私の歌文集についての感想文も同封されていた。いま、その封筒を見ると、私が鉛筆で走り書きをしている。「平成23・2／6全歌集とともに落掌す。恐縮、よろこび交々なり」

彼は私の歌三首を抜き出して「……更に、孤独な晩年の慰めとして同行者を得られたことも羨望に価すると思い、御歌を味わいました。」と書いている。うち二首を示すと、

かたはらに女人眠れり深々《しんしん》と独りのながき過去を負ひつつ
やはらかく草濡らしゆく雨に似て訪《おとな》ふもののわれにもありや

右にある「同行者」というのは、私が講師助手をつとめた奈良の春日大社での万葉文学講座で知り合った十五歳年下の女人。現在京都の八幡市で共同生活をしている〝女家主〟(と私は言っている)である。歌文集にはそのことも記してあるのだ。

そして「何年ぶりかに会いたいものだ」、となった。

二月十六日、熊本日日新聞から『浪々』の書評について電話があった。谷川さんの名前を上げておいたら、その日のうちに折返し電話あり、谷川さんが承知してくれた、と伝えてきた。熊日2月27日付に谷川書評が出た。見出しに「名利離れた野性的直情」とある。うれしいことであった。これがきっかけになったか、四月には東京新聞、中日新聞、西日本新聞に。奈良新聞は別のルートで。そして図書新聞4月30日号には俳人の大井恒行氏が書いてくれた。そして本誌春号には西村茂樹氏の行きとどいた長文の書評も出た。

谷川さんと会う件はどうなったかと言うと、約束は出来たのである。三月七日。その約束の日に東京・神奈川地方は突然の大雪に見舞われた。足の覚束ない谷川氏である。とりやめとなった。私はすぐ京都へ戻った。東京での同人誌の原稿を書いたり、この『道標』春号のゲラで校正をしたりしていた十一日。午後二時半頃だったか、東北の岩手・宮城・福島を主として巨大地震が起ったというニュースだ。はじめM8・8とあったが後にM9となり、十二日には平安時代の貞観の大地震に比敵する規模との報道もあった。大津波も各地に押し寄せたらしい。

東京・横浜と何度か連絡をとる。当研究会の渡辺京二著『黒船前夜』が大佛次郎賞となった記念の講演会が十三日に横浜で開かれるのだが、そちらの交通事情など大丈夫なのか、と。予定通りで午後二時から行なう由で安心、すぐ行く。渡辺さんの講演会のあと、親しい人たちと会食。それから東京の宿へ私は入った。

翌十四日、新宿から小田急で谷川氏と約束の新百合丘駅へ。途中の経堂でストップ、その先へは運行しないという。タクシーで乗り継ぐ。谷川さんは車椅子か何かで来るのかと思っていたのだが、案に相違して、ゆったりとした徒歩で現われた。むかし再々お邪魔した百合丘の家からゆっくり歩いてきたと言う。「やはりときどきは歩かないと、ダメになりますからねえ」とやわらかな笑顔であった。

あいにく、そこらのコーヒー店やレストランは大地震の影響もあってたいてい開いてない。やっと一軒見つけて、だいぶ話を交わした。実に久しぶり、何十年ぶりであった。むかしも全体におうような話しぶりだった。がその中に時としてギラリとしたものを感じさせるところがあったが、今回は終始おだやかな面差し言葉つきであったし、いま冨山房で進行中の谷川全集のどの巻かの月報にエッセイを書くことをすすめてくれた。

あれから約二年半、昨年の八月二十四日の午前、谷川健一著『露草の青』が贈られて来た。

「歌の小径」と副題にある。欲しい内容の本であった。「谷川さんからだ」と同居の女家主にかけた声も、われながら弾んでいた。奄美・沖縄の琉歌、アイヌの神歌、記紀・万葉など〝歌〟の始原にかかわるものから、近・現代の歌人論まで、随想ふうに論が展開されているようだ。さらに心そそることに、自撰歌集など五篇が抄録を含めて巻末に。奥付には「8月23日発行」とある。うれしがりながら私は体のいささかの不調で、それから病院へ行ったのだった。

翌二十五日（日）の朝刊一面に目をやって、驚きの声が上づった。谷川健一その人の訃報！「二十四日死去―92歳」とある。声を出そうとして、息を呑んだ。何度も。

この人に私はたびたび世話になっているのだ。先ず六〇年代、西アフリカまで行った漁撈航海、次に七〇年代・八〇年代の『伝統と現代』誌の発行。その両方ともこの人が切っかけになっている。

谷川さんはたしかに「魂の抜けたやわな民俗学を嫌悪し」「野《の》を歩き野《や》に留まることを選んだ最後の民俗学者」（赤坂憲雄の言）であっただろう。そして、殊に琉球・先島諸島の研究において、この人の存在は余りにも大きいが、そこに貫くものは、日本の庶民――小さき者―敗れし者への熱い目差《まなざし》であり、そのことは彼の初めの頃、平凡社の編集者時代に手がけた数々の大型企画にも既に現われていた。

それらの一つ「日本残酷物語」シリーズは、五九年から六〇年代にかけて全五巻・別巻二で刊行、宮本常一、山本周五郎、山代巴らの監修であった。その月報に何か書くように私は初めて求められた。三十四、五歳の頃のことだ。光栄であった。私は「なつかしきものへの戦慄」七枚ほどを書いた。その一文は井出彰が私のことを「伝説の編集者」として書いた本（社会評論社）に収録されているので今でも読めるが、さてその昔の月報から五十年後の一昨年、谷川さんは自分の全集（全24巻・冨士房インターナショナル）の月報に再び書くよう私に言ったのだった。私が六十歳にして物書きの人々と断絶した世界の住人となってから、既に二十数年経っていたのだが。――私は「恩恵二度」と題して、さっき言った二つのことを述べた。

その「残酷物語」シリーズの月報に書いた一文と谷川全集に書いた一文をここに再録する。谷川健一氏追悼のこころを籠めて。

■ なつかしきものへの戦慄

十三世紀にロシア諸公の軍を撃破したモンゴルが、板の下にロシア諸公をころがし、その上で祝宴を張って、これを押し殺したという昔話に、私はあまり残酷を感じない。おもしろさが先に立つ。人道に反する所業とは思うのだが、わが身に迫る実感にとぼしい。

どんな種類の残酷がわが身に迫るのかといえば、それはわれわれの日常に進行する陰湿なヤツである。わが国には陰湿な王と陰湿な民がいて、わが身に迫る残酷物語が常住不断に発生してきたし、今もそうだと思う。さいきん「被害者」と「加害者」という言葉がいろいろの組みあわせで使われているが、通常被害者は加害者に復讐のため立ち向わず、被害者は被害者同士で陰気にやり合っている。陰湿な民のそういう日常の中で、教科書的階級観念はさんざんにヒビ割れてしまう。

こんなことは殊更に言い立てなくてもよい当りまえの事態だろうが、しかし一例を上げると、数年前に田宮虎彦氏の「異端の子」という短篇が出て、それに対して、これはツクリ話にすぎないなどという批評が出て、そんなバカなと私が業を煮やしたことがある。ソ連引揚の貧しい一家、ことにその幼い姉弟が村中でいじめ抜かれる。理由は、その家が旗日に旗を出さないというようなことだが、ソ連引揚者という事情からスパイの烙印まで押され、旗などそもそも持ってもいない一家が実に残酷になぶり抜かれる話である。その景勝の地に或る日、宮様だったか元宮様だったかそういう人物が来て、村人の旗の波ににこやかに会釈しながら風景を賞でた、という結末だったと記憶している。私はこの短篇を読んでわが身に迫る残酷を感じた。

あの村にしても、なつかしい村だろうと思う。あの一家をいじめ抜いたという汚点があっても村はなつかしいと思う。私は郷里の家と陰湿な十年戦争をおこなった末に、ノタレ死にの自由という戦果を得た身だが、それだから余計にだろう、郷里のものうい川や段畑だらけの丘と山、その幾筋も海へ突き出た山脚の陰や深く刻まれたリヤス式の入江に固まっている聚落などが、堪えがたくなつかしいものとして浮んでくるときがある。海洋性気候で、わりあいに暮しの楽なあの一帯にも、「残酷物語」はあっただろう。私も子供時代に「四ツ」(穢多)や「チョーセン」や「蛇神」「犬神」などについて聞いたり、長いあいだの近親結婚のために三ツ口や目っかちが多いのだといわれる高い山の上の無表情な人間を見たりした。強い風で海に吹き落されないために石を入れたザルを持って廻って行く岬もあった。

しかし次に書くのは残酷ばなしともいえない手前勝手な思い出である。雨乞い信仰と地獄・極楽信仰といずれが是か非かといった問題の周辺で、少年時の私が勝手に心に刻んだ挿話である。

十一、二の頃だったと思う。夏の或る日、農家の友だちの家で遊んでいた。隣室で友達の父親その他数人の農夫が茶を飲みながら声高に話している。私のオヤジを批判しているのだった。むろん私が遊びに来ていることは知らないのだ。

数日前山の頂上でおこなわれた雨乞いについて、オヤジが「あげなもんが何なるか」「降るときが来りゃあ降る。来にゃあ降らん」と悪口を言ったが、あれはけしからん。だいたい大将（オヤジのこと）は地獄・極楽のことをつねづね言っているが、雨乞いを否定するのなら地獄・極楽のことは言えぬはずではないか。「なんぼ大将たて、あげなこつ言うてよかろうか」という趣旨の話だった。

彼等は日ごろ、オヤジの前では、用事もなかなか切り出せないような話ぶりしかしない。それが今、フスマ一枚隣りで、まともにオヤジ批判をやっている。子供の私は複雑な衝撃を受けた。

その時、私に意地のわるい考えが湧いた。境のフスマを何気ない風で開けて顔を見せるという考えである。私は何といってもこの辺の有力者層の子供であった。オトナたちの狼狽は目に見えている。だが私はついにフスマを開けなかった。彼等、声高の批判者たちの狼狽した顔に直面する勇気がたちまち消えうせたからだった。また、たとえ顔を見せ、狼狽させ、沈黙させたとしても、次に私がここを去った時、現出されるにきまっている一層複雑なオトナたちの会話も想像されて、それが厭わしかった。

滑稽かもしれぬが、私はあのあと、はじめて世間に出たような気持になっていたようである。子供心にも「階層」について、それ以前よりも多くを感じはじめたと記憶する。オヤジは農夫のよき相談相手であり、味方であり、そういった方面で胆のすわった仕事もしていて、そういう雰囲気の中で私はオヤジに親愛と尊敬の感情をもっていたが、そしてその感情はずっと後までつづくのではあるが、同時に、この「階層」のおぼろな壁を意識しはじめてからは、「大将」とか「先生」とか声をかけて家に出入する農夫を見る私の目にも多少のちがいが生れて行ったように思う。

何を言おうとしてこんな昔話を書いたのか自分でも分らなくなった。御無礼ながらこのままほったらかす。ただ、日々の残酷を繰りかえしつつ、彼等農夫は或る価値観をもっていた。今も持っているだろう。——今は昔ほどには雉が鳴かなくなったろうと想像される川堤のほとりで、どこかから普及させられてくる「民主主義」に対してケゲンな顔つきを見せながら。

ちかごろ感じた残酷物語を二つ。一つは戦後十五年も経った今なお、原爆被爆者が思い出したように死んで行くという事実である。ほとんど確実に突然の死を予約されて生きて行く人間。私は今年の夏、何かの写真集で、顔の歪んだ被爆者の男が「天皇というもんは無責任なもんじゃのう」と呟いたという記事を見た。終戦直後「人間になった」という天皇が海辺で戯れている「ほほえましい」写真とこの記事が重ね合せになって、私はわが国の陰湿な残酷にどす黒い思いを噛んだ。もう一つは先日の浅沼刺殺事件である。これはストレートに捉えるべき事柄だが、それがだんだん「左右の暴力否定」論にずれて行った。その有様は「またか」というようなものではあるが、暗殺という明白な事実さえが、あのような恰好にずらされ、ぼかされてしまうとは。こういう操作の根幹を無表情に握っている紳士とか、その下働きに連なって飯を食ったりしている人間が、例えば一堂に会した際の様子などには、さぞや陰々たるものがあろうと思う。

（日本読書新聞編集長）

■ 恩恵二度

今年、二〇一一年の一月末に私ははじめての本を出した。『歌文集浪々』（弦書房）という。すると、浪々とは？　とマジメな顔で質問する人がいたりして、「拙者浪々の身にて、手もといささか不如意でな、ハハハ……」などとおどけてみせても、それがまたよくは通じなかったりして。まあ大方は、この文字の含意を感じとってくれるようだから、それでいい。「流れるさま」「さまよい歩くさま」「職がなくてぶらぶらしていること」等の意。「浪」はもちろん「なみ」だが、「とりとめない」「型にはまらず勝手な」、さらには「でたらめ」なんてところまで意味が発展するらしい。「浪」の字のつく熟語はたくさんあって、「浪子」は「無頼の徒」のこととか、おもしろい。こういういろいろの意味を、自分の行路のあちこちに実感として感じるところがあるので、これこれ、と思って書名にした。

一つには、私はもともと波浪、海流、潮流といったものに親近感があるのだ。それは生まれ育った環境に多分に影響されているだろう。古里は大分県南部の海辺で、速吸ノ門《はやすいのと》（豊予海峡）から太平洋へと出る豊後水道。東の向こうは伊予—土佐の西南岸である。

そのリアス式の津久見湾の湾口に位置する保戸島は、柳田國男が『海南小記』の旅のはじめに泊まっていった島で、ながく遠洋マグロ漁の基地でもある。今回の東北大震災・大津波災後の塩釜港初の入港船は、この津久見の第18宝陽丸七十六トンであった。マリアナ沖の操業から切り上げて四月十四日朝に入港した。その保戸島の裏手の岩場には、人をあの世（常世の国）へと連れて行く舟がひっそり着くのだと、伝えられてもいた。引き潮に乗って運ぶのだ、と。

一九六三（昭和三十八）年の夏ごろに、当時雑誌「太陽」の創刊編集長だった谷川健一さんから私に話があった。大西洋のまぐろ漁のルポという仕事である。さっき言ったように、生来海と親しかった私は、うれしい提案とばかりに直ちに引き受けた。

四百七十トンの延縄船、船医はいない。その年の十二月七日、三十人の漁夫と久里浜を出航して西アフリカまでまる三カ月の漁労航海。向こう見ず、勝手放題、と言うならそうも言える振る舞いだったろう。

この縄船航海で、私はくにの海ではまだ知らなかった数々のことに出会った。船に蔽いかぶさるほどの波濤の大きさ。それが立ち上がるとき、崩れ落ちるときの形、色。また、押し寄せる巨大な波に対抗して、「船を立てる」操舵とか、縄切れを追うため急に一杯に舵を切るとき、前檣の上に布置する星々が逆方向に高速に走る幻想的な景とか。……もちろん、同乗の十六歳～四十三歳の漁夫連との野放図な会話、緊張した作業のやりとり、船尾甲板での酒の飲み合い等、身体的に忘れ難いものだ。それは私の古里以来の感覚に、いっそうの厚みを加えてくれた。

これが谷川さんにもらった恩恵の一である。

新聞を辞めてから市ヶ谷で始めた小さい出版社で、谷川さんとまたお会いした。六九年に休刊となっていた学燈社の「伝統と現代」誌を再興させたいのだが、という要望であった。私はこの雑誌の中身を大いに気に入って、漁船航海の時と同じくさっさと話に乗った。一九七〇（昭和四十五）年十二月の「神話」から始めて、総特集というやり方で「狂気」「禁忌」「天皇制」「性と家族」「親鸞」「共同体論」「私塾の思想」等々を生みつつ一九八四（昭和五十九）年春の「靖国」で終わった。

月刊から隔月刊、終わりの数号は季刊、という歩みであった。もともと資金力乏しく、経営の才も覚束ない私が、雑誌発行という力業《ちからわざ》。まさに「浪のようにとりとめない」歩みを、それでもまる十四年つづけた。それは「破産」という結末を迎えたのだが、私のその後の沼津―奈良―京都という魅力ある「浪々」の（長年の労務者生活を含む）第二、第三の生を私に与えた。これまた谷川さんからの恩恵。それは、

干瀬《ひし》に棲む精霊《もの》こぞり立ち祝《ほ》ぐ声の空に満ちたり夜は若くして（谷川健一歌集『海の夫人』）

の歌に籠る質の恩恵である。こうして谷川さんは私の行路上で転轍機を二度押してくれたのである。

（元・伝統と現代社社主）

燃えよ花礁も

この人はすぐれた編集者から強靭な民俗学者となったが、小説作品もあり、また個性的な短歌作者でもあった。その歌を或る著名歌人が「師承がない」と評したことを、よろこんでいた。「師承」とは「師からの伝授」ということであり、「この人の歌は手本とする師がいない歌だ」と言われたわけだ。それを嬉しがった。

御子息の挨拶状に「父は九十二年の生涯を終え常世の国に旅立ちました」とあった。この人

が「常世《とこよ》」と言うと特別に迫るものがある。それは魂の還るところ。私はその旅の平安を、谷川氏自身の次の歌を掲げて願うのみだ。

みんなみの離《ばな》りの島の真白砂《ましらご》にわがまじる日は燃えよ花礁も　―『青水沫』―

「花礁《はなぜ》」は谷川健一が「曠野」とともに鍾愛する南島の美しいさんご礁のことである。

奄美・沖縄の新たなあり方

もう一つ。――死去四日前の八月二十日に谷川さんは朝日新聞の電話取材を受けた。奄美の日本復帰六十周年に当っての感想である。

同二十六日付の記事によると、谷川「奄美や沖縄が一つになって、南島特有の自由さを生かした自主的な政治、経済、文化圏を勝ち取る方法はないか」「そのためのアプローチとして、奄美・沖縄が日本本土と経済的な交流を持ち始めた11、12世紀までさかのぼって歴史を研究する必要性を説いた」とある。

さらに一方で、そのことを「私なんかがやらないといけないけど、年取ってしまってね」と話した、とも。

その時の取材記者（滝沢文那の署名あり）が、九月三日の朝刊文化面で赤坂憲雄が谷川追悼文

（「多彩で謎多き思想家」）を書いている同一面で、もう一度谷川氏にふれている。見出しは「沖縄へ深い思い―直前まで記者に語る」。同記事を略記すると―。

「体調を崩して間もない6月、自宅に記者を迎え、奄美で暮らした作家島尾敏雄との思い出や、沖縄の歴史について語った。亡くなる4日前の8月20日には電話取材に応じ、新たな南島のあり方を問いかけていた。

《日本と沖縄は、民俗や言語は共有しているが、歴史が違う。いわば同母異父。基地問題が解決すればその他の問題も解決するかというと、どうもそうじゃないように思う》その上で、沖縄の研究者が日本本土ばかり見ていて奄美を見ていないとも危惧。」

滝沢記者の記事はこのあと、さっき紹介した南島の自主的なあり方の谷川見解をくり返し、「最後に、私の意見を聞いてくれてありがとう」と言ってくれた、と。また「記事がまとまったら読ませてほしいと頼まれていたが、約束は果たせなかった。」と結ばれている。

私はあらためて、民俗学と一口に言われる研究分野の営み、その担い手の深部の心、というものについて、今一度考えるのである。人間存在の、或いは生活存在のまことの姿の把握ということについて。――その点、前に少し触れた橋川・島尾対談でも、二人が流謫された志士西郷の受けた「島の影響」を非常に重視しているところに関心が惹かれる。「これを誰も本気になって書いた人がいない。」橋川が言う。「歴史家というものはそんなことに気がつかない人間だ、という逆のテーゼを出すよりしょうがないわけ。ぼくはそうした歴史家とは違った歴史をやってみよう。そういう発想。」趣味的に生活をいじくっているのではないのだ。

二十

海上に現われる八重干瀬

（道標45号　二〇一四年六月三〇日刊）

（前章十九末尾につづけて）「谷川さんは先日、八重干瀬《やえひし》に渡った」と私の73年（昭和48）のメモにある。彼が本格的に日本各地の民俗調査に打ち込んで行ったのは、だいたい69年（昭44）あたりからと自分で話しているから、その歩みの一つだろう。

八重干瀬は沖縄・宮古島の北端から二キロ弱離れた池間島、その北西の海域にある日本最大のサンゴ礁群である。ふだんは水面下に在る礁を取り巻いて白い波がざわめいているばかりだが、春四月の大潮の時（旧三月三日前後）の最干潮時には海面から一メートルくらい姿を現わす。宮古島の案内書によると、その広さは南北12キロ、東西8キロに及ぶというから、まさに〝幻の大陸〟である。人々はその広大な別世界に潮の満ちてくるまでの数時間を遊び楽しむのだ。

谷川歌集『海の夫人』の後記に―渚に立つとき、海の彼方への思慕が「妣《はは》の国」の幻影を描き出し、胸をあつくする―とある。同歌集から一首、

海潮《うなしお》に浴みするらし　群星《むらぼし》の乙女ら低く　空降りし夜は

現われ出た広大な干瀬を、谷川さんは妣の国と見たかもしれないし、貝をあさったかもしれない。そういえば宮古島周辺の浅い海域は、古くから宝貝＝子安《こやす》貝がよく採れるところで、柳田國男も『海上の道』などで、この半卵形の堅固な光沢なめらかな巻貝について多面的に述べている。

この五月の十日に谷川さんを偲ぶ「花礁《はなぜ》に遊ぶ会」というのが東京の丸ノ内であり、私も招かれた。谷川さんの会だから進んで参加したのだが、スピーチまでさせられた。高名な学者や歌人などに交って、一介の浪人としては大いに恐縮したことであったが、たまたま故人の姪ごさんに会った。二、三の大学の講師をしている。当『道標』に平田篤胤を連載中の吉田麻子さん。かつて60年代に私らの週刊の読書新聞の仲間であった吉田公彦・八重子夫妻の娘さんである。公彦氏は故人の末弟だから、私もこの会に出てきたおまけでよかったのだが、その私がとてもなつかしく思っている八重子さんがこの二月に亡くなったと知って、一瞬モノが言えなくなったのだった。

谷川健一氏。全集・全24巻（冨山房インターナショナル）パンフレットから

会場の一角に、沖縄から参会した人たちが運んで来たという貝殻や珊瑚片や白い砂が、盛られ飾られてあった。閉会の挨拶で、これらの物をご自由に持ち帰ってけっこうだという言葉が聞えたので、私はいちはやくそこへ歩み寄って、いちばん立派な子安貝＝宝貝を手に取った。

持ち帰ったこの黒褐色の斑紋の美しい、それこそ宝物のような貝を、今計測してみると、タテ66ミリヨコ最大部で48ミリ厚さ・高さ30ミリ。かなり立派である。谷川さんの記念だ。大事にしたいと思っている。

私は八重干瀬に行って見たことはまだないが、東九州の岬々の出入り激しい海近くに育った者だから、よく想像はできる。

大きな干潮のとき、島との間の狭い海峡がごく浅くなって歩いて行けるほどになる所もあった。シケがおさまって、まだ名残りのうねりが岸に押し寄せている風景も、はっきりと浮んでくる。流木や貝や小魚などが浜に打ち上がって、松がたえず鳴っていて、きまって三、四の〝浦前《うらまえ》〟の男（漁師）が丹前をひっかけた姿で、立って沖を見ていた。〝海部《あまべ》の里〟と呼ばれる一帯の風景である。風、潮、日の光……もしかしたら、それら立ち上る荒ぶる精霊は、豊饒と平安をもたらすアニマだったかもしれない。

谷川健一は幻視し、追尋し、そして奄美から沖縄・先島にかけての自主的な政治経済文化圏を実現する方途を探るまでに至っていた。死の四日前の意見は、沖縄と日本とのいわば同母異父関係を言っていた。「基地の問題」が解決すればそれですべてよしとはならない、と彼は思っ

八重干瀬

ている。

谷川さんを偲ぶ会で配られた冊子『花礁―谷川健一全集・月報集成』の巻末に、谷川氏自身の「旅の落穂」20篇もあった。帰宅数日後に気がついた。その一つを書きうつしておく。

八重干瀬

八重干瀬は池間島の北方の海中にある広大なサンゴ礁で、現地ではヤビシと呼ばれている。池間島の漁師の漁場となっていて、春の大潮の日の、それも引き潮のときしか海面に姿を現さない暗礁である。一九七三年春の大潮の日、カツオ船に便乗して、私は念願の八重干瀬を目指した。一時間余で到着。大海に浮かんだサンゴ礁は、イカダに乗ったような気分だ。

柳田國男は『海上の道』の中で、大昔に中国大陸で貴重だった宝貝を求めて、人々が八重干瀬に渡ってきた、と推測している。しかし私はあいにく宝貝を見付けることができなかった。そのうち潮が満ちてきたので、急いで船に乗った。

振り返ると八重干瀬はすでに海中に没し、まわりに白波が揚がっているだけだった。私は束の間の海神宮に別れをつげた。（「旅の落穂」のうち）

靖国思想の成立と変容

前章十九末尾の部分で、私は谷川健一のことのついでのように、橋川文三にも触れている。民俗研究、ないしは「人間存在の、或いは生活存在の」と私が熟さぬ言葉で言ったまことの姿の追尋に立った歴史をやってみたい、と言った橋川。その彼の「靖国」についての考えの一端を紹介しておきたい。

たまたま前章十九と本章も谷川健一氏を回想しているので、南島がらみの話が頻出したのだが、橋川氏がやりたいと目指す「歴史」というもののきっかけも、西郷が流謫された南島（奄美）で「何かを見た」と考えるところにあった。今、そのことを押しひろげて述べようというのではなく、当社（伝統と現代社）出版の彼の著書『時代と予見』の中の「靖国思想の成立と変容」を見ようと思う。

これは74年（昭49）の講演をもとにした文章であるが、橋川は、靖国神社を支えていた民衆の情念と思想に先ず周到な目をくばっていて、働きざかりの息子たちを戦争で失った老母たちの、哀切な「浄福感」の表現に「不思議な戦慄」を覚えながら、歴史的な考察を深めて行く。「国家の隆昌」とともに祭神がふえるという特殊性。その祭神たる資格は、本人生前の行為の善悪にかかわりがなくて、戦争で死ぬ、という一事であること。

また、伝統的な御霊信仰の流れに立つ「非業の死をとげた者への慰霊の場」から「明治国家機構の一環」へと転化する機微。

靖国合祀を願う人も、それを欲しない人も、国家は己れの都合で自由に祀りこみ或いは祀らないということ。

神道ないし神社とかつての植民地である朝鮮・台湾民族との関係。

等々と多岐にわたって論及し、橋川自身は「靖国問題への序論的な意味しかもたないが」と言っているけれど、この論考は現在の情況にも強烈に示唆的である。「靖国の国家護持は国民総体の心理だ」という論法のなかに、「個々の戦死者の心情・心理に対する思いやりを欠き、生者のご都合によって死者の魂の姿を勝手に描きあげ、規制してしまうという政治の傲慢」を、橋川は見据えている。

右に言った「現在の情況」というのは、主として84年（昭和59）頃のことを指しているのだが、そこからさらに三十年近く経った只今の「現在の情況」に対しても、根元的にその示唆は強烈である。

少し補足すれば、亡き昭和天皇とその子息である現天皇、ともに靖国神社には行かないのだが、首相や国会議員連中や閣僚の誰彼やは、わざわざ目立つように参拝に行く。天皇陛下サマを讃仰する彼等でありながら、これは〝不敬〟行為じゃないか。保阪正康氏なんかはそんなふうにも批判している。

私などは、天皇制に対して別の感情と見方を多少とももつものだが、親鸞の「神祇不拝」の精神に添って、そもそも神社なるものに参詣する気がない人間だから、どうしようもない。

初の海外旅行の前後の恩人

話は変るが、またしても死者のことからだ。文化人類学者・山口昌男が昨年（二〇一三年）三月十日に逝った。この人については本誌34号37号38号で書いたが、私はちょうど谷川さんの打診に應えて、マグロ漁船で日本を出て西アフリカまで漁撈航海。そのあと今度はナイジェリアで何日かイバダン大学内の山口家に厄介になり、カナリア群島、ポルトガル、そしてトルコ滞在を経て四ヶ月半ぶりに日本に帰ってきたわけで、つまり私の妙ちきりんな「海外旅行」の行きと帰りにかかわったお二人ともが、亡き人となったのだ。谷川さんはまずは一應元気であったが92歳、山口さんは長年の闘病生活の末のたしか80歳だったか。空しさ、さびしさを痛感することしきりである。

しかし、この二人の恩人を前後に置いた形になった私の初めての「海外旅行」の味を、半世紀ののちの今も、私は時折、味わい直している。それは私の〝戦後という時代〟のなかで最もいい味の一人旅であった。そのあれこれを、トルコを主として、次号で書いておきたい。

二十一

山口昌男にリュックを貸して別れる

（道標46号　二〇一四年九月三〇日刊）

63年の十二月から64年三月までの漁船暮しの末、西アフリカで二十日ほど過したのだった。そのナイジェリアで王権研究に打込んでいた山口昌男氏とも別れる時がきた。

図々しくお宿をしてもらったイバダン大学内の山口家を去る日、山口さんは私のリュックサックを貸してくれと申し出た。それは私が東京でもずっと愛用していた帆木綿製の白い背負袋、妻るり子の手製したもので、今度の〝海外旅行〟に当って私がJAPAN H.Iwaohと大書してあった。――このリュックにはささやかな後日談がある。帰国後の或る日、「あれ、返してください」と連絡したら、数ヶ月おそく帰国していた山口さんは、もう返したとカン違いしていた。「ま、どうでもいいや」と思っていたら、何日もして「やはりまだだった。ありましたよ」と電話がきたので、府中の家に受取りに行った。山口さんの亡くなった今、こんなことも、ヒョイと思い出すことの一つなのだ。

さて、三月二十四日だった。もはや黒い新世界に雨期が近づいていた。山口夫妻と別れて、イバダン空港から首都ラゴスの空港へ三十分ほど飛び、ここからガーナのアクラへ。再来のこの地の夜を一泊して翌二十五日七時すぎ、イギリス航空で離陸した。四発のプロペラ機、スチュアデス三人、みなイギリス女らしい。

西アフリカ―ギニア湾・大西洋に張り出す巨大な瘤《こぶ》に相接して布置する黒人国の上空を西へ飛行。昨日ナイジェリアからベナン（旧仏領）、トーゴ（旧仏領）の空からガーナ（旧英領）へ戻り、今はコート・ディヴォーアール（旧仏領）、リベリア（米国の解放奴隷が建国）をかすめてシエラレオーネ（旧英領）のフリータウン着、さらに北上してギニア（旧仏領）とギニアービサオ（旧葡《ポ》領）セネガル（旧仏領）に囲まれた小さなガンビア（旧英領）のバサーストに十二時半過ぎ着。これらの国々のほとんどが60年あたりに「独立」したばかりである。現在、エボラ出血熱症が深刻な数カ国も含まれている地帯だ。

バサースト以後は果てしない大西洋の上、全く久しぶりである。紋様めく白い波頭が雲と入り交じって見える。

スチュアデスの一人に声をかけた。私は二十日ばかり西アフリカに滞在したのでマラリアを恐れている、君は私のためにそのクスリを提供できるかと。さてこの「マラリア」malaria の発音で、かなり手間どった。アクセントの置き場をあちこち変えながら苦労したが、ついには辞書を開いて〔maléaria〕と廻らぬ舌、やっと分ってもらった。むろんl《エル》とr《アール》もむづかしかった。あとで彼女、マラリア錠剤と水を持ってきてくれていわく、あなたの英語、たいへんintellectual だと。いやはや、これには参った。誤解して喜んではいけない。豊後の昔のいなか中学で、これはペンです、あれはデスク、わたしは学生です、などとやっていた程度から何程も進歩してない、まして外国人とは縁のうすい戦中人間、very poor で broken、これはホントなんだから。私は目を見張って、肩をすくめるだけだった。

別天地カナリア諸島に着く

夕方の五時すぎ、グランカナリア島のラス・パルマス空港着。モロッコ南西岸から、さあ、二百キロくらいか、大西洋上に点在する火山島群—スペイン領カナリア諸島の主島。面積一五三〇平方キロというから、沖縄本島よりやゝ大きいのか。ラスは人口三十数万、国際的な観光地、避寒地で、黒潮丸の漁夫たちもしきりにラス、ラスと言って、あこがれの港湾都市らしかった。実際、日本漁船も給油などでしばしば寄港するとのことだ。

空港事務所で pasaporte《パサポルテ》（パスポート）を提示。あなたはラスに滞在するのか、イエス！これで済んだ。私の後ろに並んでいた外国人も同じく、イエス！で終った。その夜は空港指定のホテルに運ばれて一泊。これからはスペイン語だ。

夜九時頃から外出、この腕時計を四ポンド（四〇〇〇円）で買ってくれ、と手をつき出すヘンな青年につかまった。時計はいらないがお前と一杯やろうやと言ったら「オー、サイコー」

とはしゃぐ。日本漁船の連中からそんな言葉も聞き覚えるらしい。マスターと年長ボーイと小さいボーイがいるbar（バル）でcerveza《セルベッサ》（ビール）、六ペセタ（三十六円）と安い。三軒ハシゴした。次に五十がらみの労働者ふうが、スコップを使う仕草をしてみせる。この男とまた二軒ほど。彼はだいぶ酔っていた。英語は全くできない。当方はまた来たばかりでespanôl《エスパニョール》（スペイン語）はさっぱりだから、英・西・日三ヵ国語の手引書をポケットから取り出してはBuenas noches《ブエノス ノチェス》（今晩は）とかGracias《グラシアス》（ありがとう）とか声に出して試しているだけ。それでも、何となくおもしろく闊達な一夜だった。

　翌日、港寄りの小さな安宿に移った。夫婦と時間ぎめの掃除婦だけのホスタル。おかみさんはいかにもスペインらしい顔立ちのいい感じ。十一歳と四歳の男の子（niño《ニーニョ》）肌はほんの少し色つきで、どちらも全く愛くるしい。この安宿の朝々、下の通りで驢馬が大声をあげるのだった。驢馬の鳴き声を聞くのは初めてで、何か打ち叩かれて悲鳴を上げているのかと思ったが、そんなことではなかった。そういうイナナキなのだった。

　亭主がブレクファストと言って持って来たのは、固いパンとコーヒーと貧弱なバナナ一本。バターとジャムはたっぷりある。あなたスペイン語使う必要ない、わたし英語できる、と言うのだが、その英語たるや、私よりもヘタクソだった。まあ手ぶり身ぶりで、愉快だ。

　この宿で一人の日本人漁船員と知り合った。十二指腸をやられてラスの病院に入っていたが、今は船を待っているとのこと。福島の小名浜水産高を出て十年、という操舵手。彼とは後日、

グランカナリア島中央部の岩山の谷々

カナリア最大の島、テネリフェへ船で渡ることにもなった。

ここの日魯駐在員徳永氏夫妻が、車で山に連れて行ってくれた。小さい子供さんも同行。島の中央部の二〇〇〇メートル近いvolcan《ボルカーン》（火山）だが、立派な舗装道が通っている。赤、黄、紫、白の木の花、草の花が絶え間ない。サボテンと龍舌蘭がまたおびただしい。うっとりと眠り込んでしまいそうな雰囲気である。

荒々しい岩石の山々、谷々、かと思うとなだらかな丘の絵のような聚落、淡彩の方形の家々、ほとんどが農家らしく、通常の畑やバナナ畑も多く、それらにはよく石垣が築かれている。

一五〇〇メートル地点の所に城館風の作

りのレストラン。日光浴をする者、驢馬に乗る者もいる。中世スペインの貴族だか武人だか、そんな感じの口ひげの紳士が、ハッと驚くほどの美術品のような美しい少女と休んでいたりする。蜜蜂やアブが飛ぶ。絶壁の谷をのぞくと穴住いの家が幾つか見え、羊の鈴が響く。徳永氏提供の弁当を食べたあと、その羊が数十頭、草を食いながら上ってきた。

　六十歳前後のおやじが犬と一緒にその群れを連れている。もう一人、四十くらいの男が来る。おやじがギターか何かをかき鳴らす仕草をし、パンパラパンと声に出して小躍りする。空が青く澄んでいる。こっちに来て見ろや、あれはおれの家だ、とおやじがさっきの穴の住いを指さす。やや西北にテネリフェ島の山がコバルト色に高く浮んでいる。群島中最高のテイデ山三七〇〇メートルとか。

　十五世紀末の航海者コロンブスのスペイン名はコロン。このカナリアにも立寄ったようで、その記念博物館 Casa de Colón（コロンの家）にも、他日、徳永夫人に案内された。古い海図や小ぶりな大砲や旗などが置いてあった。何度も通ったサンタ・カタリーナ公園でのたっぷりのカフェ・コン・レチェ（牛乳つき珈琲）の味、広場で踊る娘たち、フェニックスの並木、重い木の扉や鎧戸の窓々、絵で見るような黒装束の老婆たち。――カナリアの島は、臨時漁夫まる九十日の、考えてみれば危険に満ちた航海のあげくの別天地、安息の地であった。

　或る日、私はマーケットで二十代前半と見える売り子に向って、ぬけぬけと、感嘆の声を上げた。何と美しいお嬢さん！ bonita senorita! と。時に私は三十九歳。日本人には多少なれているこの街の娘、彼女はバカにしたか、呆れたか、喜んだか、ともあれその笑顔と声は、私には気持のいいものであった。

リスボンの数日

カナリアの宿に別れ、ポルトガル航空で途中マディラ島に寄ってからリスボンへ。それが四月七日。当地の滞在は短かったので省略するが、エンリケ航海王子の本拠であるだけに、その古色と諸産業をかかえる大西洋港湾都市の現代色のまじりぐあいがいい。ついでながら、「リスボン」は英語で、ポルトガル語ではLisboa「リズボア」である。

九日、トルコ領事館にヴィザの手続きで行ったのだが、女事務官は日本人はわが国トルコへの入国査証は必要ない、と非常に分りやすい英語で大ニコニコで言った。で、当方もうれしくなって、オー！アイシー、オー　サンキュー　ベリマッチと叫んだのだった。さらには彼女の手を握って、グラシアス（ありがとう）　サンキュー、アディオス（さよなら）　グッバイと、エスパニョールとイングリッシュをまぜこぜに述べながら別れた。

十日、イスタンブールへの切符のことでエア・フランス事務所へ。明朝8時20分発、ローマ乗換えで、イスタンブール20時20分着予定。この旨をトルコのマデナさんへ電報、約七百円なり。朝から何も食べてないが、時間が惜しいのでタクシーに。五十年輩の運ちゃんを見込んで、私はこのリスボアを全く知らないので、あちこち案内してくれないか、例えば、城、大公園な

トルコのイスタンブール。ガラタ橋付近。1964年４月

ど有名な所へと、例によって英語とスペイン語まぜこぜでゆっくりと言ったらsi si（yes）と走りだした。この車はメートル制だから、安心。エドワード七世公園やら高い所にある苔むした城やら、港や展望台、何とか広場、何とか通りや、裏町などを走りまわった。

もう少し田園方面、郊外の方もと思って、そう言ってみるが、通じない。英語でsuburb《サバーブ》、スペイン語でcampo《カンポ》と言うのだが。とうとう丘や小川や散在する家や小鳥や木々を絵に描いて見せたら、siと言って走りだした。実に美しい道路が田園に通じている。広い道の真ン中をどこまでも緑の灌木の植込みが、そして両側には林が続く。どこもが自然公園の感じである。

あらためて空腹を痛感、昨日鶏を食ったあたりの小さな汚い店に入った。英語らしいので話してくるがひどすぎて、さっぱり分からない。とにかくsopa《ソパ》（スープ）とcarne《カルネ》（肉）とfruta《フルータ》、それにvino《ビノ》（ぶどう酒）で食事した。パンがうまかったので、一つをカバンに押し込んで店を出た。

城で初めてこれは美しい人だと思う女性を見た。カメラを見せながら撮る。終って中世の騎士よろしく丁重に頭を下げた。そうしたくなるようなひとであった。また黒衣の老婆が石の塊の上に坐っているのを、マダームと声をかけつつカメラを指すと、うなづいたので、こちらも一枚。ほかに不美人が城壁ぎわで刺繍をしているところを一枚。

別の日、ポルトガル柔道連盟の教師である小林さんが開いている道場で、私は「日本から来た寝技のスペシャリスト」と紹介されたのだった。さらに、「今日はその技をいろいろ見せていただくので皆々よーく…」云々と小林氏。これはまことに気はずかしい限りで、たしかに私は或る程度（二段）は柔術ばりの柔道をやった者ではあるが、外国で外国青年に教えるほどの腕はない。ましてや、航海と海上労働と、西アフリカからカナリアまでの椰子酒とビーノと毎日の寝不足の身。——しかし、仕方がない。

何年ぶりか何か月ぶりかの稽古着（小林さんから拝借）で、攻撃時の姿勢、防禦の際の体の丸め方、足の使い方、背面へ廻る要領、引込み返し、帯とり返し、締め技の二、三、関節技、その逃げ方、押さえ技、等々をやってみせるハメとはなった。汗びっしょりになって気持はいいのだが、何しろ見学のポルトガル青年たち、大きいし、力は強いし、見本を示すのもだいぶ苦労してフーフーになった。その夜、小林家でご馳走にあずかって有難かった。豆腐鍋、おから、茶めし、ビール、オレンジ、バナナなど。ふた子のお嬢さんは高校生でとても可愛らしい。

十一日、アテネ、ローマを経て夜八時すぎにイスタンブール空港に着いた。マデナさんがご主人と二人で迎えに来てくれていた。マデナ夫妻というのは、私が直接に知り合ったわけではなくて、カメラをやっている妻瑠璃子が被写体を求めてあちこちしていて、渋谷区だったかのイスラムのモスクにしばしば出入りするうち、そこで友だちになったという在日トルコ人である。私達が長いこと住んでいた目黒の家に夫妻で遊びに来たこともある。今度の旅で初めての出迎え人つき、やはり有難いものである。ノーヴィザでいいと言われた通り、空港手続きはまことに簡単だった。日本―トルコ間には、三ヵ月以内の滞在は自由、という協約がある由。ご主人がこちらの荷物をどんどん持ってバスに。町まで20キロ以上とか。「トルコ」は英語ではTurkey《ターキィ》だがトルコ発音では「トゥルキア」（Türkiye）の由、やはりそうだった。

彼はＳＡＳ（スカンジナビア航空）勤務で、そこに働いている男が経営しているペンションに私を案内するのだ。金はＳＡＳ事務所でご主人が換金してくれた。20ドル＝１８０リラ（1ドル＝9リラ）すると1ドル＝３６０円（という時代だった）として1リラ＝40円である。そのペンションは朝食つきで９００円くらいであがるらしい。

突厥・匈奴・中央アジア

とうとうやって来たこのトルコという国には、ずっと若い頃から漠然とながら妙に関心があったのだ。東洋史なんかに出てくる「突厥《とっけつ》」というのも、その民族の関係などは知らないままに気になっていたし、またあれは鴎外だったか漱石だったかの「単干《ぜんう》は遠く逃れしを…」云々の詩句を見て、それは人の名ではなく、「匈奴《きょうど》」の国の王の称号であるとか、突厥は匈奴なのかとか、あのジンギス汗の「汗」（「可汗」とも）はやはり韃靼・モンゴル・トルコ族など北方遊牧民の君主称号らしいとか、「匈奴」という字面から、何かいかにも悪党民族といった子どもらしい想像をしたりしていた。種族はモンゴルともトルコとも言われているらしい、とは後年の知識だが、つまりは絹の道とか中央アジアに対する関心から来ることであっただろう。

そして、この広大な地帯にはモンゴルだけではなく、トルコ系民族も多く生活しているのだな、と少しは理解してきていた。この旅行まではそんな程度のことであった。

ところが数年前に、一九二二年―二三年のケマル・アタチュルク（ケマル・パシャ）の帝政（スルタン・カリフ制度）廃止・共和国宣言の革命に当って、民族の歴史の始りをあの「突厥」にあり、としたことを陳舜臣『イスタンブール』（文春刊）で読んだ。五五二年に突厥が柔然（モンゴル系遊牧民族）を打倒したという歴史に遡って、トルコ共和国の建国年としたのだ。現に一九五二年に建国千四百年記念祭を催した、とある。長いこと何となく気になっていた「突厥」はトルコ民族だった。アタチュルクの大革命は、イスラム圏で最初の政教分離国家を生んだ。それは神秘主義教団の閉鎖、太陽暦の採用などを伴なった。

また別の話になるが、明治の早い時期に来日したトルコ軍艦が、紀州南端の潮ノ岬東の大島の岩場に難破、死者数百名にのぼったが、沿岸漁民らが身を挺して相当人数を救助した、という事実もあり、その記念の式典も年ごとに行われている。私はそのことを知ってはいたが、現地はまだ踏んでいなかった。（平成になってから串本から島に渡ってその記念塔の所まで一人で行った。）またトルコにとって恨みぞ深きロシヤをやっつけてくれた、と日本海海戦のアドミラル東郷（平八郎）の名前を言ったりして、トルコ人は日本に友好的である、とされてもいる。これはなかば俗説めくのだが。

黒海へ、亜欧境いの海峡を

イスタンブールに来たからには、黒海を見たいもんだと、教わった40番バスに乗った。サリイェール行きだ（帰国後、飯塚浩二の本にこの名が出ていることに気づいた）。ボスポラス海峡沿いに北へ行く。狭い海峡の向うの丘はアジア。つまりこの海峡によってトルコは欧州側と亜州側とに分けられているのだ。北の黒海と南のマルマラ海を結ぶ約30キロ、海流は南北行き交うとか。南のさらに先はエーゲ海、そして地中海である（この時から十年後、海峡大橋が架けられた。約千メートルの吊橋）。

大きな貨物船、小さい船、軍艦などが通る。造船所、ドッグ、小埠頭、崩れた城跡、三階・四階建ての倒れそうな鎧戸の古い家、顔立ちのよい子供たち、陽焼けした大人たち。浪はかなり騒いでいる。天気はよい。午後だからアジア側によく陽が当って美しい。

一時間ほどでサリイェール。船着場で渡航の時間を調べ、さて黒海にはどう行けばいいか、船かバスかと聞くのだが、言葉が通じない。係りの帽子の男はトルコ語（だろう）をわめくばかり。とうとう通りがかりの男を呼びとめて仲に入ってもらったが、これがまた下手くそで。

でも、どうやら、船はもうダメでタクシーで行くよりほかなかろう、と言うことのようだ。それで篤実そうな爺さん運転手の車に乗った。

　この車のボロさ加減はすさまじかった。ドアは二度三度とやらねば閉まらない。閉まっても隙間だらけで風が下からヒューヒュー吹き込む。夏ならいいが今は寒い。フロントのガラスは一部ひび割れ、床の敷物は破れ放題。といった有様で、坂がよく上がれるもんだと不思議に思ったほどだ。途中、広い草原の丘で羊の大群に出会った。群れが道を渡り終るけっこうな時間、われわれは気長に待った。運ちゃん、別にイライラもしていない。この私もそうだった。そうなるのだ。これがいい。

　着いた所はキリオスという黒海南岸の小さなビラージュ（フランス語・村落）で、ホテルが一軒。ただ青々とした黒海がまばゆくひろがっている。季節外なのだろうが、それでも宿泊客らしいのが数人ぶらついている。爺さん運ちゃんが海の左手の方を指しながら、ブルガリア、ルーマニア、ロシアと呟くように言う。

　黒海は地中海に付属する内陸海である。ヨーロッパ南東部と西アジアの間にあって、面積47万平方キロというから、東アジアの黄海とほぼ同じくらいか。海水が硫化物を含むので黒く見えるとのことだが、今、目の前に広がる海が特に黒いとは感じなかった。

　爺さんが手をあげて指す左岸の先は、むろん目にみえはしないが、ドナウがブルガリアとその北のルーマニアとの境を東流し、最後にやや北流してウクライナ境あたりで大三角州を形成しつつこの黒海に注いでいる、と地図の上だけでは知っているのだが、いつの日か、この目で見たいものだ。そう言えば時どき口ずさむ歌に「ここは遠きブルガリア　ドナウの彼方…」というのもある。あれはロシアの「ヴ・ナロード」運動に関連する歌謡なのかどうか。

黒海についての聞きかじりのもう一つは、クリミア半島のヤルタである。そこは有名な保養地らしいが、先の世界大戦の末期、45年二月にルーズヴェルト、チャーチル、スターリンの米英ソ代表者が、既に敗北必至のドイツや日本の戦後処理等について協議した「ヤルタ会談」で知られていた。

しかし、現在、ウクライナとロシア間の駆け引きを聞くにつけて、あのクリミアの帰属問題にしてからが、長い歴史の時間続いていることを、改めて知るのである。

黒海のガランとした店で。運転手の爺さんと私

そばの安レストラン、ボロ家の店内にも椅子テーブルは置いてあるが、ヨシズ張りのような外で食うことにした。運ちゃんと一緒にワインと言ったが通じない。「ビーノ」は通じた。「分った」と三本並べてどれにする？　運ちゃんに選ばせる。「もちろんこれだ」と手に取ったのは１９２０年と書いてある。肉も少々、それからモチ米のような飯を月桂樹の葉でくるんだもの

とパン。陽を浴びながら食う。猫が二匹来てねだる。一匹は片目がつぶれている。おれの足をひっかいてせがむ。恐ろしげなやつらだ。犬も二匹いるが、これはのんびりと寝ている。

運ちゃんにビーノと食い物をすすめる。ウイムッシュー、とフランス語を言って食べる。さっき「車を向うにどかせておけ」と言っていた制帽の男が海の方からだんだん近づいてくる。ホテルの下働きの人間か。さて、選んだビーノのコルク栓がなかなか抜けない。はじめ若い走り使いの色黒少年がやったが駄目。次には店の主人が出てきてやるのだが、やっとこさ、栓がボロボロになって何とか抜けた。それをコップに注いでくれるが、コルク栓の屑が一杯まじるのを、フォークでどけながら飲む。運ちゃんに注いでやると、「メルシームッシュー」と言って飲む。制帽男ますます近づいてきて、とうとう前の椅子に坐った。運ちゃんが私のことをその男に何やら紹介・説明している。制帽男が私を見て「しかし、あんたはターキッシュ（トルコふう）な顔つきだ」と言う。カナリアの島でもそう言われたおれだ、眉をちょっとしかめて、目を光らせたら、そういう顔つきになるだろうよ、と少しジェスチャーをしてみせた。今や黒海の輝く陽光をまともに浴びているのだから、と。

タバコを買いに運ちゃんと一緒に向うのボロ家に行く。トルコものを選ばせて買った。わりといい味だ。さっきの制帽男にもタバコとビーノとすすめると、彼も「メルシー」と言う。店の亭主も来る。三人の写真をとる。またメルシーの声。

戻りの車で二人拾った。即ちこの車は「合い乗りタクシー」（ドルムッシュ）になったわけだ。

別れるとき爺さん運ちゃんは窓から手を出して握手を求め、「メルシームッシュー、アデュー」と別れの挨拶をした。

ドルムッシュのシステム。五人一台がふつうらしいが四人で出発することもある由。運ちゃんが客を呼ぶのだが割合早く五人くらいは集まるもんだ。（バスは時間がこなければ出ないので）たいていの人が利用する。全く見ず知らずの人間がずんずん相乗りするわけだ。何も一人でタクシーを飛ばせなくてもいいのであって、ただ同方向の者が話し合いで乗ればいいわけだが、こういう方法が出来ていないと、知らない人間を誘うということは、日本人はなかなかやらないだろう。

床屋の主人と朝鮮戦争

道ばたの床屋に入る。西洋チャンバラにでも出てきそうなヒゲとモミ上げの伊達男の亭主。朝鮮戦争のとき負傷してヨコハマのホスピタルに暫くいたんだ、とズボンをまくって脛《すね》を見せる。弾の傷あとが二つあった。「おれも十九年、二十年前は日本の兵隊だったんだ、十九歳、二十歳でね、と話すと19 years! とおどろく。先客が二人やっていて、待っているのは少年二人。そのうちの立っている年少の方が、これは言いようもなく美しい。間もなく彼は客ではなくて、この店のいわばページボーイであることが分った。散髪の客がすむと、その毛を払ったり、服にブラシをかけたり、床を掃いたりする。あまりに優美なその容姿は、いわゆる泰西名画中の年少者を思わせ、可愛らしいという以上の何かがあった。マンの「ヴェニスに死す」の情感に通じるものか。西隣りの地ギリシャの大理石彫刻にもナルシスなどがあるが、とは言え、目の前の床屋のボーイは、そういう領域にはまだ、いささか年少ではある。

もう一人の先客の少年が、私に少し遠慮するような様子だ。店の主人もそんな気配。私が「ノーノー、ユーの番だ」とその少年を促すと、主人が「サンキュー」と笑顔。美しい子に齢を聞くが、彼、英語ができない。散髪の始まった少年が通訳になって、「この子は十三だ」。「アンド・ユー？」と尋ねると十五歳と答えた。この少年は英語は上手だった。順番がきて私も椅子に坐った。「だいぶ前にアフリカで散髪した」と言ったら、その少年も亭主も「え？アフリカ？」とけげん顔だった。散髪した少年が帰りがけに私の顔をのぞいて、さよならと挨拶した。私は「さよなら、ありがとう」と返した。

主人が美しい子に何か言いつけた。彼が出て行き、まもなく帰ってきた。そのあとから、小さいコップのコーヒーを、錫の弦《つる》三本に吊された形の円板器に乗せて、若い男が届けてきた。これはサービスだとのこと。どろりとした濃い褐色液の上澄みを飲むトルココーヒーを、私は初めて飲んだ。散髪代金2リラ（80円）、これは安い（あとでひとに聞いたらコーヒーのサービスがあって、それはやはり安いとのことだった）。私は25クルシュをチップで亭主に渡した。しまった！

あの美しい子に渡すべきだったか。

この床屋にも革命者アタチュルクの肖像写真が飾ってあった。アタチュルクは汽車の窓から身を乗り出していた。

夜の海峡を小船で下る

この小さな町に一晩泊ってみようと思い、暗くなった道をぶらぶら歩いていて、フランス語を喋る娘とかにも出会ったが、それはこっちが駄目。そのうちまた英語の分る青年が来て、とにかくここには宿というものはない、ここは小さな田舎町なんだと言う。それでは船で帰ろう、と歩きだすと、その青年が同道していろいろ説明してくれる。昼間調べておいた20時5分発の船らしいのが近づくのが目に入った。「船だ」と青年が走りだすので私も走る。切符売場まで一緒に駆け込んだ。船の人間が「早く、早く」と声を上げている。青年にチップを渡そうとすると「ノーノー」と手を振ってさよならを言う。船上からその姿を見送った。彼はもう一度手を振って、さっさと行ってしまった。

夜のボスポラス海峡を下る。暗い波、両岸の灯。長細い伝馬船のような木造船（?）で、船頭と客は私だけ。蜜柑色の灯をともして行く。たまに派手な客船の電燈の輝き、駆逐艦らしい小型軍艦の姿。イスタンブール中心部に近づき、賑やかな灯の丘、アジア側ウスキュダルの灯も。――ガラタ橋の向うに着いた。上って、何か熱いものを立ち食いしてから、ドルムシュで帰った。

二十二

（道標47号　二〇一四年一二月二六日刊）

黒海に行ったのが四月十三日。あの日、朝寝をして食事は朝昼兼ねたものだったのだが、おかみさんにさらに果物を所望した。前の店で買ってきてくれた。バナナ4本、オレンジ二個で百五十円くらいだった。

実は昨日の昼間、彼女が寝ているので、どうしたんだと聞くと、風邪らしい、頭が痛いと顔をしかめる。持っていた「強力ルル」を渡した。「一回に三粒（3tablets）だよ」と。夜帰宅してみると、だいぶいい、よく効く、と言う。で、さらに三粒渡したのだった。

それで食事の時、if you need とルルをさらにすすめると、I need but…と遠慮して、あんたのがなくなる、と言う。いやまだたくさんあるし、第一、俺は風邪なんかひかないから、とまた三粒、ランチのあとで飲め、と渡し、それから黒海へ出かけたのだ。

スルタン・アフメット・モスク

翌四月十四日。ひとりで旧市街の石だたみの坂道を大体の見当で登って行き、あちこちしていて「ブルーモスク」に行き当った。これに違いない、と思って入ってみる。おそろしく巨大なモスクである。正面に広く重い皮革の「カーテン」が下っている。眼鏡の男が中から出てきたので、これはブルーモスクかと確かめると、そうだ、あんた、中へ入ってみたいのか、と言って係りに連絡してくれた。スリッパを出してくれる。ブカブカの皮スリッパに穿きかえて皮カーテンをちょっと開けて入ると、中はまた呆れるほどの広大なガラン堂になっていて、なるほど青色の勝った色彩で、ドームの天井から何から紋様一杯、色ガラスもびっしり。

ちょうど祈りの時らしく、四、五十人が坐っている。男は前方に、女ははるか後方、入口の近くに坐っている。導師の声につれて、ひれ伏したり、立ったり坐ったりする。声が反響するが堂内は冷たく静寂そのものである。石の床に絨毯が敷かれている。観光客十数人。坐れない女たちは横坐りしたりして眺めている。ハイヒールを脱がずに靴のまゝスリッパを穿いているのも数人いる。よくあんなことができるもんだ。

しかし、この堂の巨大なドームを見上げていると、イスラームの激しさ、或る種の恐ろしさ、が分るような気がする。像も絵も何もない礼拝である。キリスト教の、どうかすると気色のわるいような気分になるマリア母子とか、やるせないような表情の「エスさま」などいない。

(ポルトガルのリスボンで見た教会も壮大華麗だったが、あそこはカトリックの、何と言うか悪趣味な被虐趣味が感じられていやだった。例えば、磔《はりつけ》のキリスト像のくそリアリズム。手足の筋肉と骨と、そこに貫いている太い釘とか、両腕の刺し傷と血とか、何のためにあのように生々しく見せつけるのか。等身大よりやゝ小さめの肉色の像だったが、あれは別に峻烈な精神性ではなくて、逆に人を奇妙な陶酔に誘おうとする仕掛けのように思われる）

2リラ置いて外に出る。この巨大モスクがマルマラ海を望む丘の上に、海に向って立っているのと気がついた。「ブルーモスク」というのは一般的な名称、俗称であって、正式には「スルタン・アフメット・モスク」（アフメット一世のモスク）。建設は一六〇九―一六一六年という。即位六年後から死の前年にかけてである。

その翌日。もう一度ボスポラス海峡沿いを行ってみたくて、サリイエール行きバスに乗る。この海峡の眺めはいい。何度来てもどこを見てもいい。行き交う船、近々と望むアジア側の家と青い丘陵、こちら側の古い古い石造りの砦、民家、モスク。……かもめの声、エンジンの音、波の音。……海岸に野外喫茶を出している所でバスを下りてみた。変哲もない町だが、陽を浴びて海峡を眺めながらビールを飲む。

靴みがきの兄ちゃんが来る。今度の旅で初めて靴を磨かせた。「ジャポンか」と言い、バカに丁寧に磨いて「5リラくれ」と。もう旅も終りだから気前よくやる。10リラ紙幣を出したら「もらっていいか」という素振り。ノー、釣りを寄こせ、と手を出すと、5リラ紙幣をくれた。フランスの1リラ・コインを取り出して得意気に見せる。この兄ちゃんの写真を撮る。そばの仲間が「俺も…」と言うから、いま一緒に撮ったよ、と言うと、ホウといった顔。

コーヒーを飲んで、山のほうにちょっと登ると、ちょうど小学生の群れが坂の上の学校から下りて来るのに出会った。写真を撮ろうとしているとワッと寄って来る。われもわれもと体を乗り出す。五、六枚シャッターを切った。先生らしき中年男がにこやかにうなづいている。二時にＳＡＳに戻ってオスマン氏とトルコ料理店で昼食。腹一杯になるが、惜しむらくはアルコールが全く置いてないのだった。

渡しでアジア側のカディケイに渡る。二等に乗ってみた。天気がいいので寒くもない。この季節では昼は二等、夜は一等、というのがいいそうだ。私の前に色黒の小柄な水兵、トルコ野武士ふうのヒゲおやじ、田舎に帰るらしい百姓の夫婦、女房は白い布を頭からかぶって顎の下で止めている。眉目秀麗の学生ふう、ぽっちゃりタイプの小学生も。

ワッと寄ってきた小学生たち

上陸したこの辺はウスキュダル地区である。オスマントルコ帝国の発祥に最も深い縁のある地と聞く。ウスクダラ何とかいう流行歌も、日本で口ずさんだことがある。

背後の緑の丘を越えて行くと、首都アンカラへ続くアンカラハイウエイを見遥かす所へ出た。街道は延々とせり上って、東方へ消えている。この丘も次の丘も、粗末な百姓家が点在し、羊や驢馬、牛がいる。羊の群れが帰るのについて行くと数人の女、子供。フォト、とカメラを指さしてみせたら、その中の年かさの少々ケンのある女が「ノー」。私は肩をすくめて立ち去る。

皆が見送っている。また戻ってきたら、子供二人がしゃしゃり出て来て、キャッキャと笑って走りまわる。

別の道を下りてみるとまた羊の群れと犬。犬はよく羊の番をする。しゃがんで手を出したら喜んで寄って来た。耳を掻いてやると、目黒の家の飼い犬ゴローのように、すり寄って気持よさそうにしている。

再びアジア側へ

四月十六日昼頃、SASで換金、一時の船でアジア側に渡り、イズミット行きのバスに乗った。二時発。沿道は行くほどにイスラム圏の匂いが強くなる。早く来ればよかったと思うよい眺めだ。右手にマルマラ海の入江が輝き島と半島が見える。丘陵に牛・羊の群れ。羊皮か毛布かは知らないが、ごつい一枚布を頭からかぶった羊飼いの男は長い鞭だか杖だかを持ち、昔の絵そのままだ。女たちも、布をかぶりスカートの下から、ゆるやかなズボン下の如きものを出しているのや、タタール風のモンペのようなものを穿いたのや、古風な姿である。アンカラ方面へどこまでも打ち続く緑の丘陵。起伏のあちこちに土や煉瓦の一階か二階の家が点在し、または密集して町を作り、海側は次第に湿地のような様相となる。

大きな町に着いた。バスはゴミゴミした小路に入り込んで、何かガランガランと音を立ててバスの屋根に積みだした。古い石だたみの道。匈奴のような顔つきのヒゲ男たち、うす汚れた子供たち、丸坊主が多いが、頭の形や目などが可愛い。ロシアの子供のようだ。毛並みがきれいなので、ガリガリした感じにならないのだろう。

大部分の客はここで降りた。三、四人しか残っていない。荷積みが終って、また街道に出て飛ばす。もう二時間以上走ったが、イズミットはどこなのか。終点だと思っているからそのまゝにしていたら、とんでもない遠くまで来たらしい。運ちゃんと切符係のボーイ、他の客たちが「イズミット!?」と呆れ顔だ。それはあんた、さっき停った所だよ。――いやはや、ではここはどこだね。持参の地図をひろげて見せると、ここだよ、即ち、アダパザールという町。アンカラまでの半分近くまで来たのだ。時刻は四時半。

まあいい、ここでも、イズミットでも、と思ったが、このバスは五時にイスタンブールへ向けて出発するから乗ってけと言う。乗り越し料はとらなかった。イズミットまでの切符を買いなおして、パンを買い、食いながら、そこらを歩き廻った。ふるいオリエントの町である。馬糞や羊の毛などが風に舞っているような所であった。

けっこう大きないい町だ。すりへった石だたみの大通りを羊が歩く、馬車が行く。勤め人ふう、労働者ふう。女学生たちは、少年と同じく、船員のようなでかいヒサシつきの帽子をかぶって歩いている。中学生くらいの年頃だ。

ここはトルコの広大なアジア部分―アナトリア。北は黒海、西はエーゲ海、南は地中海に臨む大きな半島状の地。東はイラン、南はイラクとシリアに接する。

イズミットの宿、ドイツ語男など

六時にイズミット。あの、ガラガラと荷を積んだ町だった。幾つもの丘々に高く家が密集して海岸まで来ている町。単線の列車が東西に通じ、それに沿って町の繁華な通り。と言っても三十分も歩けば一應は一巡できるだろう。オスマン氏のくれた地図では、人口五万五〇〇〇くらいだが、今はもっと増えているだろう、と彼も言っていた。製紙やセメント、肥料、織物などの工業が少しあるとか。マルマラ海東端の町だ。

町の東のはずれは市《いち》になっていて、祭りが近づいているとかで、殺して貧乏人にも肉を与えるための羊がうろうろしている。馬車と羊と牛とタタールのような人間たちの間にしゃがみ込んで写真を撮る。皆、案外もの珍しがらない。夕闇が迫り、腹がへった。歩き廻って宿の見当をつけ、酒のありそうなレストランに入る（酒は置いてなくて水を売ってる店が多い）。果してビーノ（ワイン）があった。言葉は全然通じない。亭主がこちらの腕をとって、ガラス越しに調理場をのぞかせ、どれにするかと聞く。これこれにする、アンド、これだ、とワインの大ビンを取り上げる。さて出てきた食い物の量たるや大変なもので、山盛りの青野菜、平らにのばしたパンと〝火焼き〟の合の子。肉の下にはまたパン、それにヨーグルトが大コップに二杯はある。その上にワインだ。しかし空腹だったので全部食えた。終って小リンゴ二つも。

勘定はばかに安かった。四リラ少々。二百円ほどか。もの馴れない山出しのような汚いボーイが二人ウロウロするのが、おかしなもので、不愉快とか、目ざわりにならない。少し風邪気味なので、早く休もうと宿に向う。何軒かあるが、掲げたネオンはみな「OTEL」というHを抜かした表示だ。線路沿いの葉の落ちた高い並木の上にはコウノトリか何か足の長い鳥の巣がたくさんかかっている。

入口の帳場で全然ことばは通じないが、分るようだ。一晩泊って明日イスタンブールへ行くと告げておいた（そのつもり）。

若いのと年輩のと客だか何だか分らない男が二人居て、まあ、ここに掛けろ、と言う。二人の間に入りこんだ。年輩の方の言葉がどうもドイツ語らしきひびきなので、あんたドイツ人か？　ノー、トルコ人だ、しかしフランクフルトなどへ何度も行ってるので、ドイツ語も少しは話せると。

それで昔、習ったのを思い出しては、マイネハイラーテン（私の結婚）だの、ハイマート（故郷）だの、メッチェン（少女）だの、ムッター（母）だの数詞だの少々のドイツ語とスペイン語、英語やらとり交ぜて話すうち、お茶をおごってくれるので、金を出そうとすると、いや、いいんだと言う。これはどうも、ダンケシェーンと笑顔で礼を言うと、今のは「大変ありがとう」ということだとトルコ語で若いのに教えている。若いのが「ダンケ…」と口の中で言ってみている。

そのうち、ユーはコミュニストかと言い出した。私は何主義者でもないが、イッヒ（Ich）ソーシャリスト、と英独まぜて答えるとオー・グッド俺もソーシャリストだ。ソーシャリズムはデモクラシーだ、などと機嫌よく、また若い方に何か言うのだが、これは全く分らない。十二才の男の子が仲間に入る。das Kind《ダス キント》（子供）などのドイツ語が再び出る。

また、体格のいい三十男がぬっと入って来て、突っ立ったまゝ輪に入る。若いのが、「この男はジャポンを知っている。コリアに行ってたんだ」と言う。「あゝ、朝鮮戦争か」と確かめると、うなづいた。色の赤黒い、ヒゲの濃い、筋肉質で肩幅広く、気のよさそうな表情をしている。そり返った三日月形のトルコ刀や肩に斜めに掛けた銃、そして馬に乗せたら、さぞ立派だろう、と思う。ドイツ語の年輩者も、まずはそういった種類の男である。

眠くなった。ドイツ語男が「シュラーフェン（眠る）?」私がねむそうな目でうなづき、では、と若いのが案内に立つ。年輩男と握手して私は「グーテナハト！（おやすみ）」彼も「グーテナハト！」

木造の家、床。十時半頃、案外清潔なベッドにもぐった。

トイレットの記憶

ワインの適当な酔いのせいか熟酔したらしい。四時半にいったん目が覚めたのだが、また眠った。朝、風邪は直っていた。気分爽快である。八時、洗面。便所は素朴な水洗式で、タイルの床を流れるようになっている。ついでながら、――西アフリカのガーナでまぐろ船と別れたあとの、便所の記憶がはっきりしない。ところが、この〝イズミットの一夜〟の宿のトイレットの、便器の模様入りタイルの床面、水を入れたコップ等の姿はどうやら印象深いのだ。私がトイレで紙をほとんど使わなくなったのは、ここの宿の体験以来だと、ずっと感じている。そのシンプルな清潔さを実感したのだ、と今でも思う。

部屋で、セルフタイマーで一枚自分を撮り、帳場へ下りて勘定。昨夜の男とは別の老人がいて、パスポートを返してくれた。ところが、宿帳を見ると、私の名前、国籍などがでたらめもいいところ。Iwaoではない何だかまるで違う名前になっている。こりゃ違うぞ、こうだよ、と言うと、なるほどIvaoかと書き直す。放っておく。国籍のごときはAmericanとなっている。冗談じゃないJaponだとこれも書き直す。行先がまた、とんでもないチュニスとか書いてあるが、バカバカしくてそのまゝにしておいた。別にどこだろうが、かまやしない。宿代は驚くべし五・五リラ（40円×5・5）即ち二二〇円だった。へー、と感心して一リラチップ代りに置いた。

イスタンブール行きのバス停へ歩く。夫婦それぞれが赤ン坊を抱いたのに出会った。農民らしい。言葉が通じにくいのだが、どうも東の方コーカサスの西麓はグルジアだが、その近くまで帰るのだ。そう言っているらしい。写真を撮った。この二人の写真は今でも大事にしている。あゝ、もっと時間がほしかった。もっと言葉が通じ合っていたら。――

街道を戻る。バスは上等じゃないが快適である。羊、驢馬、牛が通る。坦々と海ぞいに続く道、緑の丘が起伏する。

イズミットはその後、イスタンブール—アンカラ間の要衝としての存在度を増し、工業化の進展もあって、人口約26万（一九九〇年）。イスタンブールは人口６６３万（〃）。

〈上〉黒海沿いで東方へ帰るところと言う農民夫婦。共に赤ん坊を抱く。イズミットで
〈下〉夕暮れ近いアナトリアの町イズミット。羊、馬車、牛、人間が入り交じって行き交う

二十三

（道標48号　二〇一五年三月二七日刊）

おれはブディストだが――

イズミットからイスタンブールに帰った日（四月十七日）の夕方近く、同地発のパンアメリカン・東京行きに乗るのだが、なお滞在中のあれこれで書き残したものを少し拾ってみよう。

先ずは泊まっていたペンションのおかみさんのこと。彼女は英仏伊の各国語も一応話せるとのことだが、日本人とシナ人（中国人）の区別はできないと言っていた。それはわれわれにもむづかしいよ。

イスタンブールのペンションの奥さん

あんたはカソリックかプロテスタントかイスラムかと私にきくので、私はどれでもない、まあブディストだと答えておいた。仏教徒はチャイナ、インド、日本などには多いよと。しかし、インドはモスレム（回教徒）だ、パキスタンなども、とおかみ。そうだねえ、だが仏教もあるんだ。しかしインド仏教と日本仏教はずいぶん違うんだと言うと、ｗｈｙ？これにまともに答えるだけの英語彙の持ち合わせはないので、ただ肩をすくめて、historical reason と言うと、I see とうなづいた。何も分るわけはないが、なかなか話せるおばさんだ。あとで「おかみさん」には landlady という英語があることに気づいたと、その当時のノートにある。「室内温度15度」とも。

凄まじい贅美――トプカプ宮殿

マデナさんの案内でトプカプ宮殿に行った。15世紀後半、ビザンティンを征服したオスマン・トルコのメフメット2世によって建造され、現在は国立の博物館となっている。建築に十三年かかった、といい、大会議室、学校、モスク、図書館、ハレムなどを含む大規模なものだ。

宝物殿は呆れるばかり豪華・華麗な品々ばかりだ。インド王から贈られた純金の象とかエジプトのスルタン（君主）の土産物とか、剣、箙《えびら》、兜《かぶと》、玉座、揺籃、水煙管、ターバン飾り、食器、指輪、何でも彼でも金とダイヤモンドと翡翠とエメラルドと真珠と玉《ぎょく》が、びっしり細工されて、はめ込まれている。オリエント王朝の贅美の極は凄まじいばかりだ。或る一つの玉座のごときは真珠だけで一万五千個をはめてあった。どのコーナーに行ってみても燦然と目を射る輝きである。

それにもまして、ビザンチンスタイルの華美な宮殿に入って右手に、いかにも妙なズングリした煙突のごときものが林立しているのは何かと不思議に感じたのは、そのあたりの建物は炊事場だったのだ。何しろ五千人からの家来やらハレムの女たちやらの飯を毎日つくったのだというから凄まじい。

それから「地下の城」SUNKEN PALACEというのも見た。「サンクン」というのは「沈没した」とか「水中の」とかの意味だが、ここはまるで鍾乳洞のような様相で、ただ太い石柱が整然と立ち並んで、水が滴り、広大な暗い池となっている地下空間。高い天井で彼方は暗く、薄気味わるい物語の舞台としては格好の宮殿である。何やらとてつもないものを造ったもんだと思う。夏すずしく、冬あたたかいのだとか。

ロシア革命と一人の羅紗商人

見物を終わってSASに戻り、夕方五時半に渡船場へ。海峡東側のウスキュダールの、マデナさん宅へ行く。ご主人はまだ仕事なので、二人で先に。ドルムシュ（乗合タクシー）に乗る。五人満員で出る。一人一リラ（40円）。静かな住宅地帯、ただ恐ろしげな猫が呆れるほど多くてうろうろしている。毛がゴワゴワ・バサバサで、尻尾など狸か何かのようなやつとかも何匹かいた。家は銀行が建てて月賦で売っている一戸建て。庭もついている。市が建てたものもある由。

ここのお父さんという人はこの時七十四歳。一九一〇年に結婚、五四年連れ添ったお母さん

イスタンブールのアジア側・ウスキュダルの街

（夫人）が一カ月前の三月十七日に亡くなっていた。

ロシア西部のカザン市（タタールスタン共和国首都）出身。革命の翌年一九一八年九月（二十八歳）白軍とともに、子供四人と東シベリア南部、バイカル湖のさらに東のチタへ。さらに中国東北地区のハルピンを足場に日本、朝鮮と衣類行商にはげみ、のち京城（ソウル）に約二十年住んだという。その間、一九二三年の関東大震災にも遭った。オスマン氏は二七年平壌（ピョンヤン）で生誕。一九四〇年には別府に一カ月ほど行ってたこともあるよ、オスマンが十三歳の時だ、とお父さんが感慨深げに言った。

戦後になって日本内地、東京渋谷区代々木西原に暫く住み、五〇年にトルコに帰った、と言うか、移った。「日本にもっと居ればよかった、日本はいいね、わるい人いない、土地も家も買えば買えた、いや損しました、惜しかった」

お父さんは日本語がかなり達者であるが、齢のせいかやや聞きとりにくかった。しかし、ロ

マデナさんと娘さんとお父さん

シア革命の赤軍から逃れて中国東北や朝鮮、日本と、要するにいわゆる〝羅紗商人〟となって苦難の中で商売に励み、蓄財も先ずは一応果たしてきた男の生涯の話は、聞くに値するものだった。

マデナさんの娘さん（まだ十五歳くらいか）が出てきて挨拶、握手したら、まことに華奢なかわいい手であった。風呂をすすめられて、それではとズーズーしくも一時間ほど久しぶりの湯を楽しみ、溜った垢をせっせとこすり出した。そこへご主人がＳＡＳから帰宅、カレーライスと沢庵、ホーレン草と醤油、サラダ。そのあと蜂蜜とバターでパイを固めた菓子、紅茶。皆さんの写真をとったりもして辞去。ご主人が海峡の港まで送ってくれた。

彼が、ドルムッシュなら「ヒルトンホテルの近くへ」と言えばいい、と教えてくれたのだが、ガラタ橋のわきに上陸はしたが、そのドルムッシュが分らない。結局、ふつうのタクシーにしたのだが、さっき、タクシーなら五リラだと教えられていたから、ヒルトンの近くまでなんぼかと確かめたら十リラだと言う。バカ言うな俺は知ってるんだ、五リラということを、と笑いながら。運ちゃん、仕方ないと肩をすくめて承知したので乗り込んだが、降りるとき、機嫌よく、景気づけをしてやろうと、五リラのほかに「それ」と日本語で言って一リラを向うの手の平にぐいと乗せてやったら、大いによろこんでいた。

イスタンブールからの空路

イスタンブールという大都市について、ここまでは改まった説明なしできたと気がついた。今でこそ日本でもその名はわりと知られてきはしたが、それでも、だいぶいい加減なもののようだ。

トルコ第一のこの大都市（首都はアンカラ）は黒海とエーゲ海・地中海とを結ぶボスポラス海峡を挟んで、アジアとヨーロッパの両大陸の接点という地理的位置にある。旧称は前世紀を含むギリシャ時代はビザンチオン（ラテン名ビザンチウム）、四世紀頃から十五世紀までの東ローマ帝国時代はコンスタンチノープル、それ以後のオスマントルコとなって現在のイスタンブール。一九二三年、ケマル＝パシャ率いる革命民族運動の成功までは首都であった。

さてイスタンブール国際空港を午後四時五〇分の離陸。ここからレバノンのベイルートまでは約一時間十五分の飛行とのこと、そこから七時発でパキスタンのカラチへ三時間四〇分で着。夜の十時四〇分だが、現地時間で十八日午前一時四〇分。暑い。二七、八度あるらしい。空港バスで連れて行かれたバーの天井ファンが廻っている。サービスのオレンジジュースを飲んだ。午前二時四五分カラチ発、五時三〇分カルカッタ着。この間座席三つの間の手掛けを取り外

イスタンブールの海峡フェリーで

してベッドにし、毛布をかけて横になったが、スチュアデスと男が大声で、しかもよく通る声で喋りつづけに喋っていて、うるさいこと！無神経も甚だしいが、まあこれがアメリカ人なんだろうよ。途中で「うるせェ！」と体を起して、日本語でどなったが、ジェット機の爆音がけっこう機内にも響いていることもあって、ダメらしい。

　アメリカ女はやはり有色人には優越感をもっているようだ。ベッドを頼んだときも、愛想もなく手荒く枕を二つポンポン投げやがった。これが相手が白人だと、猫撫で声で、小首までかしげたりして、人の顔をのぞきこむようにして、ニコヤカにするのだから。あの猫撫で声でなめるように発声する英語というものは、何といやらしい響きなんだろう。私はアフリカ英語やエスパニョールやポルトゲスやトルコ語のひびきを好ましく回想していた。

　パンナム機だから余計に鼻にかかるいやな感じになるのか。その英語のほかにも申しわけ程度にはフランス語、日本語、中国語、スペイン語も時どき放送しているが、この日本語がまた恐るべきもので、そのスチュアデスはどうやら三世くらいか、顔は日本人だが、ｙｏｕを「お前」などという始末であった。

実は数日前、オスマン氏から首都アンカラでＳＡＳ（スカンジナビア航空）に乗り変えてもらえたら私の仕事上ありがたいのだが、という話が出て、当方もオーケーした。平凡社の谷川健一氏が斡旋してくれたのはもともとパンナムだったが、私当人の都合でＳＡＳに切り変えても、そりゃ構わないだろうと。だが、パンナムなら毎日東京直行便があるし、オスマン氏もわるいと思ったのか「やはりパンナムになさい」となったのだった。荷物の点は友人がパンナムにいるから、よろしくやってあげる、と言って。そうすると十七日（金）午后四時五十分に出発して、十八日（土）二〇時三五分羽田着となる。これがいいだろうとなったのだ。

パンナム機の〝不愉快〟といっても、六〇年代の当時を考えればまぁあんなもんだったろう。一ドル＝三六〇円という時代。アパルトヘイトのケープタウンで日本人はやっとセミ・ホワイト種に扱われはじめた、という時代。――そんなことより、西アフリカやカナリヤやエスパニア、トルコなどの親しさを思い返した方がいい。

人跡稀れ――アジアの風景

そうだ、ベイルートで下りた老夫婦がいた。シートの倒し方を知らないようなので、教えて進ぜると「メルシー、メルシー」と揃ってニコニコ。タバコをすすめてくれる。「ムッシュー」

などと呼びかけてくる。黒海へ行った時の爺さん運ちゃんを思い出したりした。前歯が一本か二本抜けているようだ。「ムッシューは日本人か」と言う。そうだ。東京へいくのか。そうだ。ユーはベイルートへ行くのか。ウィ。ベイルートはここですなあ（と地図を出して指すと）ウィ、ウィ。そして奥さんにこの人はジャポンだと教えている。あんたレバノン人かトゥルキアかとご老体に問うと、毅然として「トゥルキア」と答えた。

キプロスに間違いない大きな島を眼下に見て海が終り、ベイルート空港へ。しかし、老夫婦はここがどこかすぐには分らない。ベイルートだよ！　そうだ、ベイルートだ、とそそくさと立つ。白いかぶりものをした奥さんがちょっと振り返って、サヨナラという表情をした。

カルカッタ。朝の六時というのに、外は実に暑い。次はビルマ（ミャンマー）のラングーンへ約一時間十五分とのこと。七時、牛肉とパンと夏ミカンのような果物半個、コーヒー、卵ソボロで朝食。大河ガンジスの大規模なデルタ地帯が輝いていて、曲りくねったアジアの風景。続いて深い山地、上方の大河はイラワジか。七時三〇分ラングーン着（現地時間九時）夏の日射し。ビルマに来ると、俄然まるっきり親類のような顔々、だんだん平べったくなってくる。

連れになった日本人―モスコー・ハバロフスクなど飛んできた人が、ソ連の汽車はゆったりしていて飛行機よりずっと楽だと言う。飛行機はやれベルトを締めろだの何だのとうるさくて眠れないと。ベイルートと日本との時差は七時間、などと話す。

八時一〇分（現地時間九時四〇分）ラングーン発、バンコクへ向う。忽ち舞い上ると、呆れるばかりの耕された平野の広さ、すぐサルウィン河が光り、それを越えると海。海も陸もすべて薄青く霞んだ向うに夏の積乱雲。四カ月前漁船でマラッカ海峡を抜けて望んだ雲だ。

ビルマ・タイの国境の重畳たる山岳地帯を下に見て過ぎる。霞みがちの青に雲の白が美しく浮ぶ。壮年期を過ぎて老年期に入ったらしい山岳の相。ビルマの山地で細くうねうねと山道が小川のように見えた。またしても、恐るべき広大な平野がひろがる。シャム（タイ）の平野である。それにしても、人跡まれなアジアである。水田が見える。物凄く長大な、恐らく潅漑用に開いたと思える十字の水路、苗床が見える。またも十字の水路、濁った水。はじめやはり道かと思ったが、舟が点々といる。見渡す限り耕されている広大な平野、雲の影。——メナム川、水路はそこから引いているようだ。すべては水路にそって、木々、家々。

ちょうど一時間で十時四〇分にバンコクに着いた。タイの首都である。ここでは十一時一〇分か。

このあとは香港に短時間立寄ったが、ノートに記載もなく、覚えているのは空港のトイレットで小便をしたこと、そこへ案内してくれてチップをくれと言う中国青年にもはや用無しのガーナポンドを一枚渡したことだけ。

羽田空港に同日、四月十八日（土）夜九時五十分帰り着いた。行きは四七九トンのまぐろ延縄船、帰りはパンアメリカンのジェット機。去年十二月七日に久里浜の港を出て四ヵ月半の旅も終った。せちがらい日本とは思っていても、新聞の編集・業務のなつかしい面々に賑々しく迎えられてみると、やはり嬉しい。連絡を少しサボっていた私が、果してお宅を訪問したかどうか、と気を揉んで、マデナさんに問い合わせの電報まで打った家内の瑠璃子も、空港ロビーでやっと安心した様子であった。

イズミットの宿でセルフタイマーで自写

日本・東京での騒動

日本・東京に帰り着いて、仕事上の諸連絡—平凡社の「太陽」谷川編集長などへの報告その他、を済ませてから二、三日休ませてもらうつもりでいた。

私の耳の奥には、つい数日前にも聞いたトルコ軍樂のひびきが、あのボスポラス海峡に流れているように、かすかに鳴っていた。音楽のことは詳しい知識もないが、あれは西欧の音ではなく、海峡の向う側・トラキアの地、こちら側・アナトリア（小アジア）をも含む、中央・西アジアの〝遊牧〟

の風とでもいった趣きを実感させる。私の勝手な思い込みなんだが。

敢えて言うなら、トルコは古き「突厥《とっけつ》」の裔であり、それはもともと強力な遊牧の民であった。英語でnomadというのは遊牧とか流浪とかの意らしいが、調べてみるとこの「ノマド」を思想的に考察したドゥルーズというフランスの哲学者がいて、ノマドロジーは階層性や空間分割性をしりぞけ、人間を開かれた空間に分配すると言う。そりゃそうだ、遊牧民は〝国境〟なんかにこだわっていたら、生活が成り立ちにくくなる。で、固定的な中心というものを成立させにくくするし、ひいては国家的秩序にあまりなじまないものであり、それを破壊するもの、常に「運動」の中にあるものであると。

そうだ、何はともあれ、竹内好と橋川文三のお二人には、すぐにでも帰国の挨拶に行かねば。

「右翼が来る」との連絡

そうこうしているうちに、二十三日(木)の朝、大塚署から社に連絡が来た、との知らせ。「今日の午後、おタクに右翼が押しかける」とのことである。文京区石切橋の職場日本読書新聞に急ぎ出社して聞いてみると、原因は三月九日号に出した「週刊誌」評の欄という。読んでみると、それは皇室婚に対するいくつかの週刊誌の取材態度を批評したもので、その趣旨はまずまっとうなのだが、文中に次の一句があった。即ち「この御両人、どう見ても性的発育不能者。」――いかん、こりゃダメだ、と瞬間思う。

とつおいつ考えた。なぜ、この批評にとって非本質的なバカげた言葉が紙面に出てしまったのか。執筆担当者は何を考えてこれを書きつけたのか。おそらく他意はないのだ。甘やかされた感覚の鈍磨……。われわれに「不敬」という観念はない。しかし、肉体上のことを悪しざまにあげつらって人間を論ずるのは恥ずべきことだという認識は、万人共通のルールであるはずだ。殊にこの一文は匿名である。対外的責任は完全にこちらにある。

こう考えて会うハラをきめた。今日は出張校正の日なので男手は数名しかいない。もし騒ぎが起ってもウロチョロするなとか、ひっくり返されたりして困る物は片付けておけとか、スリッパを揃えておけとか、指示する。

警察が来る。「責任上、近所に警官を待機させ、万一の場合すぐ連絡できるようにしておきたい」という。「右翼といってもお客さんなのだから、あまり仰々しい警戒ぶりは困る。もし乱暴沙汰になるようならよろしく」と答える。警察の話では今日のは愛国団体連合という団体で、いま愛国者大懇親会という会合を開いているらしい。

思えば二十年前、かつての血盟団員四元義隆氏に高井戸の家で芋ガユを馳走になって陸軍に入営したのだったが、因果はめぐるものだなあ、と感慨にふけっているうち、三時半、十人ばかりがトラックで社に乗りつけた。二階の応接室の窓から外を眺めていると、「失礼」と声をかけて入ってくる。

定村編集長と二人で会う。代表格の年輩の人が「言論同志会・井田安太郎」と名乗る。他の青年諸氏もそれぞれの団体の幹部らしい。この新聞の責任者は私であることを告げ、紙に姓名を書いて差出し、別の紙に先方の姓名を書いてもらう。抗議文朗読・手交のあと、井田氏があらためて抗議の趣意を述べ「廃刊」と「謝罪」の二つの要求に対する回答を迫る。やはりあの一句が問題にされている。

廃刊はできない旨答えたあと、あの一文はマスコミ批判であること、本紙は皇室や天皇制について無批判的態度はとらないこと、この立場は、私が貴会の立場の変更を強要できないと同じく、変えられないこと、しかし御指摘の一句は当方のミスであり、私自身の立場から非常に残念に思っていること等を話す。

二十四

（道標49号　二〇一五年六月二七日刊）

右翼抗議文と私の腹づもり

四月十八日夜、羽田空港に着いて、前後五カ月にわたる私の旅も終わったのだった。昨年、「では行ってらっしゃい」と送ってくれた竹内好、橋川文三氏たちにも帰国の挨拶を、と思いながら、さすがに、海上労働と初めての外国旅行との疲れで、二、三日とつおいつしているうちに、二十三日、「右翼」が私の読書新聞に押しかける、となったのだった。「言論同志会・井田安太郎」という人及び青年幹部十人ばかりと文京区石切橋の社で会った。（以上前章二十三）

その会話中、井田氏が、世間では右翼＝暴力団と思っている向きもあるがわれわれはそんなものではない、みな相当に勉強もしているのだ、と強調していた点が興味深く印象に残った。たしかに卓を叩いて脅迫的言辞を弄するというようなことは一切なかった。

しかし、立場はそれとして仕方ないが、「性的発育不能者」といったあんな一句は黙過できない、とさらに謝罪広告掲載を要求する。

「その点は、謝罪広告というものの非生産性を信ずる私に考えるところあり。が何しろ実は大西洋、アフリカあたりの長い航海から帰ったばかりで、その間の経緯を全く知らない。早急に事情調査の上、数日後に今度は私が出向きましょう」「では連絡をお待ちします」ということで会見を終わる。抗議文は預かる。

四月二十八日（火）井田氏に電話する。「明後三十日、田園調布の福田素顕氏宅に御足労願いたい」との返事、そこは「防共新聞社」であるという。承知する。

これまでに分かった点は、週刊新潮三月三十日号で「ヤン・デンマン」という記者？がなぜあんな一文をほうっておくのかと書いていることである。

右翼の抗議と、それと同等量分の当方の見解とを紙面に併せ掲載する、という方針を私は早々に腹づもりしたのだが、この考えは編集部のほとんどに反対された。営業・業務も加わった社員全体の投票でも、ほんの僅かの差ではあったようだが、私の案は否決された。だが、私はどう考えても、あのマスコミ批判にとって非本質的なバカげた言葉については、私自身が許せないし、まして匿名コラム記事の責任は全面的に当方にあるのだから、この点についての遺憾の意ははっきりと示すべきだと思いは変わらなかったし、そのように行動しようとも決めていた。しかし、実際にはスッキリしなかったのだ。膠着状態が続いた。

そこへ、職員労組の意見として、「巖見解否決もごく僅差だったので、この重要事項決定には新聞の最高責任者たる巖に一任するのが妥当」というのが示された。私はいっそうハラが決まった。

独断専行のこと――竹内好の話

竹内好さんを吉祥寺のお宅に訪ねて、航海の旅からの帰国の挨拶をした時、思いもかけぬおもしろい話になった。彼が書庫に私を連れて行って、「あれは、何だったかなあ、歩兵操典だったかなあ、あれにホラ、独断専行ってのがあったろう。」としきりにその本を探す様子。同書は旧陸軍の中心的兵科である歩兵の戦闘に関して、個兵、分隊、小隊、大隊、歩兵砲隊、機関銃隊から、連隊に至る各種要領、戦闘指揮、銃砲操作等の軍隊運用のことが記された小冊子で私ども兵隊は皆これを持たされた。竹内さんは年輩の兵として、私は二十歳の兵として、どちらも下級の兵（私は二等兵から一等兵へ）だったが、この「操典」に「学んだ」くちである。

「独断専行」というのは、通常では勝手放題な行動、振舞いを言うわけだが、戦闘場面では時に上長の命令・意見を聞こうにも聞けない状況に陥っている場面も稀ではない。軍隊は通常は上下関係の極端にきびしい集団でありながら、そういう切羽つまった場面での行動の指針なのである。例えば中隊長の命令を仰ごうにもそれが不可能なとき、数十人を率いる小隊長が、躊躇逡巡して状況判断を誤り、行動を失して、己れの隊を危険に陥らせる、そのようなことがないように、己れ一人の思い切った決断行動が必要な場面があるのだ、という教えである。

竹内さんは、話が右翼さわぎに少しふれたとき、「足もとを固めなかったのはまずかったね」

と言ってから、この〝独断専行〟のことにサラリと触れたのだった。「足もと」というのは編集部のことだったろう。「え？　歩兵操典ですか？……」とはじめ何のことかとけげんに感じていた私も、すぐに分って、何やら力を得たような気にもなって別れた。

図書新聞社の社主・前編集長の井出彰氏が当時の空気にふれて書いている。（『伝説の編集者・巖浩を訪ねて』社会評論社刊）――（今回の騒ぎから）「三年ほど前（六一年二月一日）、新宿区市ヶ谷の中央公論社社長の嶋中鵬二邸に無断で上り込んだ男がいた。社長が不在だったために夫人とお手伝いさんをいきなり刃物で刺した事件が、巖の脳裡に浮び上った。お手伝いさんは病院に運ばれる途中で死亡、夫人も胸を深く刺されて重傷を負った。犯人は、大日本愛国党員を名乗る、二十五歳の青年だった。前年「中央公論」誌上に掲載された、深沢七郎の小説「風流夢譚」に、皇族を侮辱する場面がある、と右翼団体からの抗議があり、中央公論社は謝罪したが、収まらなかった。

出版界のことではないが、その前年の十月には、日比谷公会堂で行われていた党首演説会で、社会党の委員長である浅沼稲次郎が、全アジア反共青年連盟党員、元大日本愛国党員の十七歳の少年に左胸部を刺されて死亡するという事件もあった。」

「世の中が右と左に別れて騒然としていた。左翼学生運動の盛り上りに対して、危機感を抱いた右翼の若者が、暗殺主義に走りはじめていた。読書新聞が、右翼に抗議されていることは、出版界だけではなく、マスコミや一般の人たちもじっと注目していたが、表面は固唾を飲んで見守っている体であった、とその一週間の雰囲気を、小林一博は書き記している。」

※日本読書新聞の記事から

右翼団体の抗議文などを当時の日本読書新聞から転載しておく。

本紙三月九日号三面「週刊誌」〝大衆への裏切りである〟と題する記事は、「週刊新潮」三月三十日号「東京情報」（ヤン・デンマン）で〝皇族侮辱の記事〟としてとりあげられた。これについて、別項記事のような大日本愛国団体連合からの抗議が本紙宛にあった。本紙ではこの問題を慎重に検討し本紙巖編集局長が代表して右連合代表と交渉した結果別項の本紙見解を合わせて発表することを約束した。この処置に対して石井恭二、吉本隆明氏らが五月十五日本紙に来訪、おなじく別項のような抗議を巖局長に手交したので、これに対する巖局長回答をあわせてここに掲載する。

■愛国団体連合の抗議及び本紙巖局長の見解

大日本愛国団体連合では四月二十三日午後、第二十二回全日本愛国者大懇親会の決議により本紙を訪問、左の「抗議文」を巖編集局長に手交した。

「貴会発行三月九日付「日本読書新聞」第三面掲載の「週刊誌」なる欄の論文は義宮と津軽華子妃の肉体上の問題を興味本位に捏造し意識的に皇室の尊厳を冒涜せんとする悪虐不逞の行為といわざるを得ない。待望久しき義宮の御結約相斉い両陛下は元より国民挙げて御二方の前途を祝福しているこの時言論の自由に名を藉りてかかる大不敬大反逆の論文を発表するとは人に非ずして鬼畜に類する所行と称するも批評の言葉が無くその罪万死に価すると断じて過言ではないのである。われわれ又貴会のかかる逆徒的行為に心底よりの憤激を覚へると共にこれを黙過し能わざるものがあり由って其の責任を断固追及し次の二点を要求するものである。

一、「日本読書新聞」を即時廃刊すべし

一、皇室の尊厳冒涜の大罪を天下に謝罪すべし

右本大会の決議を似て抗議す。」

これについての本紙巖編集局長の見解は次のとおりである。

この抗議文を寄せられたことは愛国団体連合の立場からすれば尤もと思うが、問題の文章の趣旨はマスコミ批判であることは誰にも明らかである。日頃はエロやのぞき趣味で売っていて皇室のこととなると途端に純情ムードをまきちらす、そういう傾向を批判したものであり、決して無根拠ではないと考える。本紙は皇室に対して格別の尊崇の念を持つものでも、その逆で

もなく、皇室のことなら一から十まで無批判という態度はとらない。この立場ははっきりさせておく。

しかし今回の一文中、御指摘の個人の肉体上のことを云々した言葉については、それがこの一文の趣旨表現上必須のものであったとは思わない。むしろそれが皇室に向けられたものであれ、一般市民に向けられたものであれ、間違っていると考える。この点、われわれが誤りをおかしたことは、残念であり、責任者としてここに全読者に対して遺憾の意を表するとともに、今後もこのような言辞はこれを採らないことを改めて明らかにする。

■ 十三氏からの抗議・勧告及び本紙巖局長の見解

「言論の自由を後退させないための抗議および勧告」

三月九日付、日本読書新聞週刊誌評匿名コラムに掲載された文章について、皇室を侮辱するものであるとする全日本愛国団体連合よりの、同紙の陳謝および即時廃刊の要求決議に関して、これまでの全経過における日本読書新聞の自立に対する、われわれの懸命な援助、友情ある勧告にもかかわらず、同紙がこれに屈服することをわれわれは了承しない。

なぜならば、これは日本読書新聞のこれまで果してきた社会的政治的役割に照らして、同紙面上で、この右翼の要求決議を掲載し、また、それに釈明する如き行為が、同紙の言論表現の自由の明白な放棄であり、その社会的責任の放棄を意味するからである。

左翼、右翼と政治勢力のはざ間に、空疎な言論の自由を守って進退きわまるジャーナリズムの状況は、まことに右往左往、今日の全情況の滑稽な縮図である。

よって、われわれは、右翼の抗議文の掲載される号において、われわれのこれ迄の援助・抗議を含めて、今回の事件の全経過と同紙責任者の自己反省とを発表することを要求し同時に、日本読書新聞を廃刊すべきことを勧告する。

上記抗議勧告者代表

石井恭二、岩渕五郎、内村剛介、黒田寛一、笹本雅敬、谷川雁、野田重徳、埴谷雄高、松田政男、森秀人、森崎和江、森本和夫、吉本隆明。

本紙巖編集局長の見解は次のとおりである。

皆さん方の熱心な助言には心から感謝する。本紙が愛国団体連合の抗議文を掲載し、かつ、これについて釈明することは、「言論表現の自由の明白な放棄」「社会的責任の放棄」であるという観点はこれまでにもしばしば繰り返し説かれた。

しかし私は、責任者として、認めるべきは認めるのが当然と思っている。一旦紙面にでた文章でも不可と認めれば、そのことに対して遺憾の意を表することは、恥ずべきことと思わない。そしてその指摘者が「右翼」だからという理由で、紙上で答えるべきではないとは思わない。

今度の場合、問題の匿名の一文中の一句は、特定の個人に肉体上の欠陥があるかのごとく読みとられると判断した。そのような言葉を当方の不注意で紙面に出してしまったことを認めたのである。そのことが自由の後退を意味するとは信じがたい。

なお今回の「事件」の全経過、われわれに示された諸意見、本紙の見解等は次号以降において発表することを予定している。

（「日本読書新聞」一九六四年五月十八日号）

四月二十三日に右翼抗議団が社に来た。その時の約束で三十日に私が先方の防共新聞社というのに出向いた。以下はやはり当時の読書新聞から。今回の〝事件〟の経過報告である。

■ 防共新聞社を訪問する

四月三十日（木）一時半すぎ、多摩川園前に着く。近くの肉屋で福田氏宅をたずねると、店のオヤジと娘がすぐ教えてくれる。目黒の駅便所にしゃがんで心胆をおちつけたりしていたので二十分ばかり遅れそうだ。急いで歩く。門前にトラック一台。それから先日社で会った青年が待っていた。

部屋に通ると幹部らしい風貌の四人が応接台を囲んでいて、「おひとりですか」という。名刺が出される。大日本愛国団体連合・時局対策協議会事務局長長谷幸祐（言論同志会中央本部幹事長）、同副議長柿本信司、日本道義振興会々長木村清、防共新聞主幹浅沼美知雄の各氏。さっきの青年は防共新聞社福田恭介氏で素顕氏の息子さんだと紹介される。

ここで私は一つの提案をした。

――あらためて原稿を書く気はないか。それは無論こんどのことから始まるものだが、もう少し突っ込んだ貴会の思想をも述べてもらう。それに対して私の方も書く。これは逃げの手段で言っているのではないので、その文中で問題の一句については必ず遺憾の意を表明する。

この提案の底にはこんな考えがあったのだ。そもそも人間の思想というものを右と左に機械的に区分して縁のないものとすることに私は反対だ。つまり私はこの機会に一種の対話を「右翼」との間にひらいてみたかったのだ。

極力説いたが残念ながらこの提案は完全には受け入れられなかった。「こんなことで理論闘争までする気はない」というのだった。あの抗議文でわれわれの意志ははっきりさせてあるのだから、あらためて長い文章を書かなくてもあれを掲載してもらえばいい。そこにあなたの遺憾の意を表した回答を付けるということでどうだろうという。

なるほど抗議文をそう見做してもいい。そこで即答した。本紙上に抗議文を載せよう。その分量にほぼ見合った長さで回答を付けよう。「その回答には私の方の立場・考え方を最小限盛りこみますよ」「それで結構です。これならフェアーだ」ということで、次週原稿を見せることを約して別れる。

五月六日(水)十一時半田園調布の宅。先日の各氏に今日は福田氏、井田氏もいる。草案を示し、二ヵ所はど私が字句修正する。ほぼ納得。事務局長が「立場の相違は仕方ないが、あなたの誠意を感じた。今回のことはこれで終りとしましょう」と述べる。浅沼氏が「あなたは共産党春日派だという情報があるがどうか」という。この質問には全く困惑する（何のいわれもないのだがねえ)。左の方からも同じことをきかれたことが何度かある。してみると、こういうウワサの出所は一つなのかもしれないなあと思う。

■ 掲載一号延期、いろいろの反対意見など

五月八日(金)印刷工場。降版二時間前、定村君から掲載を一号延ばしてくれと懇願される。部員が、もう数日熟考したいと要望しているし、また、さっき今度のことを伝え聞いた吉本隆明氏や石井恭二氏などから電話があって何とか掲載しないでくれと説かれたのだという。それにまだ匿名筆者に連絡がついていないという。それはいけないのでついに一号延期を決定する。その旨を長谷氏に電話。了承してくれる。

五月九日(土)匿名筆者から定村君に電話。「僕の名前が一部に洩れているようだがケシカラン」「今回の処理は紙面に出さない方法でやってほしい」の二点を述べていたと報告あり。

以下私の措置をとにかく認めてくれた多くの人々の意見は省略して、反対意見を記しておく。

一、「その言葉自体はいかに愚劣と見えようとも、その人の内的な激しい情念が凝ってその一句となるような場合もあるではないか。その人にとって内的必然性をもったその言葉は動かしがたいものなのだ」―それは分る。大体、文章表現というものはそういう要素を含む。しかし、では今問題になっているあの一文とあの一句の関係をどう考えるのか。

二、「右翼の抗議文を載せること自体が既に敗北だ。ましてやそれに対して何か釈明するなど、もってのほかだ。」—これについても私の考えを対置させるだけのことだが、なお補足すればこういうこともある。答える必要はないという人々は当然「右翼」を並の相手と認めていないわけだが、そうすると、そういう相手に何かの場合抗議する根拠もまた失われるということになってしまう。

また「右翼」に共通して見られる一種の被害者意識、言論市場における被害者意識も決して軽く見すごせる問題ではない。

三、「一歩を譲ることはすべてを譲ることだ。これ迄の主張・立場に責任をとらないことになる」—だが、すでに述べた私の考えからすれば、この見解にも「私はそう思わない」というだけだが、「お前はそう思わなくても社会的にはそう見られる。そうしてこの新聞に期待している人々に大きな失望を与えることになる」と論者はいう。

「ちょっと待って下さいよ」と私はいいたい。私はこれまで天皇制批判も左翼批判も右翼批判もやってきた。これからもやるだろう。だが本紙は政治結社でもなく思想団体でもない。もしそういうものなら、黒を白と強弁してでも押し通さねばならぬ場合があろうとは察しがつく。しかし、特定個人に肉体的欠陥があるかのように、ふざけ調子で書いた一句をすら強弁しなければならぬという原理を、この新聞に持込むのは筋違いと思わないか。

この一句の軽率を認めることで言論自由の堤が決壊するなどという大ゲサな言い方は、何かの意図をもった戦術的使用法ならいざ知らず、信じがたい。もし、そう信じて悲しがるような読者ばかりなら、また何をか言わんやである。

五月十四日（木）夜、当初の方針通りに行うことを最終的に確認。定村君が匿名筆者に会い、この旨を伝える。同氏は「匿名筆者としては貴紙がその措置をとることは自由と認める。しかし一個人としては抗議する権利を留保する」と述べた由。

■ 十三氏からの抗議

五月十五日（金）十一時前、印刷工場に行く。反対意見の吉本氏に電話。いないので同じ反対者の石井氏に電話、「せっかく熱心な助言をいただいたが当初の方針通り今日実行する」と伝える。「承わっておくが、後刻われわれ数名でお会いしたい。それは読書新聞に対する正式の抗議をしておきたいためだ」と石井氏。そこで二時に工場で会う約束をする。

一時頃、東京新聞から電話あり「今日午後二時に右翼がそちらに押しかけ、オタクと会見すると聞いたが……」という。「そんなことは全然ない」と答える。

二時二十分、吉本隆明、石井恭二、森秀人、平岡正明、佐野美津男、岩渕五郎、松田政男の各氏が来る。他に場所もないので校正室の隅で会う。抗議文朗読ののち、方針変更を要求される。断わる。さらに何度も要求される。やはり断わる。「なぜ変更できないのか。われわれが正式抗議に来たことは新しい事態の発生なんだから少なくとももう一回延期はできるだろう」「既に一回延ばしている。これ以上延ばせないというのは私の判断です」というふうなやりとりあり。

ではこの抗議文を同時に掲載し回答を附せということになった。それは承知したと即答する。このことをめぐって抗議団側に長いこと内部論争あり、佐野氏、平岡氏が連名から下りる。平岡氏の理由はよく分からなかったが、佐野氏は「方針を変えないからには読書新聞には今後私は協力しないことにしたから」というもの。

四時半、会見を終る。

あとで知ったのだが、さっきの東京新聞のほか、読売、サンケイ両新聞からは印刷工場側に、やはり「今日二時に右翼が押しかけるそうだが…」という旨の電話があった由。工場側では愛宕署に連絡、警官が三人ばかり来たりしていたが、事実は、サニ非ズと判明して私が会見している間に警官も引き上げたという。

夜八時、新聞できあがる。

五月十八日（月）吉本・石井氏らの抗議文に名前を出していた埴谷雄高氏には書評原稿を頼んであったので、「抗議文を拝見した。お原稿はどうなるんでしょう」とうかがいを立てたところ、「実は電話できいただけで抗議全文は知らなかったのだ。もちろん原稿は書く」とのことでしたと部員から報告あり。

■編集主体の問題

五月十九日（火）この稿を書く。先月の昨日、長い旅から帰国した、やれ日本語を楽しもうと思ったのだが、楽しむどころか、苦しめられてしまった。書きながら、編集主体の問題を考える。それは一旦紙面に出たものを軽々しく間違いだったと認めるようでは困るじゃないか、という意見に関係する。これは一般原理としてまさにその通りだ。しかし、それ故に今回の一句が「ルール違反」であることをも飽くまで認めないとはいえない。

つまり、残念ながら逆の方向からでも、編集主体が本来もつべき緊張と節度を確立しなければならないということだ。

以上書きつらねてきたのは、眇たる一小企業三十日の経過だ。以て日本ジャーナリストの共有の経験に資するところが、ちょっぴりでもあれば幸いである。

（「日本読書新聞」一九六四年五月二十五日号）

余談一つ二つ

実はこの結語部分は「……以て私の訣別の辞とする。」としたのだが、当時この新聞の営業部長であった小林一博君（後の出版評論家）がその場で読んで「訣別」というのは困る、と強く言い張った。で、まあいいか、と右のように終らせたのだった。

もう一つ二つ、余談がある。東九州の私のくにもとの二人の友人と私は、一九四二年（昭和十七年）中学五年卒業後、椎原は陸軍士官学校（陸士）へ、戸高は拓大予科へ、私は七高へ行った。椎原の家は兄が戦死、母一人子一人となって、戦後、代々の小さい蜜柑百姓をやりつつ後には市役所にも出ていた。戸高は私と同じ陸軍の都ノ城連隊に。そしてわれわれ三人とも生きて帰れたのだった。

戸高は石灰山持ち・カルシウム製造の仕事を父親から継いで、さらに石灰山の大開発、セメント会社等全国規模の製造会社、商社とも取引きするまでに発展させた。拓大時代は柔道部と相撲部の有力な顔。後には大相撲の柏戸のタニマチでもあったようだ。上京した時には、一緒によく飲みもした。豪放且つ繊細な神経の持主だった。椎原は私の新聞社に来て半日、編集や印刷の仕事を見ていたこともある。兄貴をなくした遺族として靖国神社でお札《ふだ》を貰い「これはオフクロに確かに詣ったどという証拠の品じゃ」と言ったことも覚えている。

その時だったか定かでないが、「宮城は東京の真ン中でバカでけえもんじゃのう、天皇も富士の裾野かどっかに引っ越した方がいいど」などと言っていた。グアムだったか南方の島から日本兵が長年ひそみ隠れた末に帰国した時、彼が言ったことも印象的だ。——「何でかのう、ケネディーが嬶《かか》（夫人）と一緒に帰還米兵を出迎えたように、天皇はでけんのかのう。せめて宮中に招いて、メシを一緒に食うとかのう。」

この二人が右翼問題の頃、「いわおが困っちょるんじゃなかろうか」とよりより話し交わしていたようだ。戸高が「なんなら拓大の柔道部・相撲部に動員かけちやろうか、右翼がなおしつこうするようなら」と言っていたとのこと。椎原から伝え聞いて、私は「そういうこっちゃねえんじゃ、次元がちっと違うことじゃ」と言ったが、しかし言論界のもろもろに、私がいや気がさしていたのも正直なところだった。戸高たちの言うことを嬉しくも感じたし、そのことの含む或る複雑なおもしろさを、いま考えてもいる。

一年後、私は新聞をやめて、目黒の家で小さな趣味的な木工品を作ったりしていたが、またもや谷川健一氏の頼みをきっかけに『伝統と現代』誌の発行に踏み入った。特集主義のこの雑誌で、天皇制主題の号も何度か作った。このテーマには個々の論文でも多角的に触れている。そして十四年ののち、一九八四年(昭和五十九年)春号を以って、みごと倒産破産して、私は東京を逐電、長い何でも屋労務者の生活に入った。

アララギ派東京歌会後の食事会で
（2012年5月27日、原田恭子氏撮影）

著者

巖　浩（いわお・ひろ）

一九二五年、大分県津久見市生まれ。第七高等学校を経て一九四四年、東大文学部入学。四五年一月～九月、陸軍都城連隊、阿蘇山中にて終戦。四六年復学、四九年卒業。

一九四九年、日本読書新聞に入社、六五年退社。六六年、現代ジャーナリズム出版会設立、並行して伝統と現代社設立。七〇年～八四年春、雑誌「伝統と現代」を発行。

一九八四年夏、沼津市の松蔭寺で労務に従事。八六～九一年、奈良の春日大社で労務に従事。その後、春日大社で万葉文学講座の助手。三重県津市の「アララギ派」会員。二〇一九年六月、逝去。

本書は、熊本の同人誌「道標」第23号（二〇〇八年十二月二十日刊）から第49号（二〇一五年六月二十七日刊）に24回にわたって連載された「戦後という時代のはなし」をまとめたものである。

著者の巖浩氏は、「日本読書新聞」で発行人を務めた後、「伝統と現代」を創刊し、さまざまな視点から戦後を読み解こうとした。「道標」での連載を終えた後、その「伝統と現代」での仕事を通して交流のあった人たちのことを加筆する予定であったが、二〇一九年六月十二日、急逝された。そのため、本文には巖氏による手直しはほとんどなされていない。

本書の第24の章が、次の時代に続く印象で終えているのはそのためである。巖氏亡きあと、一冊の本にまとめるにあたって、訂正は必要最小限の作業（明らかな誤字脱字と連載時の各章の文脈が重複している場合の調整など）にとどめた。

「道標」創刊に尽力された渡辺京二氏とその発行所・人間学研究会の編集部の方々には、連載時からいろいろとご協力いただいた。誌面を借りて御礼申し上げる。

（弦書房編集部）

懐かしき人々――私の戦後

二〇一九年十二月十五日発行

著　者　巖《いわお》　浩《ひろ》

発行者　小野静男
発行所　弦書房
（〒810・0041）
福岡市中央区大名二―二―四三
ELK大名ビル三〇一
電　話　〇九二・七二六・九八八五
FAX　〇九二・七二六・九八八六

印刷　有限会社青雲印刷
製本　日宝綜合製本株式会社

ISBN978-4-86329-198-0 C0095